完好如初 （2）
的
名 字

〔西班牙〕哈维尔·马里亚斯 著

林叶青 译

新经典文化股份有限公司
www.readinglife.com
出 品

第八章

啊，没错，我心软了。一想到她们中的某一个人会因我而在监狱里度过漫长的岁月，我就下不了手并且心绪不宁。但是，如果我很难找到证据，如果我没法确保能把证据交给马奇姆巴雷纳或警察，她就会死在我那双从未掐过女人的脖子也从没有用刀、斧或其他武器刺杀过女人的手里。而且，那些使用暴力的男人，滥用自己权力的男人，肆意发泄自己的不满却不做任何补偿的男人，滥用自己受伤的自尊心的男人，让我十分厌恶。

但是要达到那个极端，要让我除掉那三条普通且看似无害的生命中的一条，我需要百分百地确定，需要有在审判中无法使用的证词，需要某种东西让我完全确信或让我一时震怒不已，能把关于遥远陌生的萨拉戈萨和巴塞罗那可怜的受害者的记忆置于任何私人关系与怜悯之上。而这种东西仍没有出现。事实上，在学期即将结束，我理应等待指示时，我仍然觉得这是不可能实现的。尽管，由于鲁昂的夏天十分凉爽，大部分居民都不会离开那里，即便一些富人和小康家庭打算离开，也是去他们郊外的别墅，那些别墅位于山区或山谷，那里绿意盎然。

我已经说过，玛利亚·比亚纳对我来说是遥不可及的，而且我也不敢强行跟她有不自然的碰面或对话，以免引起怀疑，或者显得我多管闲事。我只在街上见过她和佛尔古伊诺或她的双胞胎孩子在一起，或是很偶尔地在社交场合见到她——我曾经在两个夜晚与她在拉德曼达偶遇，我在同一场合见到了我的两名嫌疑人，并对她们做了比较，一个服务于别人，一个被别人服务。我还在电影院和几场演唱会上遇见过她，以及从我少得可怜的录像中研究过她。外面的她似乎是个很重要的女人，但家里的她让我觉得怜惜，谁知道这种下场是不是她应得的呢。

建筑商高斯有时会兽性大发。他文明的光头——一颗富有魅力并被整齐的边发保护和框定的头颅——与他不耐烦或发脾气时野兽或醉汉般的反应构成了鲜明的对比。一个安静的傍晚，他懒洋洋地坐在扶手椅上阅读福赛斯的《豺狼的日子》，家里人或双胞胎养的几只狗如闪电般跑进了博物馆式的客厅，它们体形很小并且很会闹腾——我不太懂狗的品种，它们应该被禁止进入此地，在此前的录像里我并没有见过它们。玛利亚·比亚纳跟在它们后面，它们大概没有听从她的管束。一只小狗径直跑向佛尔古伊诺，爬上了他的膝盖并开始嗅探他深夜挥舞德式斗剑时隆起的那个部位。建筑商厌恶并责备地看着它——他很轻易便流露的愤怒眼神并没有出现，那只不过是个无力自保的敌人，接着他把脚伸进那副小身体的下方，用类似发射投石机或弹指的动作，把它向上踢出很远。

那只小狗很幸运地没有撞到砖石砌的壁炉，也没有撞到房顶，而是撞到了一个书架上，书架上的藏书没有那么重，甚至都不是精装本。它撞上了阿加莎·克里斯蒂的集子，然后重重地摔在了地上。它很快茫然地站了起来，抖了抖身体，仿佛是在检查全身是否还有反应，然后摇摇晃晃地向玛利亚·比亚纳走去，她把它抱进怀里，摸了摸它，轻抚它的脑袋和鼻子，安抚它不要再发出孩子般的呻吟。它似乎并没有受到太多的伤害，只是一时受到了惊吓，它很快就拽着自己的同伴迅疾地跑出了房间，无疑是被踹飞它们的怪物吓破了胆。玛利亚·比亚纳忍不住说：

"你这样不对，你怎么回事？可怜的小东西，你差点把它给踹死。"

"那你就别把它们带到这来,这是你的错。我专心的时候,最不喜欢的就是被娘娘腔的狗杂种闻私处。你看到了,对吧?你得送它们去绝育,我他妈受够这些混蛋玩意儿了。老天啊,与其说它们像狗,不如说它们像苏门答腊的老鼠。"

"孩子们喜欢它们,这你是知道的。你也别再说脏话了,可怜的小东西。它们被教育得很好,也从没有带来过麻烦。苏门答腊的老鼠?为什么是苏门答腊的老鼠?"这让她感到迷惑,但是高斯没有心情跟她解释他觉得无益的事。

"啊,是吗?那些人怎么不管好它们?你带着它们做什么呢?它们不归你管。你知道它们被禁止进到这里来,你想想,万一它们咬坏了画或者把藏品给弄翻了怎么办。"

"它们就从我身边逃开了一会儿,它们应该是闻到了你的气味,它们很爱你,而且因为几乎见不到你……更何况还有别的方法撵它们出来,用不着踹它们,佛尔奇。"也就是说,这是他不恰当的爱称。当然,要读出"佛尔奇"并不容易,因为这个词有双元音。

用这种语气似乎还能加上一句:"你有时真的很凶残。"但是玛利亚·比亚纳不敢骂他,连一句重话都不敢说。她冷静而耐心,甚至很温柔,虽然这样判断任何人都是很冒险的，没有人会不发脾气，爆发可能是随时的。显然，这让我很担心，而且我觉得这跟马格达莱娜·奥鲁埃的性格不相符。除非——总是有"除非"，一切都是猜想和假设，就像我在过去的生活中曾经多次经历的那样——她曾经表现得残忍，但表面上又很胆怯，无情的人会在行为举止上表现得温和怯懦。对于在迷雾中前行的人来说，所有的可能性都存在，起初只能如此。

"如果有什么东西或有什么人挡住了我，我会毫不客气地把它赶走。现在你别装傻充愣，也别闹情绪。而且，那只娘娘腔的狗杂种一点事儿也没有，你都看到它得意扬扬地跑出去了。你以为我打人不分轻重吗？我还不至于因为它跑出来了就要它的命。"

听他说完这段话，并且证实他没有说谎之后，我认为，柳德维诺跟往常一样在评价事实时又犯了过于乐观的毛病。佛尔古伊诺不可能舔他的任何部位，那纯粹是他自己的想象。

在几周后的另一段录像中，我目睹了建筑商和玛利亚之间的一段对话，如果能称之为对话的话。他正在读福莱特的《圣殿春秋》，他的阅读量相当大，而且并不在乎读的书是紧跟潮流还是远远落后于时代。虽然客厅的门敞开着，他的妻子还是敲了门，仿佛是在请求他允许自己进去打断

他读书。佛尔古伊诺抬起头,他的鼻孔已经有了可能会撑开的迹象,他问道:

"你怎么了?请你长话短说。"

"我没法长话短说,佛尔奇。我们得谈谈我们的事。如果现在对你来说很不合适,那就下回再说。"

"我们的事?真麻烦,该谈的早就谈过了。"然而,他还是冷静地合上了书,准备听她说话。他从也许没那么吸引他的中世纪里抽离而出。"嗯,你现在又有什么想法了?"

玛利亚·比亚纳走进房间,坐在另一把一模一样的扶手椅上。中间有一盏台灯,而他们就像是火车上的乘客,注视着相同的方向,注视着兵器展柜,用眼角的余光看着对方。

"没错,该谈的都谈过了,但是谈过了并不意味着问题解决了。在我能承受的限度内,我跟你相处得不算糟,但也并不好,而你勉强能忍受我。我知道你没这个问题,但我每天早上都得使出浑身力气才能振作起来。连起床对我来说都是件难事。如果不是因为孩子的话……他们给了我生活和起床的动力。但每过一年,他们就会更多地拥有自己的生活,他们最终会疏远我,抛弃我,除非他们管我要东西,要钱,要我帮忙,生病时要我照顾。显然,这种情况总是存在的。你经营着成百上千门生意,忙得不行。

我没有太多的动力，只有那家店，而这并不是所谓的动力……"她指的是一家颇有格调的装饰店，和城里的另外几家店一样都属于高斯，那家店理论上是她负责的。但她的经营权逐渐被强行剥夺，实际的经营者是她的合伙人，也是她的朋友，一个大概自中世纪以来就在鲁昂生活的古老鲁昂家族的鲁昂人。

"行了。然后呢？你想怎么样？你想我们分开吗？关于这件事我们也谈了无数次了。你想自己住，住到另一栋房子里？我是不会离开这里的，你清楚得很。去吧，我们已经给对方绝对的自由了。你一直都能离开，但你只要没离开，就得履行你的职责。你想好去哪里生活，做些什么，以什么为生了吗？你是指望不上我的。你会放弃孩子吗？他们会和我在一起，你偶尔才能见到他们，这是从他们出生的那一天，从第一天起就商议好的。你这又是何必呢？你想谈论什么我们不知道的事吗？别烦我了。"他作势想要重新翻开那本书，但是因为不想显得太粗鲁所以忍住了。他那颗和俄罗斯钢琴家相似的毫无瑕疵的光头比平时更加耀眼，仿佛他觉得自己占理和说出倒数第二句话的满足感都聚集在了那颗光头上。

当时签署婚前协议还不是很常见，我推测他们在结婚时或在婚前签署了协议。如果双胞胎——一个女孩和一个男孩——七岁左右的话，那他们可真是先驱了，至少在西班牙是如此。那场充斥着哀叹与锋利言辞的交流指向一场包办婚姻，一场策略婚姻。像高斯这样优秀的结婚对象——他似乎在四十岁之前就已经丧偶，直到五十多岁仍是单身，如果他想成为父亲，想繁衍后代，那么他能在几十位女性中做选择，但奇怪的是，他竟然选择了一个不在乎自己而且可能永远不会在乎自己的外地女人。同样奇怪的是，像玛利亚·比亚纳这样性感的女人，像她这样或许正因为自身性感而无法引发激情的女人，因为没人愿意冒险认真地接近她，因为她那不真实的美丽过于耀眼，让男人胆怯，但她从来也不缺大胆、盲目、自杀式的追求者……奇怪的是，在已经不再年轻时，她竟然喜欢上一个不近人情、盛气凌人的男人，同时也似乎是唯一对她散发的无法抵挡的魅力无动于衷的男人。

或许他也是唯一能在与她结婚后既不惊慌也不心悸的男人。一些女人具有难以言喻且动人心魄的魅力，能让那些敢于跟她们在一起的人狼狈不堪、备受折磨。那个男人会不敢相信自己得到的东西，每天早晨在她身边醒来时都会惊讶地掐自己一把，他会永远生活在惊恐和害怕之中，尽管她并没有给他这样做的理由。他会觉得自己就像找到宝藏的人。他会欣赏它，看护它，守卫它，隐藏它，如果可以的话，埋葬它（但是一个女人是无法被埋葬的，除非先把她杀死，这样就没人能摧毁他的宝藏，尽管如此，他宁愿别人夺走他的宝藏，宁愿因为不走运或笨手笨脚而遗失它）。他会害怕别人的贪婪，害怕别人跟他有同样的感受，他将自己的贪欲与疯狂归咎到别人身上，而在征服之前，这种贪欲与疯狂蒙蔽了他的意志与判断并支配了他。

大部分男性都会对这类非凡出众的女性望而却步，他们觉得自己配不上她，他们会克服自己原始的渴望，趁着还有时间，趁着还没失去理智，转身离开。这些扰人心绪的女性其实很难过上平静的生活，如果这是她们想过的生活的话。她们没有刻意追求却赢得了尊重，我想说的是，她们自然而然地得到了尊重，甚至超过了她们想要的程度。她们眼睁睁地看着男人们相继离去。而作为欣赏并臣服于玛利亚·比亚纳的性感的受害者，我意识到我绝不会向她走去，即便在情况有利的条件下也不会。并不是因为我像那些谨慎的男人那样有生存的本能并且厌恶可以规避的痛苦（我只是那里的过客，早晚都会消失，就像我曾经从那么多地方消失一样，我并没有牵扯不清的风险），而是因为我在远处尊重她。

玛利亚·比亚纳沉默了几秒钟，她没有看高斯，而是不得以地看向前方，她目不转睛地盯着那些重剑、花剑和佩剑，仿佛第一次对它们感到好奇似的观赏它们。仿佛她在思考那些兵器、那些真正的兵器过去做过什么，刺穿过怎样的身体，斩断过怎样的头颅，在它们断送的生命被长久遗忘之后，又是如何出现在那里的。专程去英国一刀斩断女王的头颅并莫名怜悯被处决者的加来刽子手的那柄剑肯定不在那里。如果它被保存了下来，大概会在某家博物馆里，博物馆并不蔑视阴森的物品，只要它们有"历史价值"，且能以令人愉悦且久远的寒噤满足游客的虚荣心。佛尔古伊诺不耐烦地等待着，用手指敲打着《圣殿春秋》的封面。

"你说得有道理，没有什么是我们不知道的，"她终于低声说，"即便如此，也得继续思考，思考那些已知的东西。如果是不幸福的原因，或者不夸张地说，如果是长期忧郁的原因，那么仅仅把它当成已知的东西是不够的。但既然这个问题并不困扰你，而是困扰我，那么我想，我得继续思考，寻找解决方法，即便它并不存在。问题并不会因为没有解决方法而自行消失，我多希望能忘记它啊。你的牌一直亮在那里，对此我并不否认，也没有怨言。没错，从一开始我就知道等待我的是什么，但是提前预知与经历日复一日的毫无变化是不同的。在开启任何一段旅程之前，你都会高估自己的能力。然后你会意识到自己的耐性是有限的,会发现自己软弱且脆弱,而你并没有料想到这种动荡。岁月也会以这种方式,以纯粹的累积逐渐侵蚀我们。然后事实证明,一切都不会结束,尽管看似已经结束。"

我想:"所以,玛利亚·比亚纳就像我和贝尔塔那样,或者说,就像过去很长一段时间里的我们那样,也许我们还会变成那样。我们都是那种只会等待的人。"

"行了,行了,嗯,随你怎么想,但是不要跟我发表一通我并不关心的长篇大论,"她的丈夫回答,"你想要我怎么样?该有的就这么多,到我死也就这么多。反正你会比我活得久,这是最有可能的结果。而且你一直都能自由地做决定。这没问题,但是你得承担后果,承担不安、风险与贫乏。眼下你过得舒服极了,百分之九十的人会毫不犹豫地跟你交换位置。我说百分之九十还不准确,是百分之九十九。"他不耐烦地掏出一根烟,点燃后才递了一根给她,她接过那根烟,用出人意料的骄傲神态把它送进嘴里,就像一个两手忙碌的台球玩家。"据我所知,这些年来你都没找过情人。这是我掌握的情况……这能让你摆脱忧郁,不是吗?这对很多女人和男人都有效。但是你明白的,绝不能让任何人知道,但我清楚这是不可能的,无论如何,这都是一个悖论,因为那个情人肯定知情,而且往往会说漏嘴。这就是那些无法单独完成的事情的巨大劣势。有几样这样的事。"

玛利亚从扶手椅上站了起来,走到门口,她的视线并没有从那些兵器上移开。她觉得自己已经发泄完了,那简短而无用的谈话也已经结束了,她在门口对他说:

"算了,算了。很抱歉拿我的事来打搅你了。但正如你刚才所说,我没有别人可以倾诉这些事。一个人可以跟自己交谈一会儿,但之后就会厌倦,会绝望。向你倒了一堆苦水,我很抱歉,而你已经完成了你的职责,你什么都做不了了。"

高斯继续阅读,剩余的录像并没有用处,我从中获取不了任何信息,我用最快的速度将它加速看完。

总而言之,这是几个月来在那间少有人活动的博物馆式客厅里最有价值的录像。我想马格达莱娜·奥鲁埃·奥德亚会接受方便她掩人耳目、韬光养晦、销声匿迹的任何协议。成为一个富有、显赫、影响力仅限于本地的人物的无可挑剔的妻子是个不错的选择,没有人会怀疑她像玻璃柜里的古老兵器那样,有罪恶且血迹斑斑的过去,尽管血迹同样已被抹去或者消失不见。对于那个拥有一半北爱尔兰血统的女人来说,这是个不错的方法。当你被逼无奈之时,什么事都做得出来,你不会预见难以看清的未来;的确,你无法预见时间会继续累积，你也永远无法预见任何未来。如果她是恐怖袭击的合伙人或策划人马格达莱娜，在逍遥法外了十年之后，她可能会变得非常自信，会认为现在她能追求更满意的生活，无论是怎样的生活。

也许她觉得自己更像玛利亚·比亚纳，而不是被玛利亚·比亚纳所取代的那个人，正如我曾经觉得自己更像詹姆斯·罗兰，而不是托马斯·内文森，正如我现在偶尔会觉得自己更像那个阴暗的英语老师米盖尔·森图里翁，而不是身负重任的汤姆·内文森。我曾经多次经历过这种情况，当你能完全成为两个人时，你会觉得混乱不堪，其中一人最终会被驱逐，或是被装进括号里。直到他回来为止。

佛尔古伊诺使用了"风险"这个词。这是个很宽泛的词，它说明不了任何问题，但它并不排除马格达莱娜·奥鲁埃·奥德亚卸下伪装并离开藏身处后必然会面临的具体风险。我想知道高斯是否清楚她的情况，是否毫无顾忌地跟被两国警察通缉的人结婚，根据我的情报，她曾经属于爱尔兰共和军，事实上，她是被该组织"出借"给埃塔的。高斯似乎是一个几乎毫无原则并且只在乎自己利益的男人，但在这种情况下，他也面临着危险（也许她跟他交代过一些事，也许她对自己的罪行轻描淡写）。

这种情况的好处是，在追诉期内，他可以一直困住她，囚禁她。她只能事事顺从，不然就会被揭发，而他永远可以声称自己被蒙在鼓里，对此一无所知。这等同于拥有一个甘愿做奴隶的奴隶，因为那诱人的自由持续不了多久，与在鲁昂，与在他身边过的日子相比，自由过后的生活可能会无比糟糕，在这里，她是个在家中锦衣玉食并被外人羡慕的奴隶。而且如果她在监狱里，只有在被探视时她才能见到双胞胎，假使高斯愿意让孩子们经历对他们来说肮脏且难以理解的旅行的话。我不知道马格达莱娜·奥鲁埃会怎么想，但是玛利亚·比亚纳疯狂地爱着他们，就像母亲通常会用绝大部分的灵魂来爱自己的孩子那样，而灵魂也能被分割。

因此，麦蒂·奥德亚接受一场精心策划的婚礼的原因也就很容易理解了（玛利亚·比亚纳这样做的原因也很容易理解，如果她一直是玛利亚·比亚纳的话）。让人费解的是，为何佛尔古伊诺·高斯会跟一个能吸引其他任何人却离奇地吸引不了的女人一起生活那么多年。如果他知道她真实的身份，也许会不由自主地抗拒，他可以把她摆进橱窗里做装饰品，也可以利用她给自己传宗接代，但是不会跟她同床共枕。如果他并不知道实情，这样反倒更解释不通。为什么一个经验丰富并且受人尊重的鳏夫会再婚呢？最简单的猜想从一开始就困扰着我：他是个隐瞒身份的同性恋，而在一个古板而高傲的城市里，他必须维护自己的形象；双胞胎可能是人工授精或其他技术的产物，而且母亲生育他们时也不再年轻，根据我的计算，她当时应该已经四十多岁了。当然，佛尔古伊诺轻蔑地管那只可怜的小狗叫"娘娘腔"。好吧，许多同性恋仰仗自己的身份，认为自己有权利使用这类从异性恋口中说出的会让他们愤怒的词语。或者他有阳痿的困扰，因此丧失了性欲（年龄也会在某些方面驯服我们），但是我曾经偶然发现，他因想象与土耳其狂徒作战所激发的热情而勃起。也许他曾经无比热切地渴望过她（"额外的悲伤"），因而屈服于婚姻，但之后她变得冷漠无情，甚至更糟糕的是，她出于某种原因而被他厌恶。

总之，这样的事时有发生。根据编年史与传说记载，我们的国王亨利八世对安妮·博林有了病态的欲望，他甚至遗弃了尊贵的西班牙王后，并引发了教会的分裂。一五三三年，在圣灵降临日的星期天，他在威斯敏斯特厅隆重地为他的情人加冕。到了一五三六年，那些激情与恩惠大概已经荡然无存，在英国料峭五月的某天早晨八点，他让人引她至断头台斩下她的头颅。（好吧，事实上他既没有弯腰，也没有把她安置在断头台上，也许是因为顾念旧情，他无法彻底忘记一切。当然，他很快就将她从记忆中删除了,仅仅十一天后,他就与简·西摩成婚了。)

"任何一个行动都是一步,走向断头台,走向被气味和烟雾萦绕的火焰,走向总将我们拽向深处的海的喉咙……"我常常想起艾略特的旧诗句。我的记忆因不断重复它们而逐渐改变,我是在牛津的布莱克韦尔书店读到的那首诗,当时我还不理解其中的含义,当时我还只是托马斯·内文森,仅此而已。如果国王的热病在三年甚至更短的时间内消退,那么急躁的佛尔古伊诺在七八年内就会完全丧失热情,好似落下却没有凝结的雪花,好似淋湿我们便干了的雨水。在被延迟的生命中,一切都是有可能的,尤其是对于那些有权有势的人来说,他们本质上更善变。

那对夫妇让我困惑,比塞利娅·巴约与柳德维诺·洛佩斯夫妇更让我困惑,我觉得后者满足而简单,他们带着下流的快乐沉浸于自己幼稚的场景与游戏之中,他们从不质疑任何事,甚至连柳德维诺欺骗鲁昂每个生灵的行为都从不质疑。塞利娅·巴约大概觉得这是世界上再自然不过的事了。在我看来,她如此天真烂漫,如此无忧无虑,如此亲切友好,如此乐于助人,所以我认为她最不可能是马格达莱娜·奥鲁埃,尽管她有一头红发。当然,也不尽然:当手指摇摆不定,后悔莫及,并迟迟不能镇定自若地指出邪恶时,必须明白邪恶无所不在才行。

我做了调查，除了能力有限的骑士团长之外，森图里翁自己也做了调查，骑士团长的直长发、卷鬈发和奇装异服吓跑了当地的名流，他们顶多偷偷接待他两分钟，这也是交易通常持续的时间，对他们来说这是一件非常尴尬的事。

消息最灵通的人是鲁昂《万众期待报》的一位社会新闻记者，那份当地报纸就跟它的名字一样过时，但是很多人仍然买来读，因为他们毫不在意城外那些野蛮人的国度里发生的事。据说这位记者实际上是几乎整份报纸的作者，只不过用了不同的署名。据说他维系这份报纸是基于热情与不懈的努力，他既会轻松地宣布一场婚礼，也会言辞夸张地描绘一场聚会，并用含蓄的语言——他能很好地把握含沙射影的尺度——揭发当地政客最丑陋的行为，他对此毫不在意。他因消息灵通而出名，但他只在社会新闻和八卦消息中露脸。这只是一种说法，他使用笔名是因为惯例与喜好，而不是为了掩盖自己的身份，所有人都知道他的身份。而且，自从几年前鲁昂电视台成立后，他在自己口才与形象上的虚荣心击败了他，他常常露脸参加娱乐与八卦节目，偶尔还会做几场"大胆"的访谈，对于访谈对象来说有些无礼，至少对于这座谨慎可敬的西北城市的一贯作风来说是如此。他叫何塞·科里皮奥，他还遭遇着这样的厄运：那些看着他长大的熟人还会用"何破锣"这个爱称——好吧，没那么好听的爱称——来称呼他。对于像他这样的人来说，被别人叫成何破锣·科里皮奥不仅是一场灾难，还是一种耻辱，因此，他从很久以前就选择"弗洛伦丁"这个笔名来给他轻浮的文章署名。对于更严肃、尖锐且富政治性的文章，他会使用一系列不同的名字：从自以为是的法式笔名——"尚弗勒里""洛雷当·拉尔谢"和"卢韦·德·库夫赖"——到"费德里科·戈麦斯·古铁雷斯"和"费尔南达·梅斯纳德罗"，一共有几十个。当森图里翁得知这个情况时，他想起了柳德维诺在一段录像里所说的话。他记不太清是以高乔式乱舞和挥舞流星锁结束的那段，还是以柳德维诺只穿着白色围裙和厨师帽（臀部过于暴露），而塞利娅·巴约几乎全裸着、身上只有一顶十八世纪的帽子和一条被扯破的裙子收尾的那段。"唯一不配合我的是何破锣，他还没在锅里，会在背后搞小动作。"柳德维诺大概说了这样一番话。他还说过，他给何破锣送过一块表，而对方没有表现出任何谢意，尽管现在那块表正装饰着那位记者的手腕，仿佛那是他从爷爷那里继承而来，从年少时就一直戴着似的。他确信柳德维诺还提到何破锣"脸皮比魔鬼还厚"，并预言科里皮奥会把"鸡巴"伸给他，任他处置。

森图里翁认识弗洛伦丁后,他的想法立即再次得到了印证:柳德维诺否认负面信息的做法会害死他。弗洛伦丁,或者说何破锣,似乎很强硬、很油滑并且毫无忠诚可言。他可能想成为地方上并不缺的那种纨绔子弟,但结果反倒变成了一个古怪的人。他总是穿着一件长及脚踝的外套或风衣,仿佛是狄更斯笔下的费金,这无疑是为了让自己在莱斯梅斯河边走路时显得意气风发,他的双手背在身后,一副很匆忙的样子,这样别人远远就能看到他那格外突出的背影。他留着贵格会成员、亚哈或林肯的那种大胡子,但他的胡子又像费金的那样尖,也许费金是他模仿的对象。除此之外,他的打扮一丝不苟,衣着考究,以红色系为主,仿佛是为了与他常去的"红酒区"的商铺门面相匹配。他喜欢喝酒,但是从来喝不醉,仿佛酒精对他不起作用,或者他喝的不是那种会影响人的名誉和形象的酒。他谈话时反应灵敏,学识渊博,尽管后天养成了轻浮的个性,但他一点也不蠢,他大概四十五岁。他抽着从银色的英国式烟盒里取出的细长香烟,穿着大红色或酒红色的西装,系着桃红色的围巾和血红色的领带,就这样出现在当地的电视节目里。他从那时起就让"弗洛伦丁"大受欢迎——他那尖锐、诙谐但并不刻薄的言论深受观众喜爱,令人羞愧难当的何破锣和科里皮奥几乎被弃用了,除非是那些对他别有居心或者怀恨在心的人才会那样称呼他，那样的人不多，因为他们也害怕他，不想激怒他，而且他们还想获取他的信任。他会让别人奉承自己，但他从不向任何人做出承诺。现在他走在街上，人们会认出他来，尤其是村里的人们，这让他高兴极了。也许是为了抵消观众对于在电视上看到的人物的亲近感，他甚至用"您"来称呼孩子们。他不会吞下香烟的烟雾。

森图里翁无法向他隐瞒自己在鲁昂的身份，也无法隐瞒自己的职业——纯粹出于刨根问底的恶习，弗洛伦丁会简要地调查新来的居民。但他可以编造借口和故事，说他打算写一部以鲁昂为背景的小说，为此而请他帮忙，并承诺会在致谢中提到他，甚至把他写成书中的某个人物，如果这样能让他高兴的话。

"虽然这是我的第一部小说，但我相信它会是一部成功的作品。"他简洁大方地告诉他，如理想的介绍信般利落，弗洛伦丁会立刻对一个胆怯的家伙失去兴趣。"最近几十年，没有人书写中型城市。读者们对这类城市一无所知，他们会觉得这是个新颖而陌生的世界，科里皮奥先生。"

"请叫我弗洛伦丁。"

"抱歉，弗洛伦丁先生。不知您为何更喜欢这个称呼。"

"不。叫我弗洛伦丁就行了。我想没有人会管克拉林叫

'克拉林先生'，对吧？您应该懂吧？这听起来荒唐极了。也没有人会管菲加罗叫'拉腊先生'，管狄更斯叫'博兹先生'。"何破锣知道狄更斯这个简短的笔名并没有让森图里翁十分惊讶，从他的节目和文章中就能看出他是个学识渊博的人。"您是哪里人？"

"马德里人。"这个答案赢得了他的一丝尊重。一九九七年，首都马德里仍有声望。当然，并非很大的声望，但还是要比其他地方强一些。

"那您的英语怎么说得那么好？听说您的口音地道极了。当然，是地道的英国口音。"

"我在牛津大学上过一年学。而且我小时候在马丁内斯·坎波斯大街的英国学院读书，如果您熟悉马德里的话，应该听说过。"

"是的，当然，当然。正如您所见，我游历四方，我不像我的同胞，他们藐视一切，几乎从不旅行。所以说，牛津，对吧？还有英国学院，我听说那里提供的教育非常出色。我记得那是一所男女混校，即便是在佛朗哥明令禁止的时期也是如此。"这又是一个符合他心意的信息。这无疑让他联想到森图里翁可能会有不错的人脉资源。"您计划好了要在哪里出版这部小说吗？如果您用英文写的话，有想过翻译成其他语言吗？"

"现在说这个为时尚早。但是丰泉、塞依斯·巴拉尔、图斯盖兹和阿纳格拉玛都将会从我这儿撬走这本书。这都是些势利的出版社,而这部小说非同寻常,会让那些想涉足一切的新兴富家子弟为之疯狂。鲁昂将变成一种时尚,您会见到那一天的,虽然我会给鲁昂起别的名字,这样我在创作时能觉得更自由。拘泥于可以证实的东西,创造力就会减退,翅膀就会被折断。"

"您不会使用任何真名吗?"这似乎让他如释重负,同时又让他失望,"但是我想,我们这些鲁昂人会发现的。"

"不会出现任何真名。我讲述或杜撰的内容可能会给我带来法律纠纷。我会被指控诽谤他人,就像英国人会迫不及待地把类似影射的言辞称为诽谤那样。那里的保护法非常严格,小说家很容易陷入这种困境。而在这里,把多么离奇的事情说出来都不会有任何后果。但如果我们希望这本书哪天被译成其他语言的话……"森图里翁用这个复数人称把他纳入了幽灵计划。

弗洛伦丁既是亲英派又是亲法派,他无疑幻想能穿越国界,哪怕只是作为一个法国或英国读者都无法辨识的假想人物,甚至那部小说还不存在。

他用手背蹭了蹭胡子。如果他是意大利人的话,这个动作可以被理解成"我丝毫不感兴趣",但事实并非如此。

那天他穿着一身剪裁精致的西装，颜色是可怕的血红色，玫红色的衬衫上打着一条柠檬黄的领带。他整个人都成了一块碍眼的污点，直到眼睛习惯为止。用自己的存在让别人眼花缭乱并伤害别人是他的特点、他的标志。

"好吧，如果您想以我为原型塑造人物，可以保留'弗洛伦丁'这个名字，如果您愿意的话。科里皮奥就算了，绝不能用这个名字。反正那是个笔名，而且只有在这里才能发现其中的端倪，我对此并不在意。有各种各样关于我的谣言，什么事都能归结到我头上。我向您保证，您归咎于我的罪名不足挂齿，众人的想象往往比一个人的想象更邪恶、更疯狂，不论那个人的想象力多么丰富。您也明白，您的想象力还没那么丰富。这是您的第一部小说。还是说您写过其他还没出版的小说？它们被出版社拒绝了吗？还是您觉得它们还不够成熟呢？"

森图里翁没有理会他最后提的几个问题。

"真是极好的笔名，我祝贺您。"

"啊，是吗？您喜欢吗？我说不好，我已经完全习惯了……"

"它让人印象深刻。说实话，您所有的笔名都让人印象深刻，我听说，为了方便写作，您有好几个笔名。这可真是个好主意，您别改变呀。还是说您更喜欢'洛雷当·拉尔谢'？我觉得这个名字和我那将要存在的人物也很契合，萨瓦特尔在一部出色的作品中就是这样称呼书中的人物的，您肯定读过这本书。那么，我得到您的许可了吗？我想在情节中自由穿插这个人物。"

"当然了。原则上当然没有问题。我的角色是什么呢？我们才刚刚认识。"

"您已经说过了。关于弗洛伦丁的故事有上千个，不用编就有很多选择……但无论如何，主人公很可能会在某个时刻来找他打探消息，就像我现在这样。找那个洞悉一切的男人，那个城市的守望者，他不会让任何暴行过去，除非那会引发新的暴行，那样的话，他会保持沉默。那个永远知道什么值得被揭露、什么最好保密的男人。一颗警觉却谨慎的心灵，既没有丧失理智，也没有铁面无私。"

这段极其简短的即兴介绍让弗洛伦丁十分满意，更重要的是引发了他的兴趣，仿佛他很想看看自己在一幅不是由他绘制的肖像画中的模样。他抽出一根纤细的香烟，这些香烟实在太细了，轻轻敲了几下烟盒就断了。尽管他面前有一只烟灰缸，但他还是恼火地悄悄把烟扔在了地上，然后用他无力而瘦弱的手指又抽出了一根。他们坐在"斗鸡眼猫头鹰"的一张桌子前，他就是在那里约见了那位身份晦暗不明的老师。他会出现在一部小说中的愿景显然让他受宠若惊，他并不在意作者是谁，无论是从未发表过作品并且已经不年轻的作家，还是自掏腰包的白痴。森图里翁玩的就是这一套，他奉承弗洛伦丁，但没有夸张到让他起疑的程度。弗洛伦丁点燃比克打火机，他的脸上流露出了有些天真的激动情绪，这与他那个很可能是古董的长条银色烟盒丝毫不相称（这可能也是柳德维诺的礼物，他对此既不上心也不感激）。这个男人并没有顾及所有的细节，也可能是那把优雅的打火机没油了，他换了一把塑料打火机。

我突然想起了贝尔塔曾经惊恐万分地向我讲述的那件久远的事，她以此逼迫我向她坦白我的部分行动。当我们的孩子还是婴儿时，他们曾经受到过威胁，而当时我并不在场，那次威胁与芝宝打火机和一对爱尔兰夫妇（或者至少女方是爱尔兰人）有关，他们讨好并关照她，然后监视她。对我来说这件事模糊不清，因为我只是听说，并没有像她那样亲身经历过，而且我从没有见过那对夫妇。此外，并没有任何糟糕的后果，只不过是短暂的虚惊一场。然而，我莫名觉得难受（但这种难受比火光更转瞬即逝），仿佛这段插曲在二十年后仍然没有结束。但它的确结束了，在之后的很长一段时间里并没有发生任何事。当然，二十年太久，久到无法清晰回忆，试想一下对于被关在牢笼里的囚犯而言，二十年意味着什么。如果我能做到的话，我这三位女嫌疑犯中的一位差不多会被判这么多年。我必须做到，否则图普拉会命令我毫无顾忌地把嫌疑最大的那个女人处理掉，以便防患未然，以免让他的朋友乔治失望。带她出城，进山，找个借口让她下车，然后全速撞向她，碾轧她两三回以确保万无一失。或者把她推下悬崖，这样更干净，人们有时会冒失莽撞，从悬崖上掉落。当然了，一辆偷来的车，就像埃塔与爱尔兰共和军的恐怖分子用的那种车，把装着炸弹的车停在目标旁边，目标是某位军人、法官或企业家，或是某家超市。图普拉干得出这种事。所幸的是，他没有不耐烦地给我打电话，但我担心他已经处于不耐烦的边缘。当这种情绪侵袭他时，要遏制是很难的。

"城市的守望者，洞悉一切的男人，"弗洛伦丁重复我的话，"一个隐晦暧昧并备受自己的学识折磨的人。一个必须衡量自己的言辞的人。这样的人对于一部小说来说是很有吸引力的，没错。但您不会以为我真是这样的吧？您应该明白。您不会真以为我谨慎而节制吧，不会真以为我之所以没说出那些我没说的事是为了避免更多的伤害，对一些腐败与欺诈行为只字不提是为了避免造成更糟糕的后果吧。我闭口不谈的那些事要么是对我有好处，要么是我不能说。这里有一些非常有权势的人，而我也不是他们动不了的人。人们尊重我，忌惮我，这是事实，而且有些人还想取悦我。但我并不是动不了的人，不管我多希望能成为那样的人。"他顿了顿，改变了语气，"告诉我一件让我感兴趣、令我痴迷的事吧，我们正在不知不觉地表演或排练小说的场景吗？"他以近乎幼稚的天真和无法掩饰的激动问道，仿佛他突然不由自主地变得骄傲自大了。他就差掏出梳子，稍稍梳理下头发了，他作势要掏出梳子，但是忍住了。

"这是肯定的，弗洛伦丁。这个场景只会出现在书中，当然还会有美化和修饰。所以，就看我们怎么表现了，就看我们怎么把握尺度。"森图里翁带着爽朗的微笑回答道，这意味着他在开玩笑。换句话说，他以开玩笑的方式道出真相。

他意识到，从那一刻起，《万众期待报》的灵魂人物在他面前会表现得像在观众面前那样，那是更神秘也更苛刻的观众，不像他已经拥有的电视观众那样温和与单一。他会表现得像是意识到观众的目光会聚焦在他身上的伟大演员那样。只要让他知道他的一言一行以及他的姿态与话语都会被用来创造一个小说人物就行了，谁知道之后会不会变成电影人物呢。

文学能让我们看到真实的人，即便是不存在的人，或者有幸将永远存在的人，因此文学绝不会完全没落。此外，弗洛伦丁还是一位文学爱好者，他的文章里充满了文雅的引文，他在鲁昂电视台的轻浮言论也是一样，而他明知很多观众根本毫无概念。他对此毫不在意，有时他会在节目中大方利落但并非得意忘形地说："我知道你们大部分人都不知道谁是雷斯枢机主教，谁是埃克曼-沙特里安，谁是沙夫茨伯里伯爵。不要紧，我知道，我还知道他们很适合如此轻浮的场合。如果你们了解他们的话，准能榨出更多乐子。不管你们的时间多么紧张，都永远来得及。好好读书学习吧，这就是市图书馆的用处。"接着，他又继续冷嘲热讽、胡搅蛮缠。人们实在太喜欢他了，接下来的几天，图书馆接待了许多手艺人和好奇的女士，他们要找"德雷斯枢机主教""赫尔曼·沙特里安"或者"莎士茨伯里"的作品，但常常一无所获。森图里翁还意识到，自己已经赢得了卢韦·德·库夫赖、洛雷当·拉尔谢甚至还有尚弗勒里和费尔南达·梅斯纳德罗的信任，他一举拿下了所有这些人，因为他将赋予弗洛伦丁另一种维度，另一个类别，一个他从未梦想过的类别。

"那您希望我跟您讲些什么呢，我身经百战的森图里翁，"他讨嫌地说，"问吧，问吧，看我能不能满足您，给咱们的小说贡献一些点子。这部小说会有众多的人物，对吧？描绘一座城市的小说定是如此。"

森图里翁既不想暴露自己的意图，也不想直奔主题，他先问了"斗鸡眼猫头鹰"的老板贝鲁亚，还问了比达尔·塞卡内尔和鲁伊韦里斯·德托雷斯医生，以及公证员加斯帕尔·戈麦斯－诺塔里奥，他对他们已经有所了解，他想看看弗洛伦丁愿意放肆到什么程度。弗洛伦丁向森图里翁证实，贝鲁亚协助并安排想要找乐子或赚快钱的女孩子偶尔卖淫，而且还在店里贩卖可卡因。但是他告诫森图里翁暂时必须守口如瓶。

"在这些人里最有意思的是比达尔·塞卡内尔。在他亲切甚至阴郁的外表下，藏着一段可怕的往事。嗯，换作是在其他国家，他现在可能在牢里待着呢。但这里什么都不调查，只要不扰乱常规，一切都能存在，许多事都被忽略了。然而，现在告诉您那个恐怖的故事还为时过早。即便是为了创作宝贵的虚构小说，也得定量提供信息。"

森图里翁并不在意比达尔·塞卡内尔犯过什么罪，不管在哪里，他都算得上是非常称职的心脏病专家，他的确散发着善解人意与天真善良的气质。森图里翁提这些问题只是为了转移注意力，弗洛伦丁讲述的那些逸事让他觉得非常无聊——幸亏不是长篇大论，他假装认真倾听并无精打采地做笔记,但他已经走神了。他去那里可不是为了处理鲁昂的各种乱象。接着他问起了伊内斯·马尔赞,弗洛伦丁嗫了好几次嘴。

"您现在肯定比我更了解她,干得漂亮,森图里翁。你们有时候会在一起,这根本瞒不过我,而且你们也没怎么掩饰。最近你们不常在一起了,对吧?"他说这些话时还做着双手反复迅速交叉的粗俗手势,这个动作让人联想起交媾的高潮。然后他举高双手并把它们分开,双手仿佛停滞,这呼应着他最后说的那句话。弗洛伦丁聪明博学,他的那句"您"无所不在,但他并不是很文雅,那一刻何破锣把他赶跑了。他丑陋的大胡子便是预示,那很可能也是何破锣·科里皮奥的主意。

"行了。我问的并不是这个方面。她是从哪儿来的?她有什么样的故事?您应该也知道,她几乎从不透露自己的过去,不惜一切代价避免谈论它,仿佛她厌恶或害怕自己的过去。她是怎么来到这里的?"

"没错,没错,她极其沉默寡言。没人知道她过去的经历,连她的朋友也不知道,不过她也没什么朋友。她有时说自己来自萨拉曼卡,有时说自己来自洛格罗尼奥,或者说自己来自希洪。她要么是给出了不同的版本,要么是真的在那些地方生活过。我对她这个人物角色并不感兴趣。

她跟这里的人有过好几段故事，不过谁又不是呢。在我看来，她过于谨慎了，她高效地经营着自己的生意，并不渴望在社会上脱颖而出。她有一些小小的癖好，但并没有表现出来，您应该已经见识过了，或者跟她一起分享过了。吵吵闹闹、喜欢作秀的人还有贪婪成性的人更让我有发挥的余地。当然，在鲁昂这样审慎的地方，那样的人并不多。要是聘请我去马德里工作就好了，那里是大人物和无耻之徒的聚集地，是有机会崭露头角的地方……"

森图里翁目不转睛地看着他，并没有回答，而是想等他继续说下去。弗洛伦丁注意到了，他对首都的遐想一扫而光，他觉得自己犯了错，仿佛是担心自己会让森图里翁失望，还担心自己会在小说里变得苍白可怜。于是他带着些许歉意说：

"听着，我并不是什么都知道，但是在鲁昂发生的许多事情我还是知道的。如果您想知道的话，我可以告诉您小伊内斯·马尔赞做过谁的情妇，但是她跟那些人只有短暂的露水情缘，鲁昂的许多女人都做过他们的情妇，您肯定明白这是怎么一回事：一些女人会把事情告诉另一些女人，而后者会因为骄傲或好奇，会因为想说出'我也是'而心痒难耐。那是本地鸡毛蒜皮的小事，独树一帜是不被看好的。但是，至于在外地发生的事……这不归我管，不在我的能力范围之内。我顶多能告诉你一些传言,我不清楚它们是否有根据,是否纯属捏造。您已经知道在中等城市会发生什么了,当有人不透明时,就需要给他编造一些谣言,而这些谣言立刻会被认为是真实、确定的。谁知道呢。大部分人都无法忍受对某个人一无所知,所以我这一行才会蓬勃发展且报酬丰厚。像我这样的人填补了空白,提供了令人安心的因果感,即秩序感。与你们这些小说家的追求非常不同,你们的世界,你们的选择,似乎更有序,更容易理解,而且比现实更容易领会。我们这些无意中揭发别人并散布谣言的人,除了分散人们的注意力和提供谈资之外,还肩负平息情绪的职责。我不明白为什么我们如此被人轻视。我们拉近了人们之间的关系,让他们更和谐,并且引导他们……"

弗洛伦丁思考得出神了,他难得能和他认为与自己同一水平的人畅谈哲思。他表达得相当出色,但森图里翁既不在乎伊内斯·马尔赞做过谁的情妇,也不在乎尚弗勒里的心思。让他觉得奇怪的是,弗洛伦丁叫那个高大的女人"小伊内斯",这也许意味着他对她有感情。这个亲昵的称呼对于那个女巨人来说并不合适,而且发生性关系时她的体形还会增大,对此他非常了解。

"那您听说过哪些传言呢?"

弗洛伦丁靠在椅背上，把大拇指伸进了干血色外套胸前的口袋里，他仿佛突然志得意满，要给眼前的老师上一课。

"呃，我并不怎么相信那些传言。一个烂俗而浮夸的故事，十分符合主妇、厨娘和女理发师的口味，她们一无所成，如果不是为了顾及面子，肯定会一起过日子。据说，她的丈夫抛弃了她，还把女儿带走了，她根本见不到女儿。据说，她恶劣地给人家戴了绿帽子，所以不得不逃离萨拉曼卡、洛格罗尼奥或者希洪。如今看来，这些传闻完全不可信，听起来几乎是十九世纪的事。据说，那件事比戴绿帽子还要严重得多，她犯了贪污罪、诈骗罪、盗窃罪甚至是血案。我猜测她只是弄伤了对方，我并不认为她会杀人。也许她在怒不可遏时用菜刀刺伤了她的丈夫或情人，我认为她最多做得出这样的事，真的。据说，她的丈夫不打算揭发她，条件是她要永远消失并保证永不接近女儿。有些人说她来鲁昂定居后不久的确杀过人。之后人们就习惯了，并忘记了一切，长久以来她只是拉德曼达的老板娘伊内斯·马尔赞，从来没有人想过不去那里吃晚餐。但那些老主顾跟所有安分守己的群体一样，喜欢刺激而恐怖的故事。这就是英国的现状，您应该比我更清楚，他们无法忍受知书达理与平静随和的人生背后没有隐藏可怕的谋杀案与难以想象的性变态。他们必须从别处获得安宁生活的补偿。"

森图里翁认为,那些传言与伊内斯·马尔赞在公园里勉强敞开心扉的那一天跟自己讲述的故事区别不大。这说明不了任何问题,为一己之便,她可能决定把别人给她编造的流言蜚语变成自己的,多年来她可能也听过这些流言,也许还觉得有趣。唯一让他警醒的是,弗洛伦丁提到了拉里奥哈自治区首府洛格罗尼奥,马格达莱娜·奥鲁埃的父亲便来自那个地区。伊内斯并没有提过这座城市。当然,她也没有提过希洪。如果弗洛伦丁没有调查过其他地方的事,那么他对自己的用处并不大。他不是侦探,不能对他有太多的要求。

是时候转变话题了。

"柳德维诺·洛佩斯·西劳呢?还有他的妻子塞利娅·巴约呢?您觉得他们怎么样?"

弗洛伦丁像小鸟似的挺起了胸膛,他直起身子,用除了大拇指之外的四根手指做了一个手势,这个手势意味着:"唉,我要是开始说了,可就停不下来了",或者"能说的实在太多了,我不知从何说起"。但是他准备讲述的人是柳德维诺,因为他立马把注意力集中到了柳德维诺身上,而森图里翁对他并不感兴趣,他只对塞利娅感兴趣。但是他不得不问他们两人的情况。

"他是个背信弃义的人,是个逃犯……"

"逃犯?他从哪里潜逃?"

"他出生于卡蒂利纳,一直是个无赖。年轻时去了莱万特,那里有更多的金钱与活力,他有了更多的机会。他在牢里服了几年刑之后,只能狼狈地逃离卡斯特利翁。他没被判几年,因为他跟警察合作,揭发了几个同伙,并让省议会的某位要人陷入了麻烦。他倒是真犯过贪污罪,策划过诈骗案和许多能够想象的罪行。他在那里变得毫无用处,想报复他的人也不止一个,我相信他再也不会踏入那个地区。所以几年前他回来了,并把他在那儿学到的东西更好、更隐蔽地运用到了这里。"

"谢谢,弗洛伦丁,但这些事我都知道了。为什么您不揭发他的非法勾当呢?我指的是公开揭发。"

"原因有二:第一,牵扯的人太多,目前如果纸牌屋倒下,那些人会非常不满;第二,人们喜欢他,喜欢得要命,他肯定也发现了。这对我的限制就跟那些大人物能对我造成的伤害一样大。对他们那些人,顶多能开几个无关紧要的恶意玩笑。而且你不能也不该违背大众的同情心。或是只能偶尔散播疑虑并嘲讽他。对柳德维诺的正面指控会变成对我的指控,直到他某天失势了或者我赢取了更多人的同情为止。多亏有了电视机,我正在朝这个目标迈进,但还差一些。一个如此厚颜无耻、粗鲁无理的家伙竟然能征服鲁昂人，这真是个谜团。所以我暂时只能含沙射影，只能在这儿透露他的小部分恶行，在那儿对他冷嘲热讽，只能间或云淡风轻地提出一些颇具引导性和技巧性的问题。"

弗洛伦丁停顿了一会儿，他抚平外套，抻了抻裤子，他又想掏出梳子来。他大概认为，如果发表一通演讲的话，自己的人物形象会更丰满。

"人是非常危险的，是最危险的存在，令人厌恶和恐惧。人群往往是卑鄙无耻的，他们用自己的下流行径与不满情绪感染彼此，煽动它们，让它们肆意滋长，愤怒地将它们掷向别人。即便人群在原则上占理，也必须对他们保持畏惧，逃离他们，因为他们最终会变成丧失理智的野兽。要是与他们为敌，那你就输定了，你会被钉在十字架上。他们不会相信控诉他们最喜爱的人的任何一句话，除非无常时刻来临。那个时刻总会来的，总会来的，只是有时来得很慢，会耽搁好几年，沿途还会摧毁许多人。因回顾过去而产生的遗憾并不能让他们死而复生，如果他们还会感到遗憾的话，人们会宽宏大量地审判自己，为自己免除最严重的罪名。您回顾一下历史吧，不论遥远的历史还是近期的历史，都充斥着被人崇敬的杀人犯。您看看隔壁巴斯克地区如今的情形吧。"

这让森图里翁提起了兴致。

"巴斯克地区发生了什么事？"

"发生了什么事？您不读报纸吗？您没看选举结果吗？大约有十八万张选票投给了支持恐怖分子并为他们欢呼的政党，回回如此，只不过恐怖分子的姓名不同罢了。如果您开始挨个数，那么在数到一千之前就会觉得厌烦。您知道有十八万民众为几个杀人犯欢呼鼓掌意味着什么吗？这让人心惊胆战，对吧？"弗洛伦丁变得十分严肃，森图里翁认为，如果他怀疑那三个女人的话，会毫不犹豫地告诉自己。他应该从没把她们跟埃塔联系起来过，更不会想到把她们跟遥远的爱尔兰共和军联系起来。费尔南达看了一眼自己的柠檬黄领带，并用手指掸去了无关紧要甚至是假想的污渍。"因此……"

"因此什么？"

"你永远无法彻底摆脱同情的浪潮，很难不屈从于那种氛围，那种集体的暗示。我想告诉您，即便我非常了解柳德维诺的真实身份，也知道他是个流氓，但我并没有很不喜欢他。您也明白，他很善于让别人站在他那一边，而且他对我很照顾。他给我送礼物，巴结我，努力取悦我。要公开跟已经建立起关系的人过不去是很难的，而且在这种规模的城市里，不管愿意与否，每个人都拥有私人关系。

只有极少数例外。所以和解与休战总能达成。比如，你在桥上遇到了你的敌人，那能怎么办呢？毕竟认识了对方大半辈子，那就停下来跟他聊天呗。"

"他给您送礼物？"

"他对我们这些有地位的人是很大方的，他的确给我送过礼物。'没什么，这是给孩子们或者您爱人的一点心意'，通常如此。但您别当真，这种事对我不起作用。我会克制忍耐并眼观八方。这是我们这些记者的义务，偶尔啄咬对方总比死了再也张不了嘴强。"

"死？"

"您别只听字面意思，森图里翁，这是一种表述方式而已。您看看那些墨西哥记者，他们时不时歇一歇再回来，而不是坚持到底，最后只能被砍掉脑袋，胸前画着涂鸦，被吊在桥上。我已经告诉过您，克制忍耐是一码事，等待机会时没有上膛的猎枪是另一码事。无常时刻总会来临。墨索里尼就等到了。您知道佛朗哥的办公室里有一张墨索里尼像猪一样被吊着脚的照片吗？别人问他时，他回答说：'这是为了提醒我，我绝不能有这样的下场。'他倒是猜对了。"

"沃尔特·皮金，即艾伦·桑代克在贝希特斯加登草木繁茂的环境中携带的那把猎枪没有上膛,尽管他是职业猎手。这使他在假装扣动扳机后耽误了时间,他得先下定决心,把子弹装进去,然后重新瞄准。于是,树叶被风吹落,在他拨开树叶的工夫,时间结束了,机会也失去了。"我这样想,"必须随时带着上膛的猎枪,正如弗洛伦丁的比喻,因为你永远不知道自己会遇见什么。'但凡我能预感到这个人渣以后会扮演的角色,我当时肯定会毫不犹豫地给他一枪。'雷克-马雷切文在他的日记中写道。那便是现实,弗里茨·朗的电影是基于另一个虚构故事的虚构故事。但问题在于我们通常发现不了那种征兆,更别说拥有那样的洞察力与自信,所以手指才会摇摇晃晃,犹豫不决,正要扣动扳机,却眨了眼,移开了视线,然后才重新瞄准。问题在于时间,我们几乎总是晚到或早到。当我们得知危害的规模时,杀死对方的可能性已经归零;而当我们还在猜测时,有那样的可能,但我们无法仅凭猜测开枪。好吧,有些人能做到,图普拉就能。但我觉得我做不到。"

"那塞利娅·巴约呢?"我问弗洛伦丁。

"塞利娅·巴约怎么了?您认识她,她可是您的同事。"

"好吧,但是她实在太好了,她总得有些秘密吧。她是从哪里来的?她跟柳德维诺是怎么认识的?"

"她来自加利西亚,是加利西亚人,没错吧?从她的口音听不出来,因为她童年时在马德里生活过,她还吹嘘自己的意大利语是在学校学的。她来自拉科鲁尼亚或圣地亚哥,我记不清了。她和柳德维诺是在这里认识的,但这事不值得一提。她很实在,她就是这样的人。她是个可爱的人,阳光的人,您已经跟她有所接触了。她是上帝的灵魂。她是一个非常自信、简单,并且觉得一切都好的人,如果她知情的话,连她丈夫的那些丑事她都会觉得好。她不会自我怀疑,也不会怀疑她的丈夫。如果她的丈夫一切顺利并能赚到钱的话,她只会单纯地高兴,她不是那种要求解释的人,她完全不是刨根问底的人。她看起来是什么样,实际上就是什么样。她作为小说人物不会发挥太大的作用,这我得跟您承认。"

"弗洛伦丁,您确定吗?绝对没有人看起来是什么样,实际上就是什么样的。我的经验恰好相反,一个人看起来越透明,就越会隐瞒事实。他隐瞒的不一定是坏事。可能是因为谦虚而无法施展的能力与美德。我也说不好,我认识的一些家庭主妇竟然是技艺精湛的钢琴家,她们达到了霍罗威茨的高度,只不过缺少信仰与野心。塞利娅来鲁昂之前是做什么的?"

"跟现在一样,您应该知道的。她在圣地亚哥或拉科鲁尼亚教过书。她在那儿无聊得不行，而这里的待遇更好。这里更冷，但是雨水少，阳光更充足。您为什么觉得她隐瞒了什么？我觉得她一点儿也不复杂。要是非让我说的话，最奇怪的是她深爱着那个大老粗。您看到他穿的那一身了吗？还有他使用的都是些什么措辞，对吧？"

我觉得很可笑，弗洛伦丁竟然批评别人的着装，他自己就是个被长及脚踝的大衣包裹着的红色肉球。不过，他的确没洛佩斯·洛佩斯那么兼容并蓄，而且比他更低调。他告诉我的所有事都与我的情报相符，我想知道情报是谁做的，是用什么粗俗的方法做的，或许只能用传统方法调查。

"并不是说她有多好，她迈着小马驹般的骧步，但跟她丈夫相比……他们俩非常相爱，也许她爱她丈夫正是因为她丈夫疯狂地爱着她。他非常容易嫉妒，您知道吗？他认为自己家里的那匹马是纯种马，而不是小马驹。"

"他曾经警告我小心点，所以我知道。而且我也听说过一些事。"

"听着，"弗洛伦丁不再谈论塞利娅，他跟所有人一样对塞利娅的评价非常好，而恰恰因为她缺乏人生经验，他对她并不感兴趣，"这也是我有所克制的原因：柳德维诺太爱他的妻子了。如果哪天我把他钉在耻辱柱上，如果我揭发了他收取佣金、敲诈勒索和贪污腐败的复杂网络，成功让他接受审判，让他进监狱——他的所作所为罪有应得——好吧，我会替她感到遗憾，这将夺走她一半甚至更多的快乐。而在某种意义上，对他也是如此。离开塞利娅他就会失去理智，而且他还无法控制她，一想到塞利娅跟某个无名小卒在一起，他就会发疯，他认为所有见过塞利娅的人都会渴望并追求她。热情将他们结合，乐观将他们结合，轻松与生活的快乐将他们结合，即便对他来说那是犯罪的快乐，对塞利娅来说则是不知不觉或者默许的快乐。但这一切是如此稀缺，以至于需要我们的宽宥。难道不是吗？您应该能理解的。"

弗洛伦丁用词很谨慎：他说"骥"，而不是"马"；说"宽宥"，而不是"怜悯"或者"同情"。他说"马驹"这个单词时用了英语发音，但在他嘴里听起来更像是 pouni。为了配得上卢韦·德·库夫赖、洛雷当·拉尔谢和尚弗勒里，他显然读了不少书。我开始怀疑他是不是符合我意图的人选，他没有告诉我任何不为人知的奇怪、肮脏的事情。他对伊内斯·马尔赞没有任何意见，他喜欢塞利娅·巴约，甚至连他颇为鄙视并视为小人的柳德维诺，他也没那么讨厌。尽管他有那样的名声，但他并不恶毒，实际上，他对自己的同胞十分宽宥。也许这就是他之前提到的，在鲁昂这样大小的地方，长久地与人为敌并不是一件容易的事。他可以以此为乐，可以从新闻或娱乐节目里掷飞镖，但飞镖绝不会深深地扎入肉体，它造成的伤口很浅。

也许鲁昂人面对厄运时，要么大度温和，要么无奈隐忍。不像在农村，那里的少数人（至少在西班牙和爱尔兰的农村是如此）往往需要致命、持久的仇恨来滋养他们的精神，为他们的不幸而战，为他们的不幸辩护，祖祖辈辈，永世无穷。必须有人为自己的庸碌无能，为自找的挫折，为从出生、活着与死去时都伴随自己的不幸负责，虽然这种不幸只是道听途说。罪责来自过去，来自你的曾祖父，或者曾祖父的高祖父，那些村子里有太多回忆，而且仍在不断加深。

而在鲁昂，有像骑士团长、贝鲁亚这样的毒贩子，有像洛佩斯·西劳那样四处操纵勒索但博人同情的家伙，有像比达尔·塞卡内尔那样披着羊皮（至少我是这么理解的）的无耻医生，还有像佛尔古伊诺·高斯那样残忍的剥削者，人们认为这些是小恶，是平常事，这里的情况很可能一直如此：一座海纳百川的城市，人们扮演着由骰子决定的角色，无论角色是好，是坏，还是一般。而如果有人从画面中被抹去，那幅画就会变得模糊、残损、破碎，于是无论出现什么，都会被接受，都会被吸纳，都会平静地融入其中。无论是为了丑化还是美化风景，融入本身就已经足够，而当不可避免的伤亡发生时，随之而来的便是呼唤迷雾的丧钟，"每个渐暗的黄昏是一次次帘幕的降落"，每一次截肢都需要哀悼，即便肢体已经生了坏疽。

那座西北城市无疑印证了《诗篇》里的话："若不是耶和华建造房屋，建造的人就徒然劳力；若不是耶和华看守城池，看守的人就徒然警醒。你们清晨早起，夜晚安歇，吃劳碌得来的饭，本是徒然……"何必劳烦鲁昂的看守人呢？既然耶和华几个世纪来一直守卫那座城，既然这座城市依然屹立不倒，正如圣阿格达教堂、坎特伯雷大主教教堂、拉丁门教堂和主教座堂那样几乎完好无损地矗立着，既然人们依然从两个方向穿越微波荡漾的莱斯梅斯河水上方的那座桥梁。

"我能理解，"我回答他，"那玛利亚·比亚纳呢？关于她，您有什么可以告诉我的吗？当然，大家都知道的事情除外。她从哪里来？她跟高斯结婚前是什么样的人？高斯为什么会跟她结婚？这么多年来，她应该不缺追求者。我不是感到奇怪。尽管她没有美得惊人，但她散发着某种东西，某种……"我没有用"性感"这个词，"与众不同，我也说不好。嗯，这是我的个人观点。"

弗洛伦丁大惊失色，他四处张望，仿佛是想溜走，但又缩了回去。他开始转动啤酒杯的手柄，紧张兮兮地点燃了一根他那荒谬的香烟，仿佛他从谈话一开始就害怕这个问题。啤酒的泡沫把他刮掉小胡子的地方稍微染成了白色，这样他就更像狄更斯笔下那个指点小偷的人物了。

"哎呀，我在底裤里被您抓了个现行。"他埋怨道，说这句随意且下流的话时，他被何破锣、科里皮奥也许还有何胖这三个人附身了，他们一时间将那群亲法人士甚至还有绝不会用贴身衣物来形容自己一无所知的费尔南达·梅斯纳德罗给赶跑了。除非她是个极其粗俗的年轻女子，这样的女孩开始多了起来。"关于玛利亚·比亚纳的确切消息我知道得很少，大家对她所知甚少，可讲述的也很少。我指的是她来这里之前的身份。您应该也发现了，她完美极了，她完全融入了这里，仿佛是如假包换的鲁昂小公主。她借助婚姻得到了那么多金钱还有高贵的地位，她做到了令人难以置信的事，无论有意还是无意，她都不会冒犯任何人，她不会惹人反感。她像她的家人那样遥不可及，但她并不高傲。她完全不善沟通，她谨慎而亲切。她对所有人都报以微笑和亲切的问候，尽管她的微笑并不热情，我猜想，那并不符合她的性格……她会是个理想的小说人物，我说不好。或许她有些空洞，就像没有秘密的斯芬克斯，就像没有藏污纳垢的屏风。高斯在结束一次长途旅行后回来时,已经跟她结了婚。有人说他是在马德里得到了她,有人说是在桑坦德,还有人说是在塞维利亚,但可以肯定的是,她并没有那里的口音与举止。有一个非常简单的官方版本,暂且这么说吧,但谁说得清呢。她可能是高斯一位已故挚友的女儿,他也是高斯的商业伙伴,是一位永远不会安分地待在同一个地方的外交官。准确地说,玛利亚可能不属于任何地方,她在童年与少女时期从一个国家搬到另一个国家,但没有在任何一个国家扎根。因此她会说好几门语言,但都说得很糟糕,没有一门掌握得很好。唯一知道真相的人是高斯,而他不是那种会跟爱打听的人解释的人,甚至不会跟朋友解释。准确地说,他回避解释,他不喜欢别人插手他的事,尤其是他的家务事:'她是我的妻子,仅此而已。'这就是他的态度。'没什么可观察的,没什么可反对的,没什么可打听的,也没什么可问的。询问她的情况是一种无礼的行为,因为我已经替她做了担保。对我的孩子,我的雇员,甚至我的狗,也是同理。'这是那种权威人士的风格。这种人认为自己能让身边的人变得高贵,或是认为他们已经具备了才干,因为他选择了他们。您明白的,'我的一切都是一流的,从司机到老婆。'但是正因为他不喜欢,他甚至不喜欢让合伙人了解他的每一步计划,了解他牵动的每一丝线索,了解他的项目与扩张计划。他希望每个人只了解自己负责执行的那部分。"

"就跟我们情报局一样,"我如此想道,而"我们"在我的观念里一如既往地意味着英国,"每一颗棋子最好只了解自己的职能,绝不能了解总体的框架或计划。我也是现在才意识到,我像往常一样拿着照明范围极小的手电筒在黑暗里工作。我何必需要更多呢。其他事都与我无关,现在这样就很好。"

"那么玛利亚呢?"我不希望他对佛尔古伊诺发表长篇大论,在我看来,佛尔古伊诺是一个发了横财且稍稍有点文化的大老粗,主要是因为他的那些画,而不是因为他看的书。我对他没有兴趣。

"嗯,也没什么别的了。根据那个版本的说法,她来自一个马德里家庭。一个国际化家庭,对此我是这样理解的:背井离乡、四海为家、不甚富裕,是那种只要父亲在政府部门领着优渥的薪水,就能过好日子的家庭。一旦他去世,就只有残羹剩饭了。因此,她有理由嫁给一个在地方上志得意满的富豪,有什么关系呢……"

"但玛利亚并不是个年轻女性。在她来鲁昂之前的年轻岁月里,她应该做过什么,有过某种身份。女性早已不像简·奥斯汀小说里的女性角色那样了。甚至不像巴尔扎克作品里的女性角色。"

弗洛伦丁摸了摸自己的大胡子，几乎是在挠它（他的胡子大概时不时地发痒），然后戏剧性地叹了口气。

"没错，没错。但我完全不知道，您希望我告诉您什么呢。您看，我多让您失望啊，我勇敢的森图里翁。我没有告诉您任何有用的信息，真是糟糕，真是让人失望。这样下去，我在您那部伟大的小说里，恐怕连个角色都不会有了。"

他的话里有非常明显的嘲弄语气。也许他还不太信任我，或是他根本不在乎出现在一个无名大龄作家的处女作中。也许他跟我交谈主要是为了研究我，而不是出于别的原因。毕竟，他对并不以滥交而闻名的伊内斯·马尔赞的新情人隐约有些好奇。也许哪天我能派上用场，能让他在《万众期待报》上登出半页，或是能让他在鲁昂电视台的节目里表现得无所不知。

"您也看到了，作为一个热衷八卦的人，我还有很多需要改进的地方。"

会面即将结束，没有迹象表明还会有下一次。

"您别小瞧了自己，弗洛伦丁。我收获颇多，光听您说话就是一种享受。您是个讲故事的大师，不过，大家应该都这样跟您说过吧。如果他们没跟您说过，那就是他们的不对了,因为他们就是这么想的。"

"啊,是吗?您有听说过吗?"虚荣心有时会击败他。棉花般的虚荣心,就像诗人或造型艺术家的虚荣心,或是当地名人的虚荣心,这就是他真实的身份。

"我现在相信了。我学生的家长常常把您挂在嘴边。说实话,主要是学生们的母亲。还有女老师。她们显然是您的追随者,您让她们快乐。她们同意您百分之九十的观点。您应该进军国家级媒体,您怎么会没有收到邀请呢?您还可以去私人电视台。凭借您费金式的外表,您的智慧和天才,您可以横扫全国……"我也不想阿谀得太过分,所以我停了下来,"可以允许我提最后一个问题吗?"

"啊,您注意到了,"他满意地说,他显然指的是费金,"嗯,您是个有学识并且喜欢英国文化的人。我的确收到过一些邀请,但还是算了。我在马德里和巴塞罗那没什么基础。我也说不好,我很难适应新环境。百分之九十?"这让他有些担心,"来吧,问吧,还有时间。"

但他一边鼓励我,一边摊开他的外套,并把它从长椅上收起,他用这样的方式提示我,真的是最后一个问题了。当然,他还等着我结账。我立刻掏出钱包,举到他眼前,摆出了"您想都别想,账由我来结,我浪费了您宝贵的时间"的姿态。

"关于贡萨洛·德拉·里卡,您有什么可以告诉我的吗?"

他一脸惊讶,然后不由自主地流露出了不悦的神情,仿佛因为没有记住某个名字而懊恼。

"我想我从没有听过,也没有见过这个名字。他是谁?他不是本地人,对吧?"

"不,我觉得他不是本地人,我短暂地见过他一面,他只是路过。他是伊内斯·马尔赞的老友,她是这样向我介绍的。他可能来自马德里或奥维耶多。也许您曾经见过他跟伊内斯·马尔赞在一起,只不过不知道他的姓名,或者他用了别的名字。他是个五十多岁的胖子,一头卷发,头发很白,但发际线没有后移。小眼睛,戴着眼镜,牙齿小得像方形颗粒。他说话喋喋不休,言谈粗俗。他对民主有许多异议,主张削弱人们的知识。嗯,换句话说,是报纸、电视和广播里的知识,这些知识让他们如今有胆量参与一切并对任何话题都发表意见。"

"不,我并不认识这样的人。很抱歉,您看我真是太让您失望了。但是我想跟您说一句话,您应该会理解的:那位德拉·里卡并没有完全说错。民主有明显的漏洞,有时还会造成不必要的问题。当然了,其余的一切更糟糕,或者总是更糟糕。托克维尔早就预见了这一点,一九二九年奥尔特加-加塞特也曾经说过:大众是自以为无所不知,但其实一无所知的人。他没有想到七十年后，大众的人数在不断增加。但这绝不是民主的问题。因为一九二九年这里并没有民主。这里几乎从未有过民主。"

第九章

正如我所担心的那样,图普拉失去了耐心,我接到了他的电话。佩雷斯·努伊克斯偶尔给我打的几通电话对他来说已经不够了,她每回都是从马德里打来,有时以图普拉的名义,有时以马奇姆巴雷纳的名义,马奇姆巴雷纳大概觉得亲自拿起话筒实在是太难了。我很了解这些上了年纪的西班牙和英国公子哥,童年时我跟前者相处过一段时间,后来又跟后者共同度过了大学时光。他们各有风格,但都招人烦,他们把事情授权和委托给别人,然后等待结果,连在用手机施行暴政前拨号的食指都懒得动。年龄对他们不起作用,不会矫正他们,也不会教他们礼仪。他们会像出生时那样死去,只会用那根食指远远地指向他们每时每刻需要的东西。当然,不仅他们是这样,公子哥做派很容易学，而且上手很快，我在那些出身于贫民窟或农村的人士身上也见过同样的态度。

佩雷斯·努伊克斯催促我时很有分寸，毕竟我们有过通常能抑制冲动言行的亲密接触，有关身体接触的回忆能让我们变得更加温柔。马奇姆巴雷纳也通过她——当她充当马奇姆巴雷纳的传话筒时，对方显然把那种威胁的语气也传达给了她——传达给我更加急迫的语气，直到我用内行人的稳重言辞让她恢复原来的面目，或者回到她原来的位置，然后她便退缩了。坐在办公室里看，一切似乎都很容易，大家都想速战速决，但在实战中完全不是如此，那里的时间过得非常慢。

过去有过许多实战经验，并且无论出生时还是社会地位提高后都不是公子哥的图普拉也不例外（尽管他从斯特里特姆、贝斯纳尔格林或母亲生下他后寄养他的地方起步，已经有了不小的提升）。但他至少等到了七月十三日，此时在西班牙，特别是在鲁昂，发生了不少事。然而，那时他已经很不耐烦了，他召我去伦敦面谈，那是一次仓促的旅行。他让我参与这件事情之后，很可能就放任不管了，他在自己的国家有很多事要做，而且这事跟他没有直接的关系。如果他跟我联系，还带着紧急命令的话（他的建议在过去便是命令，而他倾向于让过去入侵现在），那一定是因为马奇姆巴雷纳给的压力让他屈服了，他欠马奇姆巴雷纳人情，想讨好他，以期将来从他那里捞一些好处。

"汤姆，"他在电话里开门见山地说，仿佛我们三天前刚通过话，"你看你们国家都变成什么样了。"那天，轮到西班牙做我的国家了。"你现在的状态糟糕成这样了吗？到现在都解决不了这件事。帕特和乔治因为最近的事紧张得不行，他们要求我参与进来。实际上乔治要求我向他解释，因为别人也在向他要解释。他认为你在我的麾下，你是我指派的人，是我的人。而你的确是我的人。你曾经是我的人，是我培养了你，你暂时变回了我的人。行了，搭趟飞机过来吧，就几个小时。你好好跟我解释，我也好好跟你解释：也许你需要温习几堂旧课。我可不喜欢你让我难堪，更重要的是，这样对我没有好处。眼下双方离达成协议或休战越来越近。虽然还需要一些时间。最好在我们还有充分的自由时化解危险。"

他指的是阿尔斯特的协议或休战。一旦落实下来，追捕行动便会停止或降低力度。图普拉希望在因协议而行动受限之前，尽可能地清剿爱尔兰共和军的队伍。我推测麦蒂·奥德亚可能仍然是爱尔兰共和军的现役成员，尽管她在很远的地方生活了八九年甚至更久。

"有一堂旧课我可没有忘记，图普拉，"我回答，"这种事从来不容易，你心知肚明。有时需要几年的时间。更准确地说，是你对自己的计算太乐观。不过我的状态可能确实很糟糕。我已经金盆洗手很久了，反应能力退化了，思维能力和积极性也衰退了。但这一点你早就知道。我得提醒你，是你来找我的，我还反抗了。另外，随着年龄的增长，我们需要更多的时间来做决定。我们会变得不那么依赖直觉，会变得更谨慎。"

我听见他"啧"了一声，带着讽刺与责难，带着他那种说不清是无心还是有意的居高临下的姿态。

"一旦接受了提议，那么最初的反抗也就不作数了，内文森，你的那句'好的'将它们彻底抹去了，连这种事都得我提醒你，真是难以置信。他们在因弗雷洛特、阿伯加文尼或者你受训的地方已经教过你了，对吧？"他轻蔑地补充说，"不，你没有去那里，你太年轻了。"

因弗雷洛特城堡位于苏格兰，二战期间惠勒便是在那里接受了严苛的训练。阿伯加文尼位于威尔士，希特勒的"不管部长"，即著名的鲁道夫·赫斯，在苏格兰被捕后，曾于一九四二至一九四五年在当地的梅恩迪夫康复医院被监禁了三年。那是两处昔日旧地，我以为它们已经停止运营了。图普拉很想参加那场战争，它常常出现在他的想象中，并且常常被他提起。在某种意义上，他蔑视没有参与过那场战争的人，也蔑视他自己，他错过了那场战争。一九八七年，赫斯在斯潘道去世——他以九十三岁的高龄上吊自尽。曾经有那么多时间，却没能见他一面，图普拉觉得很遗憾。

"无所谓了。你尽快坐飞机过来。明天好过后天。"

我迟疑了几秒钟。突然要去伦敦，这对我来说费劲极了。从鲁昂这样的城市出发，一切似乎都变得遥远而艰难，就连乘火车去卡蒂利纳也是如此。这便是这些地方的运作方式，你昏昏欲睡，看待外界的方式也会变得跟当地居民一致，认为外界是野蛮并且障碍重重的。你会懒于离开那里，出发似乎是无法实现的事，要考虑火车、出租车、机场和航班那些事更是不可思议。我不想面对图普拉，不想忍受他的责备或许还有嘲笑，也不想听他炒冷饭，这一切都属于在我看来已经终结的生活。我是他的人，但我也不是他的人。我可以拒绝，甚至退出这个计划，让他干着急，或者用意大利人的说法，让他在马奇姆巴雷纳面前出丑[①]。我迟疑了几秒钟，但为时已晚。当你投入了时间、计算与智力，那么你就变成了它们的人质，直到完成最后一件事或者承认自己无力完成为止。

---

① 原文为意大利语。

"我得先去马德里,这里没有航班。我至少得在那里待一晚,"我告诉他,"从我搬过来以后就没见过贝尔塔和孩子们。我只跟他们通过电话。"

"那就先去马德里,你想跟我说什么?你也没义务告诉他们,你可以等等再见他们。如果你想见他们,那就去见。无论如何,最晚后天。你准备好了以后告诉我,不管是哪天,我都会抽时间好让我们聊一聊,放心。西班牙人已经厌倦了,你是知道的。鲁昂怎么样了?"

"跟别的地方一样。"

在这之前,即七月十三日之前,学期结束了,而佩雷斯·努伊克斯或者目中无人的马奇姆巴雷纳(也许他只是懒散而已)的指示是,一旦确定伊内斯·马尔赞、塞利娅·巴约和玛利亚·比亚纳都不打算外出避暑,或者不打算以马德里和其他因酷暑难耐而空无一人的市镇的传统方式避暑,那么假期期间我就得留在那座西北城市。事实上,情况几乎恰好相反,七八月份,人们不怎么离开鲁昂。这时候气温甚至算得上宜人,傍晚散步时还得添件衣服,有几晚睡觉时还得盖上轻薄的毯子。一些被称为"消暑常客"的外地人在这里度过整个夏天,喜欢附庸风雅的游客数量激增,他们借着消暑的机会让最出名的教堂、修道院和主教座堂人满为患。与漫长的冬季和料峭的春季相比，这个季节的城市更有活力。敲钟人被涌入的游客感染，决定暂时强化自己的信仰，声音的盛宴绵绵不绝。虽然我完全不懂晨祷、晚祷、曙光赞，也完全不懂礼拜仪式，但我觉得那些钟声是不合时宜的，甚至是毫无章法的。

餐馆、"红酒区"的酒馆以及公园里的两个合法露天酒摊门庭若市，拉德曼达的老板娘严阵以待，即便如此，也供不应求（她勤快极了，只在一月和二月底歇业几周，而且也不是每年如此）。

塞利娅·巴约发现自己的社交活动中断了（节奏有了变化，休闲娱乐占据了整座城市），但柳德维诺·洛佩斯·洛佩斯离不开阴谋算计。只要他大多数被牵连、被欺骗的同伙还活跃着，他就离不开他那一片阴谋诡计错综复杂的领地。他属于那种把自己想象得很出色的人，他需要不停地查看自己行动的场所，即便那里空空荡荡，他所做的不过是表面功夫而已。市政府对契约合同的相关工作有所松懈，但组织了一些庆祝活动、跑步比赛、郊区的摇滚音乐会和别的一些蠢事，他必须得适当参与，捞一些蝇头小利，因此他必须得待在城里。而且他那么爱吃醋，根本不想让自己的妻子去山区，远离自己的视线，那里接待了许多游手好闲并且想放肆狂欢的马德里人和毕尔巴鄂人。

柳德维诺认为塞利娅是肆无忌惮的年轻人和想要来一场夏日艳遇并以此作为日后谈资的有妇之夫梦寐以求的猎物。

在我的印象中，鲁昂那座精美的公园自十九世纪中叶开放以来，一直以"木森公园"之名为人所知（那里有种类丰富的本地和外来的树木，还有严谨的小牌子标识出树木信息）。它也迎来了鼎盛时刻，人们不分时间地在里面散步，从早到晚，它的围栏从来不关，它那暖黄色的路灯一直亮着。市政厅乐队仍然穿着制服登上"旋律榆树"，他们在周四到周日的正午时分准时演奏五十分钟美国或英国的进行曲、斗牛舞曲、施特劳斯的华尔兹舞曲，甚至还娴熟地演奏威尔第、普契尼的咏叹调以及比才的《卡门》。这让鲁昂人觉得自己情趣高雅（许多人的确如此），也让游客身心愉悦。

至于玛利亚·比亚纳，她和佛尔古伊诺·高斯在高级住宅区的别墅里有一座草木繁盛的花园，花园里绿树成荫，还有游泳池。他们根本不需要去别的地方，世界上无数男女会愿意花自己根本赚不到的一大笔钱去那里过一周，更别说过整个夏天了。然而，厌恶喧嚣的高斯夫妇比平常更少去市中心。并不是因为消暑客与游客是一群面目可憎、吵闹聒噪、兴风作浪的人（那里没有海滩，要在莱斯梅斯河里游泳得去离市区几公里外的地方），而是因为人实在太多了，要是他们加入其中，只会心烦意乱。他们不喜欢去电影院排队，不喜欢在商店里等待，也不喜欢在咖啡馆和餐厅门口站着等别人腾出座位，与那些没有外地人更没有外国人打扰的宁静时节相比，一切都变得拥挤了。

我已经说过，那座花园并不在我那台徒劳无用的摄像头的视野范围内，但我却对它非常了解。在圣胡安节的前一周，也就是学期即将结束的时候，校长问我能不能在假期给高斯的龙凤胎上英语私教课（他们上的是另外一所更高级的学校，但我们学校非常感激高斯每年有去无回的捐款……）。似乎他们的语言学习能力相当差（她并没有这样说，但我是这样理解的），父母希望他们尽可能强化学习我的第一或第二语言，我一直不太清楚它们的排序。她的语气介于命令与恳求之间（在那座城市里，最好别让高斯厌恶或失望），我立刻接受了，也许我应该摆摆谱。我突然得到了意想不到的接近第三个女人的机会，对我而言她远在天边。即便再不走运，我也能在走廊里遇见她，说不定还能在花园里跟她待上一会儿。

相关的细节与手续（对富裕家庭而言有些吝啬的薪酬、时间表等）是由一个叫伊格拉斯的人负责的，我立刻认出了他，他是偶尔进出那间无人居住的佩剑厅的秘书。他在征得校长同意后给我打了电话，要求或邀请我在上课前去家里坐坐，好把我介绍给孩子们认识——我想，这是为了确定他们是否讨厌我，并接受他本人或者玛利亚·比亚纳（"夫人"，他对她的称呼在意料之内）的考察或审问（他没有这样说，但我是这样理解的），玛利亚·比亚纳负责管孩子们的事，包括他们的教育。

一天中午，我乘车去了那里，我觉得自己就像五六十年代初——我在马德里度过的童年时代——那些应聘厨娘或女仆职位的女人，当时即便是毫不富裕的家庭和中产阶级，也拥有这种今天根本无法想象的服务，这并不是什么稀罕事。（公子哥儿做派和好面子是马德里的传统。）那些领着食宿和微薄的工资并且每周只能休息一个下午的女人永远进不了门，其中一些女孩子还非常年轻。她们会坐在我母亲身边摆着的一张小沙发上——两人仿佛坐在电车上，我母亲会询问她们的情况并和她们交谈几分钟，我不知道她们谈的是什么——看看她们是否给她留下了好印象，是否值得信赖。对于在如此短暂的会面之后被拒绝的那些女人而言，这是一种耻辱，那些可怜的女孩之后会想，究竟是哪里出了问题，是服装不合适呢，还是回答得过于直爽，自己究竟犯了什么错。而那些被录取的女人也会感觉到一丝耻辱，正如我担心的那样，任何一个找工作并接受面试的人都会感到耻辱，他那迫在眉睫的将来和未来几个月的生计都取决于此。

但这是无法改变的,没有人有义务聘用某个让自己觉得讨厌、麻烦、粗心或者狡猾的人,因此几乎所有人在被刨根问底,等待未来雇主的认可或否决时,都会感到惴惴不安。我只在第一次进英国大使馆时有过这样的经历,但那已经是几辈子前的事了,而且那是一场礼节性的滑稽剧。我是带着作弊的纸牌来的,因为我已经被真正的工作录用了,我是被强迫、被欺骗的。

我从未想过那是羞辱还是恭维,当时我的存在背离了该有的模样,思考这个问题毫无意义。时间不等人,被时间填充的那一切已经被填满。在损耗了那么多年后,收获通常很少。

至少伊格拉斯没让我走仆役的门,毕竟老师不是送货员,也不是求施舍的修女。更何况,我有学校校长的担保,毕竟是高斯夫妇有求于我。

我近距离观察了伊格拉斯,他看起来比在录像里看到的穿过博物馆式客厅时的样子更不像个秘书。他戴着厚厚的圆眼镜,留着寸头,额头上有一绺别扭而夸张的刘海,是急于表现的足球运动员的那种刘海(那种弧度或造型让我想起了莫利纽克斯,那位我在与鲁昂有几分相似的英国城市流亡时的联络人),而且他的着装过于严肃,即便在夏天也打着仿佛是悼亡用的领带。但是他的五官非常粗糙，甚至有些畸形，像一个退役拳击手或者恶霸（羽量级，顶多是中量级，他并不高，但是很魁梧），他的鼻子有些凹陷，下巴后缩，肥厚肿胀的嘴唇似乎被远程撞击劈成了永久的两半，仿佛永远不会结疤，他的眼睛客套且无神，这是因为冷漠还是因为长期嗜睡就很难说了。

他在一间摆着一个床头柜和两把扶手椅的小房间里简要了解了我的情况，那间房间根本无法使用，几乎是空的，大概比那间摆着武器、油画和书籍的房间的使用频率更低。他问了我几个意料之内的问题，比如我的英语怎么说得这么好，虽然他并不懂英语，但他觉得我的口音跟伦敦人或利物浦人的口音一样，也许这是他唯一认得的两座城市。我们敲定了上课时间是每天的同一时段——十二点到一点，这样龙凤胎或双胞胎（我不太能区分这两个词，在我的母语里并没有区别，两种都叫"twins"）能在午饭前游一会儿泳。当然，周六和周日除外。

商量好条件后，他去找那两个孩子，让我认识他们，或者让他们考量我，一分钟后，他们在母亲的陪同下出现了。他们很有礼貌地做了自我介绍，说自己的名字分别是尼古拉和亚历山德拉，今年八岁，我以为他们要小一岁，但是我并不擅长做此类计算，或者他们有些瘦弱，因为父母生他们的时候年纪已经不小了。这两个名字是俄国末代沙皇与皇后的名字，肯定是佛尔古伊诺狂妄自大的选择，他丝毫不在意他们最后被灭门，也不在意皇后屈从于拉斯普京，自此他的效仿者层出不穷，而那些被吞噬的人永远无法察觉，即便被吞噬了一半也不会察觉。我推测，不论孩子们还是玛利亚·比亚纳，都不会觉得我讨厌。那时我的外表健康而体面，这在一定程度上归功于西格弗里多，以及那位帮我保持造型和雷德福式小胡子的鲁昂理发师，我这一生都在训练自己，好让那些我必须赢得他们信任的陌生人喜欢我，无论男人、女人、老人还是年轻人。讲几个友善的笑话，但不能显得太风趣，露出热情而真挚的微笑，眼神要尽可能无辜，最重要的是，要对他们非常殷勤，要装出一副不论他们向我倾诉什么，我都会兴致盎然的样子。

这些我是从图普拉那里学来的，这我承认，虽然我离他那炉火纯青的技艺还差得远。他能毫不费劲地从一开始就征服那些渴望被倾听、被重视的人。后来的事就完全不同了，一旦他们起疑、倦怠或者愤怒，你就会失去他们。

那是我第一回见到玛利亚·比亚纳，没有街道、电影院、商店横亘其间，也没有录像带充当媒介，我之前所说的那种感受立刻得到了印证。不，无论从五官还是从形体上看，她都不是一个绝世美人，尽管她无疑是典雅的，温柔而典雅。她的下巴没有美人沟，但有酒窝的影子，仿佛那道裂痕在她母亲的子宫里拼命想要出现，而在离开子宫时却退缩了，只留下挣扎的痕迹。那天她把棕色的头发扎成了马尾辫，这让她看起来更年轻。她的鼻子微微上翘，那也只是一道影子，也就是说，那也只是一种尝试而已。她的脸颊很光润，是小麦色的，仿佛太阳只是蹭了蹭它，并不敢把它晒黑。她的眼睛是深蓝色的，是北方清澈的河流在夜幕即将降临时的颜色，她的眼皮通常下垂着，也许并不是本身如此，而是因为谦逊或羞赧，好让她的眼神显得不那么锐利（即便她半闭着双眼，即便百叶窗被拉上了一半，即便她的眼神微斜或充满防备，也依然让人心神不宁）。她的嘴唇令人渴慕，美得突出：那是一幅完美的画作，惹眼的大红或粉红，丰满得恰到好处，可以想象当她不知羞耻地因性事而激情难耐时，那两片令人难以抗拒的嘴唇会如何鲜艳地绽放。她与佛尔古伊诺从未有过这样的激情，也许跟任何人都不曾有过。

尽管我被她深深吸引，尽管她散发的性感让我很难不一直冒失地盯着她的那张脸看，但因为她神奇地令人敬重，我一直觉得自己配不上她，很可能她自己完全没有意识到，也许这是她不太幸福的原因。无论是那一天还是将来，我都没有想过能以那种方式接近她，也没想过别人能那样接近她

(很可能我是错的,有些人根本无法克制)。

唯一能将她和那个有一半爱尔兰血统的女人联系起来的是那些几乎难以分辨的小雀斑,她的皮肤看起来很光滑,没有瑕疵。但是每个欧洲国家都有成千上万长雀斑的女性,仅凭这个指标是无法判定她就是麦蒂·奥德亚的。

我从六月三十日(周一)开始上课,那是课程正式结束一周之后,而且也给了孩子们完整的圣胡安节假期。尽管那里不是地中海地区——整个地中海海岸都是鲁昂人不无嫉妒地排斥与嘲笑的对象,但是同其他地方一样,人们以此为借口在那座西北城市举办了一些喧噪而愚蠢的庆祝活动。因此,我在动身前往伦敦之前没有太多时间,只能短暂地在马德里停留。不仅是因为图普拉在七月十三日打来的那通胁迫电话,还因为西班牙从七月十日开始的一场骚乱。

正常的工作日一共只有八九天。我准时到达,还提前了几分钟,伊格拉斯顶着那张处变不惊或愚笨的脸接待我——与其说是冷漠无情,我认为更可能是他年轻时面部肿胀的后遗症。如果中午凉快的话,我就在沙皇尼古拉的房间里上课,那里比皇后的房间更整洁、更宜居;如果天气炎热的话,我们会被安排坐在花园里的一张白漆金属桌前。

那对双胞胎不仅有礼貌，而且温顺、听话、自律，一点也不淘气。他们的父亲能瞬间让眼神变得犀利，能踹飞一只小狗并让它撞上摆满阿加莎·克里斯蒂作品的书架，能粗暴地跟妻子说话，我猜测他们平时可能有些怕他。而且也不排除玛利亚·比亚纳不在家的时候，他偶尔会用拿破仑时代的佩剑或者布拉格弗雷费希特击剑公会的剑威胁他们（当然会在安全距离之内，以免因为动作失误而刺伤他们）。但是从最初的叹息与啼哭开始，孩子们就觉得自己眼前的一切都是正常的，他们可能会习惯性地退缩与服从。他们对我自然是服从的，他们很喜欢我，因为我友好而开朗，他们很用功，但是成效并不大，我的母语着实让他们伤脑筋，正如校长曾经委婉提醒我的那样。西班牙的音盲数量众多，他们也是其中一员，他们只能分辨出西班牙语的五个基本元音，无法发出中元音。如果他们的母亲有一半的北爱尔兰血统，那么他们完全没有继承说英语的天分。当然，如果真是如此，那么她会极力避免跟孩子们说英语，以免被人发现她会说英语，并且说得非常流利。

事实上，玛利亚·比亚纳坐在花园的另一张桌子前旁听了几节课，她离得足够远，免得干扰或分散我们的注意力，但也离得足够近，能清楚地听见我们说话。她要么坐着看杂志、报纸或者图书，要么衣着整齐地在吊床上晒太阳——在我面前她从不穿泳衣，也不会进泳池解暑，她顶多会解开棉麻裙下方的三颗纽扣，让阳光抚摸她的大腿，一直到大腿根部。而且她从未脱下凉鞋，仿佛她意识到对于有些男人来说，光脚便是裸体的额外福利，高举的手臂和因此而露出的光洁腋下也是如此。自不必说，我的眼睛被她的膝盖和大腿所吸引，但是我忍住了，并没有换成能让我的视角变得更开阔、得以窥探到更多的姿势。她这样的女人不该被下流地偷窥，于是我全神贯注地上课。

我注意到，她聚精会神地听我说话，关注我给孩子们布置的语法和句法实例练习以及语音练习。我觉得原因可能有二：一是她非常了解这门语言，想要监督我的教学；二是她对这门语言并不了解，想要利用上课的机会学习或温习。我刚来的时候，她亲切地跟我打招呼，告别时她更是热情，仿佛她用这种方式告诉我，她赞许我的教学方式，或是欣赏我出色的口音。那户人家就跟鲁昂其他人一样，以为我不是天生会两门语言，只不过是在英国待了一段时间，并且对语言或者尤其对英语很有天赋而已。她不会打断课程，也不会与我交谈，除了礼节性的话和指示之外："今天最好在花园里上课。在室内得开空调，我可不想在大夏天感冒。然后还好不了。我也不希望你感冒。"诸如此类的话，女人都喜欢用"你"来称呼别人。

如果她曾经是马格达莱娜·奥鲁埃,那么她并没有浪费身为高斯妻子的岁月来适应角色。她认真吸收并内化了这个角色,一位文雅而谦逊的夫人,对所有人都彬彬有礼,但又不会过分,不会让别人感到不适或羞耻,甚至不由自主地自卑。也许她做出这样的选择是为了缓和她那股草根贵族般的戾气。即使她拥有突出的天分和婚姻带来的财富,也不会遭人反感,这并不奇怪。唯一不符合她身份的地方,唯一让我觉得她没那么淑女或者男孩子气的地方是,她在阅读或晒太阳的时候,会吹好一会儿的口哨,这无疑是下意识的做法。我的意思是,她的口哨声并不低,而且也不是时断时续的,她能完整地吹一整支曲子,仿佛她从少女或者童年时期就有这种根深蒂固的习惯,因为那是最有可能学会吹口哨的年纪。

我听出了其中一首曲子:《拉雷多的街道》,改编自十七世纪末或十九世纪中叶(我记不清了)一首名为《阿马的吟游诗人》的爱尔兰民谣,尽管这一点鲜为人知,因为这首歌的美国版要流行得多,而且任何国家的任何人都能在西部片里听到。这也说明不了任何问题。

我寻找种种迹象,一旦找到就会紧紧抓住它们,但得是真正的迹象才行,而不能是牵强附会的臆造,也不能是拐弯抹角的曲解。我在玛利亚·比亚纳、塞利娅·巴约和伊内斯·马尔赞那里几乎没有取得进展,但还不至于让我绝望。

至于佛尔古伊诺·高斯,我那微薄的报酬最终来自他的口袋,他并没有现身,也没有给予我任何关注,他并不肯屈尊结识我。我是他的新员工或新下属,我只是个过客,并由他妻子管理。他大概觉得我介于药剂师鲁伊韦里斯·德托雷斯和女仆伊内斯·马尔赞之间,用骑士团长的话说,是某个被请来完成一项特定的、可有可无的任务的人,换成其他人也行。

在我上课的第一天,伊格拉斯在走廊里向他介绍我,伊格拉斯应该是故意请他出来的,这样他就不用在办公室里接待我,就能用他明亮的眼睛审视我一会儿。尽管他比我矮好几厘米,但他还是停下来从上往下打量我。我看他心不在焉(至少他没有拿着花剑和佩剑),正在和他的亲信处理着什么事,或者是在假装这么做,他那宽大的胯部和绵软的步伐让他的形体、外貌与秃头少了阳刚之气,他那如此整齐的秃头(尽管这是矛盾的说法),方正的秃头,其实正是他最有魅力的地方。他停下来的时候只说了一句:"啊?"翻译过来的意思是:"今天来的是谁啊?他是谁?"他很清楚我是谁,他已经审视过我的面貌和装扮,确定了我的穿着在他家是得体的,确定我没有打扮得像个懒鬼、饿死鬼或者小混混。他相信伊格拉斯的判断,但他属于那种不喜欢放权的生意人。他带着严肃、严厉、敌意的眼神（在昏暗的走廊里，他眼睛的颜色在我看来是西瓜绿，没什么光泽）假装不经意地看了我一眼，但并不觉得眼前的人面目可憎，尽管我同他那些衣冠楚楚的同伴相差千里，只有那些人才配得上他兄弟般的赞许。他穿着一件荒唐且满是口袋的有机棉帆布外套，穿着这样的衣服更适合在斯图尔特·格兰杰的老电影里游猎，而不是在家里经营业务。他的下半身穿着一条丛林绿色长裤，裤子的侧缝线熨得过于挺括，显得很僵硬。脚上穿着一双麂皮鞋，我认出那是北安普顿的爱德华·格林牌的，也可能是一件成功的仿制品。这就是他对夏季优雅运动风格的定义。

"很高兴认识您。"他装模作样地略一点头，但实际上是徒然地抬了抬头，仿佛想要扯着脖子，想在那一瞬间变得跟我一样高。他既没有感谢我的态度也没有感谢我的好意（"谢谢"这个词用得实在太少，在他的词汇表中被挤到了角落）。"我们所有人都会在这个假期努力工作，我相信我的孩子们会从中受益。"

我觉得这句"我们"并不包括我，而是指他的家人与员工。这句话听起来并不像是美好的祝愿，而更像是建议或警告，仿佛他突然告诉我："我相信，请您过来几个月，最终不会是浪费钱，不会是空耗精力与时间，也不会是让一个外人白进家门，而这些我们原本是可以避免的。"接着他干巴巴地说了一句"回见"就离开了。他问好和告别时都没有跟我握手，事实上他的两只手都插在口袋里，他也不愿意把它们抽出来。至少有两个口袋可以证明那件繁复的衣服是有用的，那件衣服要么是为了让往昔或想象中的非洲人丁兴旺而设计的，要么是为了在探险家专用的手表或洗液广告中展示而设计的。

动身前往马德里和伦敦之前，我只见过他一回，他在花园里大发雷霆。但那是在全国大动荡的时候。

在接到图普拉的电话之前，在我搬来这座城市后初次准备耗尽心力地出行之前，我上课的那八九天过得无比平静，甚至算得上单调。如果我没记错的话，从第三天起玛利亚·比亚纳就喜欢上了在一旁安静地听课。虽然她在几米之外安静地待着，但我觉得她在观察着双胞胎发音的进步（缓慢且相对的进步）。我教他们读一个词，他们会根据需要重复几次，通常他们重复的次数并不少，直到他们能差强人意地读出这个词，并且能让英国人而不是西班牙人听懂（我的优势是同时拥有这两种身份）。可怜的孩子们，这门语言并不是他们的强项。玛利亚·比亚纳时而坐着，时而躺着，在吊床或躺椅上看书看报。那段时间我看见她手里拿着两部小说，它们比佛尔古伊诺在他的博物馆式客厅里看的书要更"有文化"。当时对我来说还是陌生作家的温弗里德·塞巴尔德的《土星之环》，还有翁贝托·埃科的《昨日之岛》，这本书不如《玫瑰的名字》那么成功（他别的书都没那么出名），但沾了作者名气的光。

我像某个不断回头的逃犯那样观察她，但我除了偷偷看她之外别无他法。我觉得她要么没有意识到，要么忽略了这件事并不作任何反应。最有可能的是，她已经习惯了一百个不受控制的眼神既无恶意也无好意地投向自己——那些眼神与温良克己毫无关系，并把不意会、不烦恼、不慌乱、不畏缩，当然还有不回应、不挑衅作为准则，仿佛她真是荧幕上的人物，是一尊塑像或一幅画，任何人都能肆无忌惮地注视她，直到时间的尽头，或者直到她消失或毁灭（我指的是赛璐珞之类的材料、大理石或画布）。

我认为一个如此冷静地对待他人的女人——私下对待佛尔古伊诺时没那么冷静——不可能隐藏着一段参与暴行的动荡过往。当然，我也遇到过一些人，男女都有，不过不多，我已经说过了，他们会在双手沾满鲜血之后，会在炸毁或用机枪扫射载有十几名警察或英国军人的面包车之后，会在遗憾只杀死了六人而不是所有人之后，欢快地大笑、唱歌、喝酒。没什么让我觉得好惊讶的，信仰是无与伦比的借口，信仰那些并非由我们开创却比我们存在得更久的事业。

只有一次,在上完课后,双胞胎跑着去换衣服游泳,玛利亚·比亚纳叫住了我,问了我一个问题,然后我们聊了起来。嗯,她还问了一点别的问题,那些问题是我从伦敦回来以后问的,那时我有了里尔斯比或者图普拉那天决定成为的那个人所给出的严厉新指示,那天图普拉斥责我,并给我下了让我心烦和痛苦的阴险的最后通牒。

"我想冒昧地请教你,"玛利亚·比亚纳说,她总是细腻而谨慎,"我不太懂英语,我顶多能在伦敦的商店里结结巴巴地说几句,仅此而已……但是我觉得你的口音是英式英语而不是美式英语,而且非常纯正,你是怎么学的?大部分西班牙人学语言很费劲,谁也摆脱不了自己的口音。"

她从躺椅上坐了起来,方便交谈时与我平视。跟平常一样,她穿着一条前开扣式的裙子,为了舒适她解开了最下面的三颗扣子。我的视线在她的大腿上游移,但我努力把视线收回,并且基本做到了。跟人交谈时必须看着对方的眼睛,不过也可以看向虚空,仿佛给自己蒙了层薄纱并只能看到模糊的轮廓。

"绝大部分人,不管来自哪个国家,学语言都很费劲。英国人和美国人说的西班牙语你根本听不下去,好吧,你肯定听过他们的西班牙语。法国人或者德国人也一样。据我所知，唯一拥有先天优势的是斯拉夫人。你有没有注意到，克罗地亚、塞尔维亚、保加利亚和其他从斯拉夫国家来这里踢球的足球运动员学西班牙语又快又好？比如苏克和米亚托维奇。他们没来多久就能流利地说西班牙语，而且他们还是足球运动员，是不太学习的人。相反，我从没听过皇家马德里的德国守门员伊尔格纳说过半句西班牙语。其他国家的人，不仅仅是西班牙人，说其他语言时往往都糟透了。"

"看来你喜欢足球。说实话，我不太看足球，佛尔古伊诺倒是足球迷。你喜欢哪支球队？"她从一开始就用"你"来称呼我，但她从没叫过我"米盖尔"，我也不敢叫她"玛利亚"。我们从不称呼彼此，我们避免叫对方的名字，因为那或许意味着彼此之间有一定的信任，但我们之间完全没有。

"嗯，我是马德里人……一直是皇家马德里的球迷。"

"啊。那另外那支球队叫什么？马德里竞技？"

"那支球队是从毕尔巴鄂竞技分部起家的，尽是些外地人，曾经归佛朗哥的空军管，他们给球员支付薪酬。就更别提多年来那支球队的名字是空军竞技俱乐部了……"我用嘲弄的语气回答。她根本不会知道这些事。如果她是玛利亚·比亚纳的话，她就根本不会懂这种事。如果她是马格达莱娜·奥鲁埃的话，那她可能知道一些关于毕尔巴鄂竞技分部的事。

"你的口音是从哪儿学的？"

"我在英国生活了一段时间，自然有了偏英式的口音。应该是英国东南部的口音，尽管我没有资格做这样的评判，毕竟听自己发音总是有失偏颇的。我们连自己被录下的声音都听不出来。"

"但是，你说得好极了。好吧，我是凭直觉判断的。我觉得你的发音跟原版电影里的英国演员一模一样。比如理查德·伯顿，还有彼得·奥图尔。"

"理查德·伯顿是威尔士人，彼得·奥图尔是爱尔兰人，不过我记得他是在约克郡长大的。总之，他们俩都会根据角色要求使用英格兰的口音，比如他们曾经合作，分别饰演贝克特和亨利二世。当然了，谁知道十二世纪的人是怎么说话的。那位国王可能说法语比较多，他来自金雀花王室。无论如何，非常感谢。"我加了一句感谢她夸赞的话，"你觉得我说得好，我非常高兴，要是我有理查德·伯顿那样低沉的嗓音就好了，你得听听他念狄兰·托马斯的《牛奶树下》，我不知道您认不认识狄兰·托马斯，他是位极好的诗人，跟理查德·伯顿一样都是威尔士人……"

我应该克制一些，否则会显得很紧张，我的回答扯远了，甚至还显得好为人师。玛利亚·比亚纳注意到了，但她的答复是充满欣喜的，而非反感或讥讽，仿佛她很赞赏我跟她说的那些话。我想，佛尔古伊诺大概是个乏味的人。

"看来你还懂电影和文学。你竟然还知道彼得·奥图尔是在哪儿长大的。他们俩一起演的那部电影我还没有看过。我打算找原版的影碟看。"

"那是一部舞台剧色彩很浓厚的老片，他们俩演得用力过猛，我记得那部片子相当沉闷。不过，如果你在英国生活，一定会知道他们俩所有的光荣历史，毕竟娱乐小报得把那么多页填满。我记得他们俩都没有'爵士'封号，这很奇怪，几乎所有杰出的男演员都或早或晚得到了这个称号。女演员也是如此，只不过她们的封号是'女爵'。"我又开始说教、卖弄学识了，等我管住嘴时已经晚了，我得改改这个毛病，等她问下一个问题的时候，我得尽量克制自己。

"那部电影讲的是什么？有那两位著名演员加入，肯定有它的优点。"

"嗯，你肯定知道圣托马斯·贝克特，这里的那座坎特伯雷大主教教堂就是为他而建的。"

"啊，是吗？我并不知道。这是因为什么呢？"我发现，尽管她读的书很文雅，但她并不知道贝克特是谁。

"他是坎特伯雷的大主教，'坎特伯雷大主教教堂'的名字便是这么来的。天主教会认为他是殉道者，在他被杀害两三年后封他为圣徒。在西班牙为他而建的教堂不止一座。比如，萨拉曼卡的那座教堂。"

"他怎么了？谁把他杀害了？"

"国王下令让四名骑士杀死了他，我记得是在主教座堂的回廊里。有许多描述他如何殉道的壁画、浮雕和绘画。传说中，他完全没有反抗。据说他跪在刽子手面前，头被狠狠地砍了好几刀。"我记得那几位骑士的名字：莫维尔、特雷西、菲兹乌斯和勒布雷顿，我最爱的诗人艾略特没有白写剧本《大教堂凶杀案》，我读完了他留给我们的所有作品。但如果我把这几个人的名字告诉她，那就是不可饶恕的做法了，个中原因很复杂。"电影讲的是他和国王年轻时的友谊，那时候贝克特还是个无忧无虑的朝臣，常常陪国王游猎玩闹。国王封他为大法官。电影还讲了之后发生的事。"

"他们曾经是朋友？尽管如此，国王还是下令杀害他？为什么？"她的确很感兴趣，想要了解这段历史。

"嗯，如果你去看那部电影的话……那部电影并不是很尊重史实，但要尊重史实也难，我已经说过了，毕竟那是十二世纪发生的事了。总之，如果我没记错的话，亨利二世之所以任命贝克特为大主教，是为了削弱教会的势力和神职人员的特权。他们侵害了自己的权威。但是贝克特担任这份要职之后，变得谦逊了，完全变了个人。他把自己的财富分给穷人，给乞丐洗脚，还做了许多类似的事。在这种情况下，是习惯造就了僧侣，国王安插的棋子最终却背叛了自己。贝克特竟成了自己最大的障碍。于是，亨利二世勃然大怒，下了最后的命令，那几位骑士赶在他退缩前赶紧执行了命令。后来，他在贝克特的墓前忏悔，但是障碍已经清除，这才是最重要的。忏悔的时间总会有的，时间总会有多余的。"

"原来是宗教问题。"她有些出神地喃喃自语，仿佛这件事引她深思。

"没错，的确可以这么说。但这也是权力问题。贝克特的背后是罗马教皇。宗教一直是犯罪的一大源泉，"我说，"无论反对还是支持宗教的犯罪都很多。你看，直到今天阿尔斯特还有这样的事发生。"我大胆地说，想看看她会不会有反应。她似乎有些不满，但并不是因为我最后那句话。

"宗教也是圣洁与善良的源泉，不是吗？"她说。

我以为她并不信教。我很少在本地的弥撒上看到她和她的丈夫。她的反对或者澄清令我不解。也许她只是现在所谓的"灵性追求者"。我不想争辩。宗教是为那些对宗教感兴趣或者能从中得到慰藉的人而存在的。灵性是为那些想深入了解自己和星空宇宙的人而存在的。但它们离我很远。我明白自己必须做什么、该怎样做,我并不需要它们。我会对我应该后悔的事感到后悔,我不需要它们就能做到。

"是的,当然了。我能想象会有多圣洁。"

她沉默了片刻,也许是在思忖我是否话里有话。她无意向我传教。她低头看了看自己晒成金色的大腿,仿佛想确认大腿是否太暴露,是否露出了大腿以上的部位。她并不觉得太暴露,因为她没有改变姿势,也没有系上纽扣。她的眼神总是很平静,甚至近乎冷漠。她看人和物时,仿佛离得很远,仿佛是在很高的封闭阳台上,在高塔上凝视,仿佛那些人和物跟她分属两个半球,并不能轻易影响她。她很可能因此赢得了别人的尊重,但又不显得高人一等、不屑一顾。她只不过是在观察而已。

孩子们在泳池里游泳,母亲玛利亚·比亚纳每隔半分钟就会看他们一眼,那快速的一瞥有别样的意味,染着忧虑的色彩。那是一种下意识的反应。她转变了话题:

"你刚才说的那首诗叫'什么之下'?有什么办法能听这首诗吗?如果真有那么好,还能配上理查德·伯顿的声音的话,那我真是太想听了,尽管我听不懂。说不定有译文呢,这样我就能边听边读了,对吧?翻译成卡斯蒂利亚语的译文。"巴斯克人和加泰罗尼亚人会这样称呼我们共同的语言，他们不愿意叫它"西班牙语"。但是其他地方的人两个词都用，对我们而言是同义词。这也说明不了任何问题。

"我不太清楚，我读的是英文版的。那是一首极长的长诗。如果我没记错的话，是狄兰·托马斯专门为电台写的。嗯，有录音，有磁带版的，也许还有激光唱片版的。如果你想要的话，我可以问一个英国朋友要。但是恐怕你会觉得无聊的。"

"也许不会呢。如果不是特别麻烦的话，拜托你了……不管需要多少钱，我都可以付给你，还有运费。"

"不会很贵。你别担心。叫《牛奶树下》。"我又说了一遍，把每个单词都念得很清楚。

如果她真的不懂英语的话（而且那首诗的词汇既丰富又生僻，还有许多拗口的威尔士名字），我不禁认为她的做法十分可疑。不论《牛奶树下》多么朗朗上口、悦耳动听，不论理查德·伯顿的声音多么低沉短促，她竟然愿意忍受好几分钟冗长词句堆砌而成的艰涩长诗。

"再告诉我一件事吧，你会说不同的口音吗？还是说，你学会了某种口音，就学不会别的了？美国口音、苏格兰口音、爱尔兰口音……"

啊，我当然会了，这是我的专长也是我的诅咒，这种模仿能力让我注定只能过着这样的生活，我能像克罗地亚或塞尔维亚人那样轻松地学语言，也许比他们更胜一筹。有时，我会模仿荒谬的口音和声音，贝尔塔会觉得很紧张，她觉得那时候的我并不是我，我被来自其他国家、有着不同的经历和年龄的陌生人附体了。她的英语足够好，在我离开的那几年更是进步飞快。她听得懂我说的话，因此愈发觉得我有精神错乱的迹象，觉得我是某个人的替身，仿佛有个古怪的人——是好人还是坏人视情况而定——侵占了我的人格，或是我变身成了他。她不喜欢这种玩笑或者炫耀，尽管我从少年时起就喜欢这么做，当时她也在场，我常常以吓唬她为乐。

要是她见过我在外面说话的样子，肯定会吓坏的，在执行任务或伪装潜伏的时候，我会真真切切地变成自己永远也成为不了的人，会变成我战斗的对象，变成敌人，变成罪犯。而现在我已经不敢肯定自己永远不会变成罪犯了，很久之前，我杀过两个人，但那是战争中的杀戮——至少我是这么觉得的，而且是为了防卫，或是为了不让身边同一阵营的人被杀害，如果不行动的话，他们真的会被杀死。我并没有因此觉得自己是个罪犯，正如那些奉命在前线战斗的士兵也不会觉得自己是个罪犯，他们不会无缘无故地残忍屠杀（有些人是恐惧的猎物，受恐惧驱使，从鏖战之前到鏖战结束始终处于疯狂之中）。

等到我恢复了自己的声音与人格，等到我再次用马德里钱贝里区的西班牙语跟她对话，贝尔塔才平静下来。那也是她的语言，是我们俩共同的语言。

我不打算跟玛利亚·比亚纳说这些事，也不打算承认我天生擅长模仿，我既不是在因弗雷洛特的老培训基地，也不是在阿里塞格和莫伊达特接受的强化训练，但我的确曾在因弗内斯郡（那里地广人稀，是苏格兰最偏远的地区）待过，后来则是在伦敦的一所学校没完没了地做发音、语调和节奏练习。这会让她提高警惕，我的意思是会让麦蒂·奥德亚提高警惕。另外，我发现事实与我的想法恰恰相反，我表现得滔滔不绝、好为人师并无不妥，因为大部分人都认为警察和特工没什么文化，更不会热衷于文学或历史。麦蒂·奥德亚不会想到，追捕自己的人是个文雅的爱掉书袋的家伙，虽然他只是个学校老师，但是他想变成谁就能变成谁，他能像演员那样变幻和扭曲自己的口音和声音。

"我不会，"我回答她，"我完全做不到。我模仿加利西亚口音、墨西哥口音或安达卢西亚口音的能力就跟大家一样。就跟你一样，或者比你还差一些，因为虽然我的英语很好，但它并不是我的母语。我并不是双语使用者。"实际上我自咿呀学语时起便会说两门语言。

那是全国骚乱爆发前的一两天。我们这些亲历者都无法忘记那悲痛的四天，但是今天的许多成年人当时还是孩子，甚至还没有出生，对他们而言，那位悲惨的主角只不过是个名字和符号，换句话说，是遥远的回音和淡去的影子，这是符号与名字最终的归宿，甚至是事实最终的归宿："那是过去的事，现在不会发生了。"岁月如梭，二十多年转瞬即逝。

七月九日，星期三，由三名恐怖分子组成的埃塔小分队计划拦截埃尔穆阿镇上一位寂寂无名的地方议员，也就是我此前提到过的那个年轻人：米盖尔·安赫尔·布兰科。埃尔穆阿隶属杜兰戈地区，位于比斯开省和吉普斯夸省交界处，约有一万五千名居民。那天，他没有像往常那样坐火车，而是开他父亲的车去以军火制造闻名的埃瓦尔上班，这使他短暂的生命延长了一天，也可能反而缩短了他的生命（也许警察会有额外的二十四小时搜查农舍和田地，并找到他的下落，但也许并不会，结果并无改变）。小分队的成员有哈维尔·加西亚·加斯特卢（别名"恰波特"）、何塞·路易丝·赫莱斯塔·穆希卡（别名"奥克""托托"）和伊兰祖·加利亚斯特吉·索杜佩（别名"阿玛雅""诺拉"，可见在埃塔组织中女性成员是多么常见）。但是七月十日，星期四，布兰科没有逃过此劫：大约三点半，他下了那趟常坐的火车，"阿玛雅"，也就是伊兰祖，上前与他攀谈，并且可能用隐蔽的手枪抵着他，逼他坐进一辆车里。也许她骗了他，也许她热切地同他交谈，也许她让他帮忙解决什么困难。那个女人当时二十三四岁，今天可以从互联网上看到她的照片，她经常落落大方地微笑，她的五官也并不令人反感，甚至还有些骨感的吸引力。但是，如果你知道她是谁或者她曾经是谁，就很难再客观地看待她了。

仅仅过了三个小时，也就是六点半的时候，恐怖分子发布了一则公告，要求立刻将埃塔的囚犯转移到巴斯克地区，并且只给了政府两天的期限，如果七月十二日（周六）下午四点还没有开始转移罪犯，那么他们就会处决那位议员。全国人民都知道政府不可能答应这个条件，任何一个民主国家都不会向类似的威胁低头，这不是因为所谓的"尊严"（今天几乎没有人能毫不动摇地定义这个概念），而是为了不破例，不助长埃塔成员的气焰，以免他们今后故技重施。一旦退让，就会出现更多的绑架、敲诈、勒索、谋害和屠杀。所有人都心知肚明，但全国人民——最先行动的是巴斯克人，或许这是他们第一次如此义愤填膺——

仍然希望最后通牒能被延迟，甚至沦为纸上谈兵，希望二十九岁的年轻人布兰科最终不必死于绑匪之手。全国人民仍然愿意这样相信，尽管大家都明白埃塔言出必行，更何况他们本就穷凶极恶。如果不那么做的话，数十年来成功以爱国主义粉饰门面，为爱国主义大造声势的集团将颜面扫地，现在他们几乎已经把爱国主义推上了神坛。别人会斥责他们软弱无能、胆小怕事，因为有些人只想看血流成河，而且流得越多越好。

整个西班牙的反应不约而同。各地都出现了大规模游行示威，要求释放那位人微言轻的议员，他唯一的罪过是加入了埃塔和工人社会党恨之入骨的人民党（在埃塔眼里，左派和右派都一样，都是他们民族的压迫者，那个民族从未获得独立，并且在过去的数百年里都没想要独立，那是个繁盛的民族，积极参与过西班牙的千秋大业）。布兰科一点儿也不重要，出了埃尔穆阿，几乎没有人认识他。我已经记不清在等待的七十二个小时里，有多少人反复走上街头，聚集的人群如山似海，人们把自己的手涂成白色，五指张开，向上举起，我不知道这是什么手势，它代表的是和平、无知、祈求还是投降。标语牌上尽是美好的祝愿，尽是"米盖尔，我们等你"之类的话。我只记得，在巴利亚多利德这座有三十万人的城市，有七万人参加游行；鲁昂的人口更少一些，参加游行的有四万人；而在巴斯克自治区的工业之都，也是该自治区最大的城市毕尔巴鄂，游行的规模跟巴塞罗那甚至马德里不相上下。

全国人民都盯着嘀嗒作响的钟表期盼着，一个小时过去了，又一个小时过去了。大家期盼着各地的警察协作，有足够的好运发现绑匪和受害者的藏身处（他们已经搜索了三十平方公里的区域），期盼着出现微乎其微的偶然让计划落空，期盼着会有救援。七月十二日，周六，全国人民都看了午餐时间的新闻节目，并准备在下午四点，也就是截止时间之前，把剩下的午饭吃完。

人们群情激愤，却无济于事，埃塔和小分队对此置若罔闻，他们使全国人民提心吊胆了两天，这无疑让他们心满意足。五点左右，也就是在最后时限过了一小时后，在距离圣塞瓦斯蒂安八公里的吉普斯夸省拉萨尔特－奥里亚市，两位当地居民或猎手正在奥斯塔兰谷地遛狗。有一只嗅觉灵敏的狗向小溪跑去，跑到了拉萨尔特－奥里亚停车场的那座老桥附近。两位猎手跟了过去，发现了一个光着脚、趴在地上的男人，一开始他们以为他睡着了。走近了一点后，他们发现他的手被捆住了，头在流血，他仍有意识，还在用力呼吸。他们把五条狗拴好，跑到最近的房子里，让人给内政部的专线打电话，有任何能找到埃尔穆阿议员的线索都能给那个号码打电话。他们并不知道那个身受重伤甚至奄奄一息的年轻人的身份，也不熟悉他的脸孔，但他们担心最坏的情况已经发生了。

一辆红十字会的救护车把他送至一公里外的十字路口，那里有一个医疗小组试图抢救他，但没有成功。当时见过他的一个当地人说，他穿着被绑架当天穿的衣服，双手仍被绑着，脸色蜡黄，一只眼睛被打肿了，另一只眼睛睁着，还有呼吸。他被送到圣塞瓦斯蒂安的一家医院，医生证实他陷入了昏迷，他的头部有两处枪伤，里面有两颗子弹，但取不出来，无法动手术。七月十三日（周日）清晨，他死在了圣塞瓦斯蒂安的那家医院里。

小分队显然很匆忙，让人不禁怀疑那是一场"短时绑架"，不论政府如何反应，他们都打算处决人质。七月十二日（周六）下午四点十分，那几名恐怖分子把米盖尔·安赫尔·布兰科塞进了一辆深蓝色西雅特托莱多的后备厢，带到了拉萨尔特-奥里亚市的一片空地上。伊兰祖·加亚斯特吉，即"阿玛雅"，负责开车，而她的同伙——加斯特卢，即"恰波特"，她的男友或者床伴——让囚犯沿着一条小路走了大约三十米。赫莱斯塔·穆希卡，即"托托"，让他跪下，他的手一直被绑着。四点五十分，即最后时限过了五十分钟之后，曾经数次残忍杀害手无寸铁之人的加斯特卢，举着一把贝雷塔点22口径长步枪朝他开了两枪，是从正面还是从背后开的枪，我已经记不清了。这是一九九八年的判决结果，当时被告还没有被逮捕，并不在场。第一枚子弹几乎射中了他右耳后部。第二枚子弹，也就是"置人于死地"的那枚，射中了他的后脑勺，让他一命呜呼。

全国人民都为那场用心险恶的倒计时游戏的结局愤怒不已，灰心丧气。各大城市、各大乡镇又出现了大规模游行示威，人们怒不可遏却又无能为力，人们从未如此憎恶埃塔，即便在一九八七年马格达莱娜·奥鲁埃·奥德亚以不为人知的方式参与的几场屠杀发生后也不曾如此。甚至连埃塔组织的几名囚犯都在几天前要求释放那名议员。即便是在有许多埃塔追随者以及狂热崇拜者的巴斯克自治区，大多数人也在谴责埃塔，他们抵制埃塔支持者经营的商铺，拒绝购买他们的商品，埃塔的支持者从未隐瞒过自己的身份，相反，他们因此而扬扬自得。一些地方的人甚至想要攻击或烧毁受人敬重的赫里·巴塔苏纳①党总部，赫里·巴塔苏纳党是埃塔的政治靠山，该党如今换了名字，但本质没有任何不同（只不过不再有暴力和"武装斗争"而已）。

---

① 赫里·巴塔苏纳（Herri Batasuna）是巴斯克语，意思是人民团结。

警察保卫着赫里·巴塔苏纳党的总部，示威的人群向他们高喊："别保护他们，之后他们会要了你们的命。"

自西班牙建立民主制度以来，大部分时间统治着巴斯克地区的巴斯克民族主义党及时向巴塔苏纳党人——直到今天他们仍以该称呼闻名于世——伸出了援手，让他们不至于陷入臭名昭著的境地。巴斯克民族主义党呼吁不要围困任何人，此前他们从未这样呼吁过，此后更是没有。而当时被围困的却是那些敢于反抗埃塔的人，他们长期受到埃塔及其爪牙的骚扰和威胁，有时埃塔会在街上贴出海报，他们的脸被框进了靶心。巴斯克民族主义党花费数天时间全力平息人们的情绪，并让几近沉沦的埃塔支持者重见天日。那几天里，绝大部分巴斯克人忍无可忍，不再畏惧埃塔、埃塔的支持者和受益者。

一九九九年，赫莱斯塔·穆希卡（即"奥克""托托"）死在了吉普斯夸省伦特里亚市的一片荒地上，他的右侧太阳穴中了一枪，还被拔掉了两颗大牙。警方和司法部门毫不客气地宣布那是一起自杀事件，而巴塔苏纳的媒体自然不是这么报道的。第二条信息更是吊诡荒唐，赫莱斯塔·穆希卡是个右撇子，但是人们在他的左手边找到了一把将他送往另一个世界的6.5口径阿斯特拉手枪。二〇〇一年，曾经在一九八六年至一九九六年期间担任西班牙工人社会主义政府反恐顾问的前将军萨恩斯·德圣玛利亚接受采访时毫不含糊地提及了那次死亡："有一些战争是不合规矩的。我觉得是这样。"他情愿用"不合规矩",而不是用"肮脏"这个词。"恐怖分子小分队可不会自首。甚至有一位死者的牙还被敲断了。不会有人去敲死人的牙齿。"他还说:"我并不是在批判这件事。要对付那些从背后偷袭杀人的家伙,除了使用不合规矩的战争手段之外,别无他法。法治国家很好,但也不能不顾及后果,不然我们就落到恐怖分子的手里了。"在一九九五年的某次采访中他也说过类似的话,佩雷斯·努伊克斯还对我引用过他的那句话:"在反恐斗争中,有些事是不该做的。如果做了,就不该说出来。如果说出来了,就得否认。"六年后,他并没有做到最后一点。当然了,他说的是"我觉得是这样",因为那时他已经不是政府顾问了。一九九六年,他被一位法官指控,但是事情到此为止了。他向另一位法官做了陈述,那位法官在无人担保的情况下将他释放。他于二〇〇三年去世,享年八十四岁。

一九九九年,赫莱斯塔·穆希卡的尸首在伦特里亚被发现后,我不禁联想到了豪尔赫·马奇姆巴雷纳。我并没有联想到图普拉,因为他有自己的战争,他不会永远帮他的朋友"乔治"。而我已经不能再帮助他们俩了。

伊兰祖·加利亚斯特吉（即"阿玛雅""诺拉"）直到一九九九年才在法国被捕，当时她与男友藏身于那里；我如果没记错的话，她的男友直到二〇〇一年才落网。我不确定他们是否还在韦尔瓦的监狱，他们判刑之后被送到了那里。他们获得了可以待在同一间监狱的特权，不过女方在女犯监区，男方在男犯监区。我记得曾经在报纸上读到过，他们在那里生了两个孩子。报纸上还说他们很快会重获自由，会在自己的地盘上得到英雄的待遇，也许他们还享受过监狱的假期。我不是很清楚，我也并不在乎。不过，他们似乎从来没有为各自或有时共同犯下的暴行而表现出丝毫的悔意。他们的罪行罄竹难书，杀死埃尔穆阿的年轻议员只不过是其中的一桩而已。

一些恐怖分子表现出了悔意，但谁能说清他们是真心还是假意，一般来说，不论他们属于哪种派别，除非彻底摧毁自己的过去，否则绝不可能真心悔过，对任何人都不能有这样的指望，即便是对那个贝希特斯加登住户，即便他在逃亡时或在囹圄中反思多年。我觉得，即使我不是恐怖分子，别人也不能对我有这样的期待。我向来对深入了解自己没有兴趣。我经历了太多，我的人生不过如此而已。

图普拉在米盖尔·安赫尔·布兰科确认死亡的当天给我打了电话，在圣塞瓦斯蒂安的那间医院里，他挣扎了几个小时，谁也说不清是为什么。也许那名可怜的议员气绝前还抱有一丝希望，也许他想在那夜长眠，让全国人民在入睡前接受已经无法挽回的事实。也许他更希望响应新一波的抗议与游行——人们对既定事实与极端残忍越来越愤怒——不完全是自发的，而是在七月十三日（周日）的上午或下午有组织地开展。

因此，那天以及前一天，我并没有给双胞胎上课。七月十一日（周五）我去了高斯夫妇家里，在一切还没有尘埃落定，人们焦虑地倒计时的那天，佛尔古伊诺火冒三丈地冲进花园，陪同他的是一个跟他一起打猎、做生意的朋友（好吧，这是我的猜测，因为他用左臂支着一把猎枪），佛尔古伊诺时而称呼他"侯爵"，时而称呼他"莫贝克"，在这两种情况下都亲切地与他以"你"相称。我猜测他的名字写作Morbecq，而不是Morbec或Morbeek，也不是Morbeck或Morbecque（正如与荷兰交界的那座法国市镇的名字），也许这个名字会让人联想到十八世纪某个爱尔兰人在赫雷斯创办的著名的多梅克酒庄。我根据这些称呼判断，他是莫贝克侯爵，也许那是他某位亲戚的头衔，那位亲戚看他年轻，开了个玩笑，把头衔给了他。高斯懒得向他介绍我，根本没这必要，在他眼里，我只不过是给他的两个孩子教英语的一棵树或者一株草。

埃塔的那起绑架案让他怒不可遏，即使他的朋友或者跟班莫贝克愤怒到想要杀人的地步，他仍觉得不满足，于是跑到花园大发议论宣泄怒气，或许他也想看看玛利亚·比亚纳在这种情形下会有怎样的反应（碰巧我也想知道），想看看在他咒骂恐怖分子时她会有怎样的反应。他们骂起恐怖分子来就跟其他言辞激烈的西班牙人一样，一个劲儿地骂他们是懦夫，是婊子养的，是杀人犯，是杂种，诸如此类。虽然有双胞胎在场，但他仍然肆无忌惮地说出最难听、最血腥的话来。莫贝克也是如此，也许他在模仿佛尔古伊诺时任由自己失去了控制。

我刚到的时候，发现玛利亚·比亚纳伤心极了。

"真是个倒霉的日子，"她低声说道，她的脸色苍白，神情凄楚，"我本来想让你今天别来了，但后来我又觉得，如果照常上课的话，孩子们不会觉得那么紧张。"她把声音压得更低了一些，接着说（如果你只是想确认某件事，是不会提高嗓门的）："那些人太卑鄙了。简直不可思议。你以为他们干不出更过分的事了，但他们总能干出来。那个可怜的年轻人还抱有希望，他还能怎么办呢。但我们都知道已经没希望了，对吧？"

她那句"对吧?"只是象征性地问一问,但我还是回答了。

"我不太懂这些事,但恐怕的确是没有希望了。"

接着她走到另一张桌子前坐下(她大概觉得,在提前哀悼的那一天躺下是不合时宜的),她听着我的课,分了一会儿神,但什么也没说,直到她的丈夫和莫贝克闯了进来,莫贝克的那把猎枪让他看起来更像个门房而非猎手,或许还像带着卢帕拉霰弹枪的西西里农民,因为他穿着皮马甲,但没有穿外套,如果他是来做客或者谈生意的话,打扮成这样有些奇怪。也许他和高斯正在练习蹩脚的剑术,听说了新闻后,一怒之下拿起了一把猎枪。玛利亚·比亚纳跟全国人民一样,满脸写着紧张和焦虑,以及不祥的预感。

高斯在花园里待了一小会儿,主要是跟玛利亚·比亚纳说话,他自然不会跟我交谈,也不会跟尼古拉和亚历山德拉交谈,两个孩子看到那把枪既害怕又激动。他也没怎么跟伊格拉斯说话,伊格拉斯像往常一样,督导似的走进走出。高斯迅速而热切地看了她好几眼,仿佛是在期待她能附和或者至少赞同自己说的话。

"巴斯克到处是坦克,还要实行宵禁。跟那群流氓是没法沟通,也没法讲道理的,他们只认自己那套死理,太他妈恶心人了……政府逮捕了一大堆人,没日没夜地审问涉嫌与恐怖分子合作的每一个人……就跟马絮在阿尔及利亚人不服管的时候做的那些事差不多。他曾经跟戴高乐一起打击纳粹,他们终生信仰民主,但是不得已时只能使用强硬手段。好吧,戴高乐退缩不前的时候,秘密军事组织只能向他发起攻击。注意,秘密军事组织成员被称为法西斯分子,但是该组织的多名成员曾经参与二战期间的抵抗运动。马絮非常勇敢,他当过跳伞兵,开过直升机,需要他做什么他就能做什么。"

佛尔古伊诺竟然知道马絮将军,这让我吃了一惊。不过,他读过《豺狼的日子》,也许这部小说里有提到他。如果他真的熟悉马絮将军,会提出终结埃塔的残忍方案。马絮比越战中的美国人先行一步,从直升机上扔凝固汽油弹轰炸敌人;他还对他下令审问或亲自审问的人使用酷刑。我记得他曾经公开为那些做法辩护,而且我还记得,他并不反感就地正法,也不反感让人无故失踪。后来我还读到,他吹嘘自己使用了电棒,还让下属也模仿他,以此让他们明白这没有那么残忍,让他们毫无悔意且毫无顾忌地对别人用刑。

"我们是民主人士,但我们不是傻子,"莫贝克侯爵满脸通红地说,"直升机稍后才到,但如果他们出现在我面前,我就用这把枪把他们挨个干掉。"然后他把枪对准花园里最高的树冠。

玛利亚·比亚纳惊恐地一跃而起。

"侯爵,请你把那把猎枪带走。你没看到这里还有孩子吗?你怎么回事,把枪带到这里指来指去。佛尔奇,你来跟他说。你们把枪带到家里来干什么?"

双胞胎期待侯爵开枪,这从他们兴奋的脸蛋上就能看出来,他们立刻看向那顶树冠,以为能看到爆裂的树叶或者因为冲击而断裂的树枝。他们看了太多电视。

"嗯,你还是把它放回原来的地方吧,莫贝克,以免激动时擦枪走火。这枪已经上膛了,该死的,为了以防万一,我给每把枪都上膛了。"

"上膛了?"侯爵重复了一遍,觉得难以置信,他不仅很年轻(我觉得他还没满三十岁),还很幼稚。他的难以置信立刻变成了幻觉,他急切地想要伸张正义,发现眼前就有能满足自己的机会,即使意思意思也好。于是他完全不理会玛利亚和高斯的提议,重新瞄准那棵树,朝它开了一枪,他的枪法极准,但他的运气极背,他射中了一只刚刚落在树枝上并开始单调地鸣唱的戴胜鸟。那只鸟坠落在花园的草坪上,它鲜艳的羽毛和长长的喙骤然扭曲,它美丽的肉桂色身体和黑白相间的翅膀在地上只抖动了一秒,便不再动弹了。

满怀期待的孩子们并没有料想到那一枪竟然会带来一

具尸体，终止一条生命，他们开始边叫边哭。孩子们与动物相处得很好，认为动物是自己的同类，他们仿佛下意识地与动物建立起了非理性的关系。当然，尼古拉和亚历山德拉已经过了七岁，孩子们在快七岁时就能学会理性思考。看着那只可怜的鸟在泳池边残损陨落、纹丝不动，他们被吓坏了；他们捂住自己的眼睛，几乎魂飞魄散。我无法想象，如果他们目睹了父亲狠狠踹飞他们心爱的小狗会有什么样的反应，而我有幸看见了被录下的那一幕。

一丝不苟的伊格拉斯迅速冲进屋里，转眼就出来了，手里拿着手套和摊开的报纸，准备捡起那只鸟，并把它带离现场。高斯突然制止了他。

"唉，这是今天的报纸，我还没读呢。你可别犯傻，快拿一份旧报纸过来。"

伊格拉斯照做了，小跑着回来。但他接近那只死鸟时却犹豫了，他捂住鼻子，吓得后退了几步，因为气味难闻至极。他的波浪刘海被弄乱了，横了过来，就像一只粘在额头上的蜘蛛。他年轻时肯定挨了不少揍，但他却连臭味都忍不了。尸体还没来得及分解，但是戴胜鸟本身就会散发臭味，以此赶跑捕食者。当然了，捕猎者侯爵并没有靠近就把它打了下来，无论他这么做是有意还是无意的，他都不用闻那股臭味。

我站了起来，向伊格拉斯示意要手套，我的手势相当于告诉他"现在由我来处理"。无论如何都不该由我来处理，但是我闻过比这难闻得多的臭味，而伊格拉斯可能连涂抹油、血液和大量汗液的味道都难以忍受，其实那些气味没那么难闻，对于职业或业余的健身人士、拳击手来说，甚至还能让他们亢奋。我捏住残损的羽冠，把那只僵死的鸟捡了起来——就像提起斩断的头颅要揪住头发那样，我屏住了呼吸。伊格拉斯有些脸红，他带我绕过房子来到后院，那里放着几只垃圾桶。

"您先打开两到三只塑料袋吧，最好是三只，"我告诉他，同时我也没有松开羽冠，"我担心会越来越臭。"

"我们把它埋在某个隐蔽的角落里吧？就是得挖点土。"

"都行。但是铲土的事就交给您了。"我一边回答他，一边把死鸟和手套扔进三只塑料袋里。

"唉，我的手套，"他不满地说，"还很新呢。"

那副手套是做手工用的，或者可能是做清洁用的。

"如果您想留下这副手套，让它继续发臭的话……还不如扔了好，对吧？"

我去了卫生间，仔细地洗了手，然后回到了花园。佛尔古伊诺和侯爵还在那里，我以为他们会趁机离开，以免跟玛利亚争吵，也省得听孩子们哭喊。离开的反而是那三个人，母亲带孩子们进了屋，尽力安抚他们，那两个孩子怯懦而脆弱。愚钝鲁莽的莫贝克甚至还没有收起那件杀鸟的武器。他站在命中目标的地方一动不动，我不知道他这样做是因为骄傲还是因为羞愧。他穿着皮马甲，衬衫的袖子放了下来，袖口的扣子已经被系上了，现在他把猎枪扛在肩上，仿佛以为自己是扛着步枪的士兵，总之他看起来既可笑又僵硬。

"我们还有很多事要做，但是我想先感谢您，普雷托里亚诺[①]。"佛尔古伊诺并没有记住我的姓，他搞混了两个罗马官职，我觉得这很好笑。"您的行动很果断，这是我的员工缺少的品质。他过去是拳击手，自诩强悍，但是他过去受过伤，您知道吗？您得原谅他，他有时会头晕目眩，而那股臭味……您得明白。"他转变了语气，感叹道："那些婊子养的东西还没把何塞·安赫尔给弄死，尽管那个年轻人其实已经死了，"他也没有记住在报纸和电视上重复了数小时的米盖尔·安赫尔·布兰科的名字，"而且他们还间接害死了别人，一只可怜的知更鸟死在了我的花园里。"

他说错了鸟名，这不意外。他还给朋友的无理行为开脱，他肯定理解那种暴力冲动，或许他自己也有。如果出

[①] "普雷托里亚诺"（Pretoriano）的原意是罗马禁卫军，而主人公化名的姓氏"森图里翁"（Centurión）原意是罗马百夫长。

来的时候他也带了一把猎枪，也许他会表现得跟侯爵一样。

"一帮打回力球的娘娘腔，一个个戴着耳环，留着操蛋的修道士发型。他们就是一群蠢货。这样一眼就能认出他们，逮捕他们。问题是警察太小心了。操他妈的恐怖分子。即便这样他们还能祸害人，我现在是相信了。听说何塞·安赫尔是第七百七十八个受害者，去他妈的。"

"得把他们全都抓去枪毙，王八蛋。"莫贝克说。他又把猎枪对准了那棵树，似乎迫不及待地想要加入行刑队。

"行了，别显摆了，侯爵，"高斯总算训了他一句，"你已经搞出不少乱子了，傻瓜。"

至少孩子们没听到这些脏话，他们听父亲说过不少脏话。当时他火气已经上来了，根本不在乎。或许在其他时候也一样。埃塔受害者的数量会继续攀升，如果我没记错的话，他们一共杀死了近九百人。

"别客气，高斯先生，"我回答他，"得赶紧把犯罪现场的尸体给弄走才行，您的孩子们害怕极了。"

"犯什么罪了？犯什么罪了？"莫贝克愤愤不平地说。

佛尔古伊诺手一挥就制住了他，让他噤了声。他思考了一会儿，然后悲哀地承认：

"是的，他们的确很脆弱。他们的母亲过于操心了。要是我来带他们的话，那就是另一回事了。"

第十章

我并没有完全忽略伊内斯·马尔赞和塞利娅·巴约，只不过我把注意力更多地放在了那个好几个月都无法接触到的人身上，我必须尽可能利用这个机会，但又不能打草惊蛇。其实那三个女人都没什么可查的，但是原因各不相同。嗯，塞利娅·巴约看起来更透明，她似乎简单得很。因此我的确更忽视她，事实上我差不多从一开始就把她排除了（因为她开朗马虎的性格以及与柳德维诺在一起时的放荡不羁：我仍然时不时目睹这对夫妇离奇的交合，开场方式变化多样，但总是以爆发与嘶吼终结）。

但这必定是个谨慎而缓慢的过程，特别是如果我们记得这句箴言的话：那些最会欺骗和隐瞒的人，也是最有可能为所欲为并逍遥法外的人。问题在于，我们没有办法确定对方是否在欺骗隐瞒。尽管科学取得了很大的进步，也有了许多新发现，但是从来没有找到一种能判断人们什么时候说实话、什么时候在撒谎的可靠方法，在外行人看来，这比把航天器送到火星，比给千里之外的病人动手术要容易得多。尽管现在有许多人认为很快会出现能阅读人类思想的机器，我却认为这是无法实现的，因为思想是飘忽不定、自相矛盾、难以捉摸的，即便是在冷静的时候，思想也绝不稳定，就像阵阵来袭的飓风。我发现有人能保持某种形象数年之久，最后这竟成了他们的面具，而这些面具变成了他们真实的脸孔，并且能暂时消除他们的记忆。尽管我仍然持保留意见，但随着日子一天天过去，我逐渐把塞利娅·巴约从名单上划去。

在布兰科被绑架、人们焦急等待的那几天里，以及在噩耗传来之后，我仔细地观察了那三个嫌疑人的反应和行为。我说服图普拉，在谋杀案发生后得研究那三个人的反应，这很重要，于是图普拉准我稍稍延迟几天。

正如我所说的，鲁昂跟西班牙其他城市一样，街上人满为患，我认识的人几乎都参加了要求埃塔释放人质的游行示威，几乎所有人都把手涂成了白色。当然，其中有些人肯定会赞同莫贝克和高斯的提议与狂言妄语，无论男女（到处都有凶狠残暴的女人，正如到处都有软心肠、好说话的女人,幸亏这样的女人更多),要是他们有武器的话,定会让鸽子、麻雀、欧乌鸫和喜鹊千疮百孔,以此强调或者炫耀自己的怒火。但是在那两枚子弹射出后的前几天——第二枚子弹在布兰科跪地时击中了他的后脑勺——大多数人都很安静,更多表现出的是悲伤和不安,而非愤慨和激昂。

塞利娅·巴约保持了自己一贯的作风,在乞求埃塔放人的游行里泪流不止,不过她只是默默地哭泣,并不是很外露。她伤心起来悲痛欲绝,痛苦起来心如刀绞,她无时无刻不在想象布兰科和他家人有多么惶恐不安,当时我们还没有见过他的家人,或者没有像这些年来见得那么频繁,我记不太清了。她完全可以想象他们的痛苦与焦虑,她可以设身处地体会布兰科和他家人的心情,他们等待着一通可怕的电话,一通让他们欣慰或带来噩耗的电话,那通电话会告诉他们布兰科奇迹般地被释放,或者已经被杀害。她想象,每次电话响起,他们都几乎要心脏病发作。

尽管伊内斯·马尔赞性格隐忍、毫不合群,但她也加入其中。她更冷静或更克制,她沉默地跟着人群走,高举着涂成白色的双手,一脸绝望的表情。她比塞利娅更坚强,或者她有更多的经验面对那些自一开始便东歪西倒的形势,她明白要回归正道是绝不可能的,现状便是如此,所有人都无能为力，只有警察能尽一些微薄之力，人们只能等待，只能团结起来，去哀求那些没有怜悯之心、蔑视怜悯之情、绝无怜悯之意的人。正如我所说，所有人都对此心知肚明，伊内斯·马尔赞并不寄托于虚妄的希望，她对我说起她女儿时，便已表明心迹。

在我们的性关系逐渐冷却——或只是一段暂停——之后，她以某些谨慎的借口为由来找我，而我也欣然同意恢复已然降低的见面频率，见不到她对我并无好处，而且我对她已经有了好感。我并不觉得她是因为想念肉体的快感——她时而有快感，时而没有，而当她有快感时，主要是因为习惯和礼貌——而是因为她已经习惯了我偶尔的出现与陪伴，我们交流得并不多，她是个独立自主的女性，并不需要有男人在身边。但这并不是我期待的结果。在焦急等待的那几天，我发现她悲伤而无奈，仿佛她坚信米盖尔·安赫尔·布兰科不会获救。她对我说过的最明确的话是："这些人一旦开始行动，就不会再宽容。他们就像是一台机器，即便想停也停不下来。那个可怜的年轻人已经是个幽灵了。他自然是不愿意相信这个事实的。任何人经历这样的事，都会像他一样。"尽管我很想从她的话中听出一手消息，但是任何持怀疑态度的人、现实主义者、不抱幻想的人，都会说出这样的话。

玛利亚·比亚纳和佛尔古伊诺也参加了大规模游行，他们也把手涂成了白色，尽管佛尔古伊诺大概会觉得这样做既烦人又无趣，徒然把手弄脏大概会让他很恼火。然而，身为鲁昂最活跃的势力，他们理应出现在最前排，跟巴尔德拉斯市长、市政议员、反对派、留着锃亮光头或烫发造型的公子哥儿以及金融家和实业家一起带头游行。柳德维诺为这个盛大的场合调整了着装，但仍然不合时宜。他用淡得发白的灰色代替了浮夸的绿色，他根本不愿意换个更顺眼的发型，他甚至没把大背头梳平，也没刮掉嘴唇下方恼人的小胡子。但因为他无礼的同情心，大家也就随他了。

那里的所有人都得维护自己的名声，无论是多么微不足道的名声，他们不但得表现得真诚，还得谴责埃塔的暴行。我看见了比达尔·塞卡内尔、鲁伊韦里斯·德托雷斯和其他大名鼎鼎的医生，看见了戈麦斯－诺塔里奥和酒馆老板贝鲁亚，看见了伊内斯·马尔赞时而会在休息的夜晚约见的那几个喋喋不休的女性朋友，看见了我们学校的校长、其他学校的校长以及各个学校的教职工，看见了城里各大学院的院长和大学的校长，看见了为了挤到前排显得惹眼而暗地里用手肘拨开人群的神职人员，看见了跟主教抢位置的普通神父。他们不屑于把手涂白，因为他们本身就是纯洁的，他们也不打算炫耀这一点。弗洛伦丁发红的手在第二排十分醒目，他一边走一边做笔记。连骑士团长和其他夜间行动的地痞流氓也加入了进来，他们在角落里畏畏缩缩，免得让他们尊贵的客人尴尬，他们还得跟自己打招呼，即便只是抬抬眉毛。

我也涂白了手掌，以老师森图里翁的身份出现在了那里，献身于我真正献身其中的事业，我明白人们的愤怒或宣泄只会取悦那些掌握主动权的人，增强他们的信心，我觉得那一切只不过是表面功夫，是徒劳无益但情有可原的愚蠢做法。当人们无能为力时，会想要做些什么，什么都行，即便做了没有任何用处。他们就像死者的亲属，用鲜花装饰灵柩，而死者压根闻不到也看不到。他们跟死者说话，给死者写信，但他们明知死者已经听不见也看不见了。人们以为必须陪伴那些不需要陪伴甚至厌弃陪伴的人，可他们安慰或陪伴的主要是活着的人，他们自己也能从中获得一些安慰，他们称呼死者时会带着可恶的优越感，并且心安理得地居高临下，他们会低声说"真是个可怜人"。（每个人理应得到缓缓降落的帘幕。）我是个怀疑论者，恐怕我在这件事上跟佛尔古伊诺·高斯不谋而合。他看起来很不耐烦。

我尽可能地观察，我看见高斯身旁的玛利亚·比亚纳紧紧抓着他的手臂，仿佛需要倚着他才能走路。她看起来完全丧失了斗志。她既不像塞利娅·巴约那样泪流满面，也不像伊内斯·马尔赞那样大彻大悟。她那张迷人又精致的脸上显现出深深的绝望，这种绝望并不局限于此时此刻，并不局限于埃尔穆阿那名年轻人的绑架案和预料之中的谋杀案，那是一种更宽泛的绝望，仿佛她已经明白一切总会以最糟糕的结局收场。也就是说，仿佛她已经明白这样的事频繁发生，仿佛她在细数自己的经历，仿佛她在解答自己过去的疑问，而答案则是一次次尝试，一回回试炼，一个个决定，一场场悲剧。"既然无论我们做什么，一切都会继续发展，既然军队的脚步最终将不可避免地将我们裹挟，那么我们何必如此急切，何必着急回避，何必仓促逃亡，何必提前害怕，何必痛苦煎熬。即便是一个、两个、三个骑兵的步伐，最终也能将我们裹挟。"

图普拉准许我在鲁昂多待几天，作为条件，我不能在马德里逗留。所以我不得不把看望贝尔塔和孩子们一事推迟到回程，他们并不期待见到我，也不会想念我，我甚至还没来得及通知他们，也许我会在伦敦通知他们，也许我不会通知他们。贝尔塔或许会故意不在家免得见到我，或许她会明确告诉我，我并不受欢迎，省得我白跑一趟。我又一次没有信守诺言，我在鲁昂停留的时间比所有人预想的都要长，大家都太乐观了，而且我一次都没回过马德里，尽管对于过去的我来说，这点距离算不了什么。鲁昂麻痹了我，让我变得懒惰，不过谁知道是不是因为我害怕外面的世界呢。

因此，我带着手提行李直接从火车站去了巴拉哈斯机场，在旅途中，我回想起了拉萨尔特－奥里亚那场草率执行的谋杀案发生前后的游行示威，那些激烈的画面在我的脑海中混成一团。人们在后来的游行示威中更颓唐、更愤怒，每隔几分钟或每走一千步，两种情绪便会更迭一次，人们垂头丧气，已经不知道自己感受到了什么，也不知道自己想要感受什么。现在，我在记忆中混淆了那些画面，但是我清楚地记得在后来的示威中，人们除了骂脏话之外，还一边把双手叠在后脑勺上，一边喊口号："埃塔，有种来要我的命。"米盖尔·安赫尔·布兰科甚至没能像安妮·博林和玛丽·安托瓦内特那样干净利落地被杀害。

我的三个嫌疑人在不同集会上的表现没有太大的差异。差异最大的无疑是塞利娅·巴约，她不仅哭得厉害，叫得也很大声。不过，她发起火来也很认真，尤其是在遇见不平之事时。她对卑鄙行径气愤至极，让我不禁怀疑她是否有夸张的嫌疑，但是我立马否定了这种想法，她的反应通常都是本能且草率的，而且在谋杀案发生后失控的人不止她一个。例如佛尔古伊诺·高斯，此前，他一脸抗拒地举着为了向同胞们看齐（他一般会避免这么做）而弄脏的手，而现在他兴奋极了。如果那样做不构成恶意煽动的话，他早就带着刀枪准备把所有戴耳环、留修道士发型的年轻人给千刀万剐了——但这种造型并不是埃塔的支持者专属的，鲁昂、卡蒂利纳、吊桥市、马松、恩特雷里尔莱斯、卡塔普尔塔斯以及其他更小市镇的"原住民"或"反政府势力"也会这样打扮，不管电视上播什么，都会有傻瓜争先恐后地模仿。佛尔古伊诺乐在其中，他呼吁战争，要求处死罪犯，尽管他摆着宽大的胯部，双脚绵软如棉花，但他在游行队伍前排的脚步变得更有活力，也更坚定了。

如我所说，伊内斯·马尔赞和玛利亚·比亚纳的态度基本没有变化。如果非要说有什么变化的话，在她们的脸上能更明显地看出苦涩或愤怒，伊内斯·马尔赞的脸上如暴风雨过境，而玛利亚·比亚纳神色凄楚。她们俩都没有声嘶力竭，也没有在人群中显得格格不入。在我长久以来第一次坐飞机飞往希思罗机场的旅途中，我不得不承认，尽管我多年来对这种发泄行为持怀疑态度，但我觉得自己是人群的一部分，这让我时常感到振奋或者激动。一年前我就有过这样的经历，历史学家、法学家和宪法法院前院长弗朗西斯科·托马斯·伊·巴连特被杀害后，我以托马斯·内文森的身份自发参加了马德里市中心的一场大规模游行示威，据估计当时聚集了八十五万人。一名埃塔成员（他叫比恩索瓦斯，绰号"卡拉卡"）在袭击当天和前一天假扮成学生，在走廊上晃悠。等他确认托马斯·伊·巴连特独自一人后，便潜入他在马德里自治大学的办公室，近距离朝他开了三枪，至少有一枪射中了脸，而当时他正在跟一个朋友通话，几分钟后准备给学生考试。过去几年他一直有保镖，但那时并没有，他就那样毫无防备地待在学校里。

在那场示威中，以及在鲁昂那些规模更小的示威中，我被深深地感染了，我觉得大众的谴责不仅能让人们一起嗟叹唏嘘，还能起到更大的作用，只是我无法形容那种感受。当然，事实并非如此，埃塔年复一年地继续杀戮，他们就像那些永不遗忘的组织那样冷血无情，他们不会忘记胡编乱造的事实，不会忘记年长的成员杜撰的故事。年长的成员利用顺从的年轻人，让他们冒生命危险，让他们坚定不移地犯罪。但是，我感受到了人们的热情，听见了整齐的口号和歌声，目睹了个体在能磨灭意识的巨大集体中消解，看见了成千上万的民众一起迈着沉重的步伐，他们同时感受到了痛苦、愤慨与遗憾……这一切让我时不时忘却已然铭记在心的道理，也许我比在场的所有人都更明白这个道理：那些组织成员的精神世界要么坚不可摧，要么一片荒芜，没有任何事能伤害到他们。无论是能被他们歼灭的势力，还是已经被他们歼灭的势力，都无法伤害他们。埃塔支持者的典型做法是，闯进墓园，亵渎他们的英雄的受害者的坟墓，仿佛他们很恼火，因为已经被杀害的人无法再次被杀害。

我在西班牙感受到了那种荒芜，但是在阿尔斯特，这种荒芜还要更明显。西班牙并不存在两派阵营，但是八十年代和九十年代初的反恐怖主义解放团是个例外，不幸的是，一些警察频繁对埃塔成员施以酷刑。

也许现在轮到我变成例外了，我为并没有正式职务的马奇姆巴雷纳效力，以"外国人"的身份给同是外国人的前上司跑腿。这是特工机构或冒牌特工机构之间的国际援助。图普拉并不是这样的人，他一直都有职务。但是他并不怎么守规矩，他就像他的诸多化名那样不清不白，他一直是这样的。我们的初次见面是个骗局，我过了很久才明白过来。我怎么会又跟他接触，坐飞机去见他，听他说废话呢。

但是坐在英国航空的飞机上，我的思绪一次次飘向最近发生的事。我想：即使我们受公民责任心的驱使而激动兴奋，也绝不应该参加游行示威和世俗集会。所有人都在不停地召集示威游行，这是有原因的。无论是否出于正义，是否应该抗议，人们在参与游行时都有可能丧失理智，被情感左右，所有的幕后操纵者都想激化矛盾、控制民心，这些幕后操纵者也许是宗教界人士，右派人士，左派人士，或者爱国主义人士。要彻底摆脱这种力量是不可能的，人们最终做出了一些违背自己本意的事。人们用私刑，骂脏话，吐唾沫；人们发动攻击，庆祝斩首，摧毁建筑；人们肢解碾碎尸体，沉浸于汹涌激荡的人潮中不醉不休。成为人群的感觉很好，成为不需承担义务的乌合之众令人振奋。我不应该参加一九九六年二月谴责托马斯·伊·巴连特谋杀案的游行示威，就算那样会显得我胆小懦弱、背信弃义，我也不该跟八十四万九千九百九十九个陌生人集会，让他们撼动我，软化我，裹挟我。即便人群中有与我亲密无间的人，有贝尔塔、吉列尔莫和埃莉萨，也是一样。我也不该参加鲁昂因布兰科的悲剧而组织的游行示威，尽管我必须以米盖尔·森图里翁的身份参加，或者为了高斯·普雷托里亚诺参加——如果我不在场，他会感到奇怪，还会厌恶或指责我。也许马格达莱娜·奥鲁埃·奥德亚也是被迫参加的，可能是作为拉德曼达餐厅的老板娘，可能是作为与我同校的老师，可能是作为本地建筑大亨受人尊敬的妻子。她们之中的任何一个都可能像我一样在伪装，我仍然心存疑虑，但是在激情迸发的时刻，我的疑心所剩无几。无论麦蒂·奥德亚是谁,她都不会谴责那场绑架、那场勒索,不会谴责阴险的倒计时把戏,甚至不会谴责枪决那个双手被缚、双膝跪地的年轻人的暴行。也许她会,如果她有所长进,如果她后悔过去的罪行,甚至还能偶尔忘记自己曾经的身份。如果真是如此,那么这段插曲大概能让她忆起往昔,会让她感到双倍的煎熬与折磨。这无疑是因为那个男孩,还因为如果换作过去,自己可能就是那个在埃瓦尔火车站引诱伏击他的人,或是那个在拉萨尔特-奥里亚枪决他的人。

有时我会忽略这个事实:那个女人更接近北爱尔兰人,而不是西班牙人。就像我很可能还是更接近英国人,而不是马德里人,因为我长期为英国效力。马格达莱娜·奥鲁埃在西班牙待了很长时间,还在鲁昂定居了八九年,但实际上,她原本是爱尔兰共和军"借"给埃塔的(爱尔兰共和军历史更悠久,经验更丰富),我一直不清楚她在其中扮演的角色。她是出色的战略家,还是出谋划策的炸药专家?她能拍板决策,还是只提供支持,好让行动的破坏力变得更强,更能震慑对手?

图普拉一直把我蒙在鼓里,这是他一贯的作风,这辈子都改不了。棋子对任务的意图了解得越少,他们建造的城墙、塔楼、要塞或金字塔就会越牢固。也许他和马奇姆巴雷纳的根本利益并不相同,但他们的目标是一致的。马奇姆巴雷纳的目的是惩罚对手,而不是防患于未然,参与一九八七年恐袭的所有罪犯都应该受到惩罚,那些罪犯显然危险得很,但那是后话了;图普拉则担心,随着阿尔斯特问题即将解决,休战协议即将达成,保守派(保守派通常跟革新派一样不屈不挠,只不过他们更有经验和城府)中可能会出现不可控的因素,他们可能会肆意发动袭击、破坏协议。如果麦蒂·奥德亚是个根基深厚的狂热分子,那么她会谴责并反对停战,毕竟那是她坚守了大半辈子的事业。

我即将见到图普拉,倾听他的指示,但是我并不指望从他那里套出什么秘密,我在飞机上这样想。只要他愿意,他就会变得深不可测、专横霸道、不屑一顾,他绝不会在恳求或哀悼的游行中愤愤不平、心潮澎湃,连一秒钟都不会。也许是因为他出身于"乌合之众",与他们团结一心并不能让他觉得快慰和新奇,他也许做出了许多牺牲,付出了许多努力,才逐渐回避并摆脱了那个身份。然而,我突然想起他现在结婚了,他说是因为爱情,也许这么多年来他已经有些屈从于普通的情感。我认识的那个图普拉会从别人那里夺取他想要的任何东西,却付出得很少,甚至没有任何付出,这是他最了不起的本事。所以他可不会这么想："费尽了一切，结果还是一无所得。"他最多会赞成莎士比亚的前半句话，因为他这一生中大概花费过不少力气。但他似乎一直有所保留。

在动荡、哀悼和谴责的那几天里，几乎所有的商店都停业了，所有的活动都停止了，实际上那几天变成了节假日。那几天过后，我给伊格拉斯打了电话，告诉他我得给双胞胎停课几天，并问他这样是否会带来麻烦。我没有跟他提去伦敦的事，这与任何人都无关。我说我在马德里有一些急事需要处理。

"是家里出了什么大事吗？您在那里有什么家人？父母还是兄弟姐妹？"我觉得他像是在审讯我，仿佛想借机窥探我的隐私。鲁昂人以为我要么单身，要么离异，总之没有婚姻的羁绊。其实没人关心我的婚姻状况，这让我意识到那曾经是一座"高贵而忠诚的城市"，那里的人们谨慎寡言。

"不是的，幸好没出什么大事，谢谢。只是我好几个月没回去了，我得去处理几件事。"

"我去问问玛利亚。我不知道停课以后，孩子们会不会突然忘记之前学过的知识。最好让她来决定吧。那几天您应该不会收我们钱吧。您稍等。"

"不，我不会收的，别担心。"

他让我等了整整五分钟，回来以后，他的语气听起来惊讶且不满，仿佛因为玛利亚爽快地同意了这件事而不快。

"嗯，我也说不好。玛利亚说这样挺好的，让您别担心。孩子们因为最近的事情难过极了，他们不可能不知道。周五那场意外，就是那只鸟的事，让他们更加难受，所以让他们休息几天也好，直到忘记这件事为止，她是这么说的。尽管个人的意见多余，也没人想听，但是很多人还是会忍不住说出来。要是您想知道我的意见的话，我觉得这样下去他们会变成弱不禁风的窝囊废。佛尔古伊诺先生说得有道理，他们的母亲太溺爱他们了，把他们保护得太好了。看见一只蝙蝠从树上掉下来不至于这样吧。但是好吧，她说了算。"

伊格拉斯显然是为高斯做事，而不是为玛利亚·比亚纳，她只不过是"玛利亚"，而他却是"佛尔古伊诺先生"。他说"您应该不会收'我们'钱吧"。仿佛他是护财的管家。这是他们的问题，我并不关心。

"如果您没意见的话，这周剩下的几天我就不来了。今天已经是周二了，对吧？请您替我谢谢玛利亚。"

"您不用跟我说。就当作您想休两周假吧。等您准备好来上班了再说吧。"

也许他把我当成了意料之外的竞争对手和侵犯他领地的外来者。也许他无法原谅我，因为我目睹了他无法处理发臭的戴胜鸟时的软弱，因为我在无意间让他羞愧难当。

我对伦敦的一座广场情有独钟，上次我去伦敦时便是在那里落脚，那时我已经退役，陷于无尽的等待中，那是四年或者三年前的事了（漂泊不定的生活以及身份、外貌和个性的转换会带来这样的后果：你会不知该如何准确地计算时间，不管是当下的时间，过去的时间，还是即将到来的时间），自命不凡的年轻人莫利纽克斯把我在那座中型城市长期流亡和最终失落地回到马德里之间的那段时间称为"空窗期"。只不过当时我被安置在一座可能仍然属于情报局的阁楼里，而莫利纽克斯是中间联系人，那座阁楼位于多塞特广场一号。颇具传奇色彩的特别行动执行处的一个部门曾经就在这里，特别行动执行处在二战期间负责统筹欧洲、北非及其他地区行动的突击队。现在我自己住在多塞特广场酒店，那里距离贝克街和夏洛克·福尔摩斯非常近，离杜莎夫人蜡像馆也很近，图普拉和他的下属布莱克斯顿在我年轻时布下的骗局便是在杜莎夫人蜡像馆被揭穿的。布莱克斯顿极其崇拜蒙哥马利，尽管他又高又壮，甚至算得上肥胖，有时还会发出歇斯底里、无法遏抑的笑声，但是他喜欢打扮成蒙哥马利元帅的模样。

没错，我在蜡像馆里观察并跟踪了两个分别名叫克莱尔和德里克的孩子，最后还与他们交谈了一会儿，事实证明珍妮特·杰弗里斯根本不可能在我与她偶然相会的那段时间里怀上并生下孩子。珍妮特早已远去，直到她被杀害我才知道她的姓氏，而我差点被指控用她的丝袜把她勒死，这种臆想出来的死法真是丑陋极了。我学生时代的露水情人早已远去，她曾经在牛津的沃特菲尔德古籍书店工作，我们之间从未有过激情，而她在我的余生都留下了印记，谁知道我是否在她的生命里留下过印记呢。据她的孩子说，她很久以后在一场车祸中去世。

尽管有那么一段识破骗局的苦涩回忆，但那里仍然成了我在伦敦最喜欢的街区，或者说，那是最让我有安全感的街区。我在获得一定自由但仍在耐心等待的那段时间里习惯了那里，当时我的名字是戴维·克罗默－费顿，我无所事事，把自己当成无人问津的死人，爱过我的人不会记得我，恨过我的人也不会记得我。按照那句诗的说法，我感觉到了空气般的死亡。或是死亡般的空气。

图普拉在我抵达伦敦后的第二天就想见到我，跟我们上次在伦敦见面时不同，他要求我一早就去他的办公室，没有给我选择的余地。他并不在当时办公的地方，那个地方我认识，但他现在搬到了另一个高档街区的无名建筑里，就在近两个世纪里曾被用作海军部大楼的建筑隔壁，那条街应该是考克斯珀大街，我只去过那里一回，后来就没再去过。那里明亮而宽敞，门口的几名工作人员让我出示身份证，询问我来访的缘由，让我掏出口袋里的东西，还用金属探测仪探遍我全身。当时距离双子塔和五角大楼遇袭，距离二十世纪的遗风随之消散，还有四年多的时间。

我根本不可能把我那把小小的一九六四年版宪章武器卧底左轮手枪带进去，上回我们在多塞特广场附近的一家咖啡馆里见面时，我的枪倒是在风衣里，那次见面事关斥责、憎恶与如释重负的告别。不可思议的是，我竟然没那么憎恶他了，如释重负的感觉将我摧毁，我竟然在三王节那天再次同意在马德里与他见面，还鬼使神差地同意了搬去鲁昂住好几个月，直到现在还在为他奔命。这是我的消极与颓靡酿成的后果，因为我不会以另一种方式生活，因为我在缺席的那些年里几乎失去了一切，我已经没太多可以失去的东西了。因为我意识到，我曾经是局内人，变成局外人竟变得如此难以忍受。我意识到，我们所有人都在某个未知的地方留存着一颗忠诚之心。

因此，考克斯珀大街上的那座建筑——如果那真是考克斯珀大街的话，那是一条很短的街——也属于政府，只不过没有名称、铭文和牌匾，军情五处、军情六处最隐蔽的建筑有时也是如此，同样的还有从前的海军情报部及其后来的相关机构。如果现在图普拉在三楼有一间铺着地毯、采光充足的舒适办公室的话，那说明他得到了很好的关照，说明他极可能升职了，他的工作得到了上级的重视。我记得他曾经跟我提过（我记不清是今年一月在马德里，还是一九九四年在伦敦，鲁昂的时间不断延展延长，比实际流逝的时间要长得多），他在训练一支特殊队伍，被选中的人极少，但个个天赋异禀。至于原因，他并没有告诉我（好吧，他提到过一点），而我也没有问他。

一方面，我很好奇他在谋划什么（了解情况便意味着已经"身在其中"）；另一方面，一旦他离开我的视线并远离我的生活，我便对他做的事毫不关心。不管他在策划什么阴谋，玩什么新把戏，都与我无关。当我打开他办公室的门时，我的内心顿然生起一丝恨意，其他时候这种恨意都被我压在心底。

图普拉并非独自一人，他没有坐在办公桌前。他在房间里踱步，左手拿着一根香烟，右手拿着烟灰缸，他大概是不想烟灰落下后弄坏草绿色的地毯。他大概打定主意站着等我来，楼下那些一丝不苟的工作人员已经跟他汇报了。一个女人舒服地坐在沙发上，她穿着高跟鞋，跷着二郎腿，我一眼就看到了她。这间办公室很宽敞，完全能容下两种氛围，暂且可以这么说。一种是工作氛围，另一种是社交氛围，后者包括那张沙发、一张矮桌和三把扶手椅。我发现办公室里还有壁炉，但不知道是真是假，就在社交氛围的那一边。他的办公桌很大，桌上堆满了文件、文件夹、照片，还摆着一台电脑。除了他自己的那把椅子之外，还有两把滚轮椅，一把在他的对面，另一把在另一边，可能是他的秘书听他口述信函或其他文件时用的。

他没有跟我握手（英国人不太有这样的习惯，除非是在两人刚认识或者告别的时候），只是把烟灰缸递到左手，然后轻轻拍了拍我的肩膀，仿佛他是大人，而我是孩子。他的家长做派已经到了无可救药的地步，他几乎对所有人都这样。我们一月才见过，他自然没有变化，但我每隔一段时间再见到他，都会感叹二十五年来他没有任何变化，二十五年前我第一次在布莱克韦尔书店见到他，然后我、他还有布莱克斯顿三人一起沿着宽街和圣贾尔斯路散步。我突然想起，在我结束那座英国城市的流亡生活后，我们见面的那一回也是如此，像图普拉那样的人并不多见，在思想成熟之后，在获得某种强大的意志力之后，他们的年龄冻结了，仿佛拥有了这种意志力，他们的变老速度就减缓了。他那双包罗万象、洞悉一切的蓝灰色眼睛闪闪发亮，他直视着我，眼神中带着揶揄和淡漠。他探究着过去，把过去再次变成当下，让过去再次变得重要，他并不认为它已经过时，无足轻重。不像大多数人，他们觉得过去的事已经失去了意义。

这很可能正是他强大的说服力与魅力的秘诀所在，特别是刚跟他接触的时候，他能神不知鬼不觉地赢得别人的忠诚。他能让对方感觉到自己被倾听、被重视，觉得图普拉对他们那些庸俗的故事充满兴趣，让那些无病呻吟在几分钟内被倾听、被认可，仿佛在图普拉眼里，一切琐碎的变故都足以改变人生，甚至让人夜不能寐。而且他很懂女人的心思，他知道哪些女人需要夸奖，哪些女人想显得年轻，哪些女人渴望被爱，哪些女人渴望被严肃对待，哪些女人想法复杂，哪些女人只想有个伴，哪些女人渴望竞争和角逐，渴望被平等对待，仿佛男女之间并不一定需要性（这在异性恋之间是可以理解的），仿佛性并非总是潜在的因素，可即便人们害怕它，唯恐避之不及，它仍然是潜在的因素。他很会见机行事，他的感知力无懈可击，他很会观察，为己所用。虽然我并不完全理解他，但是很多女人都觉得他难以抗拒。我希望贝尔塔并不这么觉得，我突然很想念她，她在我的记忆中栩栩如生，回忆过去触发了我难以言喻的嫉妒心。我在想现在她怎么样了，和谁在一起。

坐在他办公室沙发上的那个女人应该觉得他难以抗拒。然而，我却本能地觉得，也许在她面前，他失利了，也许恋爱真的会让我们变得没那么机敏，会埋没我们的才能。他向我介绍说她是"贝丽尔"，但没说"她是我妻子""她是图普拉夫人"之类的话。即便如此，我也立刻知道了她是谁，她不是某个先我一步的客人，也不是图普拉的工作人员。也许是因为她从容的姿态，她跷着一双长腿，穿着一条极短的裙子，那条裙子没有遮住她的大腿根，她安稳地抽着烟，仿佛是在自己家里，她不需要征求图普拉同意，也不担心他反对。我觉得这是个平民百姓的名字，就像梅里尔、默特尔等等（佛尔古伊诺和柳德维诺就不是了）。

她没有起身，只是向我伸出了那只珠光宝气的手，我简单地握了握，即便如此我也注意到她有着曼妙的身段。她的脸蛋并不漂亮，神情过于轻浮，准确地说是肤浅、怠慢、自以为是，甚至谈不上高傲。这并不是因为她的社会地位不高，这与傲慢无关，任何有钱人，拥有愚蠢的头衔或荣誉的人，或是有一官半职的人，都容易这样。这是因为她缺乏兴趣和信念，她的生活平淡如水，我武断地下了结论，仿佛我只需看她一眼，便能了解她的全部，这无疑是不公平的。但我还是这样做了。

她跟图普拉既般配又不般配。她跟我想象中的过去的贝尔蒂·图普拉很般配，那个在牛津攻读中世纪历史前野心勃勃、缺乏耐性、毫无顾忌的凡夫俗子，也许后来他偶尔也会变成那样，比如独自一人在家的时候，或者回老家的时候。我一直不知道他是否有父母或兄弟姐妹，不知道他会不会去探望他们、关心他们，也不知道他是否为了消除记忆而回避他们，并以他们为耻。在我面前，他表现得在工作之余孤独无依，没有故乡，没有羁绊，几乎没有过去。我知道他掌握了一些技能，他说过一些我当时没能记住的晦涩含糊的言论，我只能根据这些事实判断，他对六十年代涌入伦敦大街小巷的黑手党极为熟悉，尤其是著名的孪生兄弟罗尼·克雷和雷吉·克雷。他们从东区搬到西区，成为繁华的六十年代里多家知名夜场的老板，是"摇摆伦敦"的名人。据说，他们跟黛安娜·多丝、芭芭拉·温莎、乔治·拉夫特、朱迪·加兰、弗兰克·辛纳特拉等一众演员来往频繁，他们还跟贵族和国会议员打交道，比如休·索马里兹-希尔。其中，布思比勋爵似乎曾与罗尼·克雷有染，罗尼·克雷是同性恋，他也许是兄弟俩中更疯狂更暴力的那一个，托利党并不愿意与他们为敌，也不愿意起诉他们，因为担心那种关系和丑闻被曝光。辉格党或工党也遭遇了类似的情况，他们的某位要人也跟阴晴不定的罗尼·克雷有过私情。这层关系和他们作为社交名人的光环保护了他们很长一段时间，尽管他们杀人如麻（有几场谋杀是有证人目击的，但他们都保持沉默了），直到六十年代末，大概是一九六九年，他们才被逮捕、被审判、被判决。如果图普拉曾经为他们效力，或者为他们当年的对手，即伦敦南部的理查森帮派效力，那么他当时的身份应该是黑帮学徒——他也许恐吓殴打过别人，因为他比我大不了几岁，具体大几岁我不太清楚，而我出生于一九五一年。

另一方面，贝丽尔和里尔斯比、乌雷、邓达斯一点都不般配，和那个在我们这些外人眼里强大坚定、满腹经纶、品位高雅、魅力非凡的人一点都不般配。他有那么多出众的品质和技能，他常穿的细条纹西装和马甲都极具说服力。贝丽尔与他工作时的模样也不般配，他是个在必要时毫不留情的人，只忠于国家，常常嘲笑和讽刺别人，他向来精明而通透。我的直觉告诉我，在那个女人面前，他失败了，因为我突然发现，他没有真正地完成任务，没有绝对地征服她。也就是说，他更爱她，这在伴侣之间很常见，但是如果一开始就这么明显的话……"这对图普拉不是好事，"我这样想，"像他这样的人没有软肋，也没有弱点。"我猜不出其中的奥秘，猜不出那个贝丽尔到底有什么魅力，能让他退让，让他决定挽救意味着徒然爱恋的"临时的额外悲伤"，他在稻草广场跟我说过类似的话。

这种事难以捉摸，即便是对于有过类似经历的人来说也是如此。我突然想到，以我自己为例，坚定不移地爱着我的是贝尔塔，即便在她以为我已经死了的时候也是如此，这种想法很自大，但却是实情。图普拉让她相信我真的死了，因为这样对我有利，能保护我。他甚至不准我给她打电话，我在生死边缘徘徊了很久。"我永远都亏欠她，"我想，"现在轮到我变成那个坚定不移的人，那个永恒的追求者，那个无论如何都不愿意失去她的人。然而，即便毫无必要，我却再次踏上了险途，我搬去鲁昂，我不关心她，也不打算赢回她，我每天都会多失去她一点。现在为时已晚，一切早已无法挽回。"

"很高兴认识你，汤姆。"贝丽尔即图普拉夫人跟我打招呼，她干脆利落地用我名字的简称来称呼我，如果英语里有"你"和"您"这两个人称的话，那她肯定是那种连对爱丁堡王子都会使用"你"的人。"贝尔蒂跟我说了好多关于你的事，我觉得自己早就认识你了。我早就想给你安一张脸，一张非常英俊的脸，你可得保持住啊。"这种恭维的话她说得自然极了。她站了起来，拿起包，准备离开。她说："我先走了。你们一定有很多话要单独说。亲爱的，咱们晚饭见。"这句话自然是对图普拉说的，至少她没用可怕的昵称来称呼他（比如"蝙蝠"），她在图普拉柔软的嘴唇上印下了一个夸张却敷衍的吻，就像孩子们亲在彼此脸颊上的吻，或者孩子们给自己厌恶的大人的吻。

她从大门离开的时候，我看得更清楚了，她这种身材在更自由更不羁的年代叫作 an hourglass figure，直译过来是"沙漏型身材"，西班牙语里并没有形容这种身材的词语，人们只是迅速在空气中画一把吉他，或者一瓶可口可乐。一些女性敢于心满意足地展示这样的身材，比如玛丽莲·梦露、索菲娅·罗兰、杰恩·曼斯菲尔德、朗达·弗莱明（她比较低调）等女演员，我认为这样的做法不应该遭到指责与非难。这没有问题，即便他承认自己经受着额外的痛苦，而结婚是为了缓解这种痛苦，这也没什么大不了的。也许令图普拉着迷的是贝丽尔的冷漠与自恋。我想，归根结底，这与我毫无关系。图普拉跟谁结婚，有没有结婚，婚后他的悲伤是增加了还是减少了，我都不关心。其实我根本不关心他现在在做什么，更别说他以后会做什么。我不会再让自己变得如此唾手可得了。

"你来晚了，但愿你没白耽搁这么久，但愿那段时间派上了用场，你给我带来了好消息。"

图普拉让我在他妻子刚刚离开的"社交氛围区"落座，我刚坐下他就说了这句话。至少他没让我用他办公桌旁边给上访者和下属坐的那张椅子。但是他根本没问我一路是否顺利，没说一句友好的话，他看起来有些焦虑，他很少这样，除非在计划不太顺利的时候。

"没派上太大的用场，"我回答他，"在群情激昂、剑拔弩张的时刻，任何人都知道该如何行动。只要模仿周围的人就行了。"

此时，他在沙发上坐了下来（此前他向我指了指一把扶手椅），动作快极了，说明事情间不容发，这让他焦躁不安。他坐下以后比我稍微矮了一截，他掏出一根香烟，点燃，我也掏出了一根香烟，慢条斯理地点燃，想让他等着。但是他并没有等。按照他的算法，他已经等了我两三天，他似乎对目前的情况十分不满，这件事跟他没有直接的关系，他也并不关心，但这事让他无法专心处理事务、谋略国家大事。

"我已经在电话里跟你说清楚了，汤姆，你让我没面子，让我很没面子。到底是怎么回事？你是怎么了？我本来相信你能很快解决这件事，所以我才答应了乔治·马奇姆什么来着。"

图普拉无法流畅地说出他的名字，甚至很可能记不住那么长的巴斯克名字，所以才把他叫作"马奇姆什么来着"。我原本以为那是个假名，但也许并不是，也许马奇姆巴雷纳真是巴斯克人,也许他来自内古里,或者来自圣塞瓦斯蒂安,然后搬去了德乌斯托,诸如此类。

"你在那儿待了多久?五六个月?我们没有得到任何结果。布兰科的事情发生之后(这个姓对他来说没那么难),你国家的人都很紧张。没错,现在人们普遍反对埃塔和他们的支持者。据我所知,这样的情况过去在巴斯克自治区从未出现过。参考以往的先例,这样会让埃塔组织变得更加危险。他们并不会因为民众的呼声和愤慨而气馁,在这方面他们也跟爱尔兰共和军相似。喊声和嘘声越大,他们就越膨胀,就像某些喜欢挑衅的足球运动员。他们现在可能有些惊慌,甚至连埃塔的几个囚犯都谴责了他们的行径,也可能是有几个囚犯打算这么做,这件事公开了吗?但是他们很快就不会慌了,还会变本加厉——你们不是喜欢这样吗?那就双倍奉上。马德里人担心布兰科事件只是一道开胃菜,只是令人难以想象的暴力升级的开端。得赶紧铲除那些会在短期内甚至马上制造灾难的人。铲除得越多越好,我们得不计任何代价加强防御。不计任何代价。"他又强调了一遍。"没有拖沓的余地。这并不容易。法国会全力以赴,葡萄牙也会尽力帮忙,他们为这场残忍的绑架和倒计时愤愤不平,但他们仍秉持极强的法治精神。如果有知名埃塔成员出现在我们国家,我们也会施以援手。但是爱尔兰是靠不住的，他们把巴斯克人看成自己的徒弟，准确地说，是赝品，真可笑。未来几周，更可能发动袭击的是那些沉睡者，也就是那些长期生活在阴影中的人，那些貌似油枯灯灭、隐退江湖的人。没有人会追击他们，也没有人会监视他们，活跃分子已经够多了，没法在那些退隐的成员身上浪费精力。你的玛丽·马格达伦·奥德亚便是其中一员，现在记得她的差不多只有我们了，也就是乔治和他手下的人，还有负责执行的帕特、你和我。我已经跟你说过好多回了，我们的职能是永不遗忘其他人遗忘的事。所以，请你千万别告诉我你还不知道她是谁，千万别告诉我你连怀疑的对象都没有。那也太不像你了。那也太不像你了，内文森，太不像我从零培养出来的内文森了。告诉我你至少有个怀疑对象。或者告诉我她们三人中有人被排除了。拜托了，内文森，你到底是怎么回事。"

他站了一会儿，仿佛明白了得给我时间提起劲儿来思考答案。他打开酒柜，给自己倒了一小杯波特酒。瓶子还没放回去，他就皱着浓密的眉毛质问我。我默许了，尽管那时是早晨九点半（在英国，一大早指的是九点以后，这出乎许多外国人的意料，这并不是个早起的国度）。既然他能喝酒，那我的心情也不能差到哪去，那场紧迫的谈话以轻微的指责开场，我敢肯定他还会继续指责我，整场谈话不会令人愉快。

他脱口而出"我从零培养出来的内文森",仿佛毫不在意自己耍了怎样的花招把我骗到手。图普拉虚荣得很。他总是把功劳算到自己的头上(尽管每次他只会炫耀一回),而多年来我都没有让他失望过。然而,他说的也并不是全无道理,他教给了我许多东西(我身不由己),我从他身上学到了许多东西(我还能怎么办,起初我是个担惊受怕的新手),尽管我并没有吸取他每堂课的内容。他有时过于激进了,即便事情还未明朗,为了保证完成任务,他会快刀斩乱麻。与其遗憾没有完成任务,浪费了机会,还不如遗憾已成的定局。假如他是沃尔特·皮金或者艾伦·桑代克上尉,他可不会射出开玩笑的第一枪,也不会浪费宝贵的时间,他能立刻意识到手中的机会。希特勒一走到露台上,一走进他的视野,他可能就意识到了。他会立刻给步枪上膛,甚至可能早就已经上好了。他当场就能调好瞄准镜,击中希特勒的头部或胸部。一九三九年七月,图普拉会突然想到:"万一以后没有机会呢。我可不想这辈子都为瞻前顾后的弱点而遗憾。"然后他会毫不犹豫地扣动步枪的扳机。我觉得他过于激进了,但在那虚构的情节和平淡的现实中,他要是真那么做了该有多好,在那家忧伤沉闷、门庭冷清的慕尼黑餐厅里,只有几个服务员和客人,他们根本不会反抗，人们面对射出子弹的武器，只会吓得无法动弹。

正因为四十年来从未有人反抗，埃塔的枪手才能或冷静或紧张地闯进咖啡馆、酒吧或酒馆，对着里面吃早饭或喝啤酒的人的脑袋就是一枪，受害者手无寸铁、毫无防备。他们杀死了拒付"革命税"的企业家，杀死了敢于直言的记者，杀死了不愿与他们同流合污并且毫不畏惧他们的政治家（这样的政治家有很多，有虔诚的保守党人，还有几名巴斯克共产党），杀死了被背信弃义的顾客指控贩毒或泄密的报刊亭老板（如果我没记错的话，在那么长的时间里，埃塔从未杀害过神职人员，也从来没有袭击过神父）。从来没有人反抗，凶手清理了现场，消失得无影无踪。雷克－马雷切文和朋友米克肯定能顺利地离开巴伐利亚餐厅，不会有任何人阻拦他们，作家手里拿着冒烟的手枪，满足了自己的急切心情与冲动。也许之后他会良心不安，但在那一刻他完全可以从心所欲。他为世界做出了巨大的贡献。

如果人们能未卜先知的话，如果人们能相信自己的所见所感所想的话，如果人们能有杀人须先下手为强的远见卓识的话……图普拉以为自己能未卜先知，也许他真的能未卜先知，而他自己也清楚这一点，不知他这样是幸运还是不幸。

尽管他定期从佩雷斯·努伊克斯、马奇姆巴莱纳甚至莫利纽克斯那里获得情报（必然是同样的情报，因为我是唯一的消息来源），他仍然想让我亲自向他做详细的汇报。我感觉在那几个月里，他并不重视汇报给他的信息。他大概忙着跟北爱尔兰谈判，这场谈判最终促成了次年（即一九九八年）四月十日签署的《贝尔法斯特协议》。更重要的是，他可能在考克斯珀大街的无名建筑里忙着巩固他的个人项目，过去他是在别处做这件事，谁知道以后他会去哪里。我已经说过，鲁昂的事与他无关，别人请他帮忙，他指派了合适的人选去做这件事，他说服了那个人，那个人动身了，然后他就放任不管了。直到七月十日、十一日、十二日、十三日发生了那几件大事，受他恩惠的那个人紧张了起来，向他发了牢骚。

现在轮到他暂时接管了，他至少得管我负责的那部分工作（我是他的责任，是他的代表，尽管我已经退役多年。这种说法让我反感，让我觉得难以置信，但是我的确是"他的人"），他想全面了解我的调查进展，我的谋略，我的踌躇，我同三位嫌疑人的交往情况，我有理有据或全凭直觉的猜测，我的成功与挫败以及让他火冒三丈的我的言不尽意。他不情愿地决定花点时间操心那件委托给特工做的麻烦事,至少那天上午是如此。在我向他汇报情况时,他打电话让人中午送三明治、白葡萄酒和冷饮上来,还提了些别的要求。他提要求时非常礼貌,但是语气中充满了威严,他其实是在下命令。

我把掌握与没掌握的情况悉数向他汇报。我陈述了我跟伊内斯·马尔赞的性友谊,跟塞利娅·巴约之间的同事关系,还有最近跟玛利亚·比亚纳之间的主仆关系。我向他描述了塞利娅·巴约和玛利亚·比亚纳的丈夫。他一边听我说,一边哈哈大笑(即便是在最糟糕的时刻,我们也会笑几声),而且即便他是个彻头彻尾的英国人——可惜他的姓氏连最纯正的英国人都读不标准——也能察觉出他们的名字有多么荒谬。

"这都是一帮什么人啊,怎么会有人能忍受他们一辈子?"他惊讶地问我。他显然忘记了这些信息在我最初提交的情报里都提到过。

我告诉他伊内斯·马尔赞喜欢吸食可卡因,但有所节制。我还提到那个送货上门的毒贩"骑士团长"。我告诉他,她们三人的英语似乎都没有达到母语水平。不少有钱的外国游客来鲁昂旅游,光顾伊内斯餐馆的外国游客越来越多,而她只能勉强用英语跟他们交流。塞利娅和玛利亚要么完全不懂英语,要么假装只会说几句,随便哪个去过哈罗德百货公司和福南梅森的自以为是的西班牙人,随便哪个一时兴起跑去创立于十八世纪的哈查兹书店的西班牙人,都会说那几句英语。她们都没有不小心地使用我和图普拉的语言,从她们的发音和口音完全听不出她们有一半爱尔兰血统,我曾经谨慎地诱导过她们。我告诉他,玛利亚·比亚纳和她的孩子们一起听我的课,我觉得她的理解能力也许比她自认为的更好一些。尽管她的双胞胎没有任何学习语言的天赋,而这种天赋通常是会遗传的。我大胆地告诉他,塞利娅和玛利亚家里的摄像头除了探听八卦之外毫无用处,它们被安在了少有人经过的地方,这是重大失误(我就这样给马奇姆巴雷纳摆了一道,如果里尔斯比觉得这事办砸了,那我能让马奇姆巴雷纳分担一部分责任)。我还提了伊内斯的日记,我借过几本其他年份的,里面同样是那些没有任何启发意义的标注和简写,还有一成不变的首字母组合。即便如此,我仍然耐心地把他们记录在了我的笔记本里,我还给他看,说不定他能看出我没能破解的含义。

他拿起电话,几分钟后,一个叫马里安的人出现了,他让马里安给他复印并分析一些材料。

图普拉是个激进的人,但过去他专心做任务的时候,会变得谨小慎微,他无疑比我要谨慎得多。正因为如此,他能计划和领导行动。仅仅是向他讲述我在西北城市几个月来的情况,就让我更清楚地明白我收获甚微、漏洞百出、调查受限、疑点重重。仅仅是给他条分缕析,就让我麻木的精神突然清醒。鲁昂的钟声与迷雾,鲁昂缓缓流淌的河流和一成不变的生活麻痹了我的心智。一切皆是悠悠荡荡,皆是昏沉的来来往往。就像是躺在莱茵河或埃文河岸的吊床上,尤其是流经巴斯的埃文河岸,在某个遥远的夏季,图普拉把我送到那里疗愈危及肺部的伤口,我在那里住了两周。他支付了我的住宿费,那时他对我很好。

他向我问起了那三个女人各自的生活环境,问起了她们的朋友和熟人。她们要么朋友众多(比如塞利娅·巴约,她跟全城人肤浅而热烈地交往,但是并没有什么明显的效果),要么连个值得一提的朋友都没有(另外两人便是如此,她们俩都沉默而谨慎。伊内斯·马尔赞的交往对象只有骑士团长、陪她吃晚饭看电视的天真无邪的女性朋友、她理应一刀两断免得因爱生恨的旧情人或追求者,以及职业地位高人一等的权贵们;玛利亚·比亚纳的交往对象只有她亲爱的孩子们、服务人员、两三个阔小姐,也许还有个无迹可寻的情人,但那或许只是欲望低迷的佛尔古伊诺·高斯的猜测。我还把他舞剑时勃起的事告诉了里尔斯比,里尔斯比又笑了。我当然还跟他提起了伊内斯·马尔赞失去的女儿，她跟前夫生活在一起，前夫不让伊内斯见她，他们生活在我和伊内斯都不知道的地方）。

"你连这都不知道？"他一边斥责我，一边发出啧啧声，"别人也不知道吗？我还以为你们西班牙人之间的联系紧密到了畸形的地步。"那天上午轮到我做西班牙人了，至少刚开始是这样。

"是的。我认识了一个人，伊内斯·马尔赞说他是她的老朋友，路过那里。她在做弥撒或者弥撒结束时碰巧遇到了他，那天是节假日。那是个胖男人，年纪比她大很多，大概五十多岁。我在伊内斯家里跟那个男人聊了一会儿天。那个男人并不赞成民主，他觉得民主有很多问题，尽管他的态度模棱两可。而且，他一点儿也不蠢。他叫贡萨洛·德拉·里卡。你听过这个名字吗？"

"没听过。我为什么要认识一个西班牙胖子？他的名字怎么拼？"我在他递给我的笔记本上写下了他的名字。他兴趣寥寥地看了一眼，然后说："聪明人也会憎恶民主。如果那些反对民主的人都是傻瓜就好了，我们就不必这么忙了。你能形容一下他吗？以便画出他的模样，之后比对下。"接着他惊讶地说："弥撒？那个女人信教？她应该跟你们一样是天主教徒吧。"那天他把我当成了彻头彻尾的西班牙人。

"我也很惊讶，所以我问她了。她说她并不是信徒，而是追求'灵性'，谁知道现在这个词是什么意思。她还说她喜欢这样，偶尔融入群体能让她觉得宽慰。"

"群体？你指的是跟一群人待在一起？"

"差不多就是这个意思。灵性的群体。"

"嗯，谁不喜欢偶尔这样？乌合之众能给人归属感，能让人热血沸腾。"

图普拉使用这个词时丝毫不觉得尴尬和羞耻。我认为，他这样说并不是因为歧视和轻蔑，而是因为他在内心深处认为自己来自乌合之众。他甚至可能认为自己是个泼皮无赖。要是我说出这样的话，那会有另一番效果，更别说胖猎手莫贝克了。

"这是几个月前的事了，但我能给你描述德拉·里卡的模样。"

"别跟我描述。"他的回答仿佛是在说"你把我当成什么人了"，接着他又拿起了话筒。

很快又来了一个人，我没听清他叫伦德尔还是伦尔（他的口音太重，好像是个奥地利名字，而不是英文名），他身边是戴着硕大眼镜的年轻女孩庞蒂佩小姐，她负责根据我的描述画素描像。我觉得这个一点儿也不常见的姓氏是个笑话，这是五十年代著名的歌舞电影《七新娘巧配七兄弟》里几个粗野兄弟的姓氏。图普拉称呼她为"小姐"，而不是"女士"。"女士"这个愚蠢拗口的称呼是为了避免透露女性是否已婚，而在一九九七年，这个称呼还没有那么普及。我想，要么是图普拉的组织没有他声称的那么精简，要么就是他把所有成员都牵扯了进来，在他的办公室里随时待命，满足他的各种想法或需求。

庞蒂佩小姐在沙发上坐下，她圆润紧实的膝盖紧紧靠在一起，膝盖上支着一本素描本，她根据我的描述用炭笔和彩色粗铅笔迅速作画，技法就跟过去的嫌犯画像师一样。好吧，看来还有徒手作画的画像师。图普拉周围的一切都散发着过时的气息，仿佛科技进步时将他撇下了，或者他情愿继续使用更可靠、更隐蔽的纸张。他桌上的电脑也与此并不矛盾，那台电脑很可能不是他用的，而是找下属过来办公时用的。我猜不出那个组织是干什么的，更猜不出那群人共同的才能是什么。

庞蒂佩小姐每画完一回就给我看一下，我会纠正她，或者告诉她更准确的相貌特征，然后她会重新画，每次都画得很快，然后再给我看。在她画了五六回之后，我已经认不出德拉·里卡了，他的五官变得杂乱无序。也许是她没那么老练，也许是我不擅长形容，也许是我的形容过于详细和严谨。也许要单纯从叙述中重现容貌，需要非常简洁明了。总之，无聊得很，尽管那个年轻女孩跟变戏法似的用彩笔和炭笔作画，快速地完成一张又一张画像。那副巨大的眼镜放大了她的眼睛，要是换上一副心形的眼镜，就会变成对她自己的戏仿。

图普拉坦然地观察着我，察觉了我的不满。伦德尔自来了以后就一动不动，他惊讶甚至着迷地看着庞蒂佩小姐工作。

"真了不起，莫拉格，你画得可真快啊。而且都是你的创作。"他脱口而出。

莫拉格显然是苏格兰女性的名字。马里安则是爱尔兰姓氏，虽然我在西班牙也遇到过姓马里安的人，他是几百年前宗教流亡者的后裔。正如我所说，伦德尔听起来更像是奥地利名字伦尔，而非安格鲁-撒克逊名字。

"要是慢慢画反倒什么都画不出来。"她解释时并没有从画像中抬起头来。

"怎么样？"图普拉向我问起第七张草稿，他很可能跟我一样不耐烦了。

"嗯，要画得跟他一模一样是很困难的，我明白，是我的问题。没有一张是完全一致的，最接近的是倒数第二张。"

"那就行了。伦德尔，你们跟我们资料库里的肖像和照片比对一下，如果没有匹配的，就去苏格兰场的资料库里找。比对可能需要几天时间,汤姆。有结果了我会告诉你。或者让帕特告诉你。"

我想,一切都没有变,也没有变的理由。特工机构凌驾于警察和军队之上,除了少数情况之外,特工机构几乎凌驾于其他所有机构之上。当然了,特工机构无法凌驾于首相之上,只不过他们总是要求首相隐瞒真相。

"请你们让我跟内文森单独待一会儿。我们还有很多话要说。"

"我们还有很多话要说吗?"伦德尔和庞蒂佩小姐顺从地离开后,我问他。庞蒂佩小姐的草稿给我留下了不太好的印象,她就像是画风污浊的卢西安·弗洛伊德不思进取的徒弟,画里流露出怪异畸形之风,颇有培根的污浊风格。

"没错,要说的话很多。你还没有回答我,所以这取决于你。你有什么解决方案吗?你打算怎么办?时间很紧迫,这事不能再拖了,你也不能无期限在鲁昂待下去。"

也许我们已经待在一起半个小时了。我已经厌倦了他在我面前晃悠,厌倦了向他汇报,仿佛他是我的上级。他又成了我的上级,但他已经不是我的上级了,我完全可以撂挑子走人,现在也不会有什么严重的后果。当然了,他也可以从中作梗,让马德里的英国大使馆跟我解除合同,让他们不再给我发额外的薪水，让我没法好好过日子，没法给贝尔塔、吉列尔莫、埃莉萨抚养费，也没法给见不得光的梅格和瓦尔抚养费。贝尔塔的工资还算体面，但并不多。

"我没有回答你吗，贝尔蒂？"

我意识到，一旦他成功惹怒我，我便会用昵称来称呼他，就像过去我们关系好的时候那样。这样既能表达亲昵，也能表达不敬。我的想法比他更让我恼火，我意识到我主要的收入取决于他的仁慈、赏识、宽宏大量。里尔斯比是捉摸不透的。他可能会突然切断我的收入，他曾经这样对待过让他失望或者已经毫无用处的合作对象。过去效过的力并不一定算数，对他来说过去并不重要。对他不重要，对军情五处、军情六处也不重要。我想，对美国中情局、法国对外安全局、意大利民主情报安全局、德国联邦情报局同样不重要。甚至连西班牙国防高级情报中心都对过去毫不重视，更别提俄罗斯联邦安全局和"格鲁乌"了。

"我来这儿以后一直在不停地说话。你还想让我说什么。"

"告诉我你打算怎么解决这件事，内文森。到底该怎么解决。"在他不耐烦或者变得严肃时，他会用姓氏来称呼我。

"这显然没法解决，贝尔蒂。如果你们需要的是充分的证据来逮捕她，起诉她，审判她，那是没法解决的。真的没有。而且我也不认为很快能有解决方案，除非我们的麦蒂·奥德亚哪天跟我坦白，或者突然犯了个大错。目前看来，我觉得这是不可能的。几个月来，帕特、马奇姆巴雷纳的人还有乔治都没帮忙。我几乎没有收到任何补充的信息。他们原本可以去找找伊内斯·马尔赞的女儿和前夫的下落。他们把我派到那里，让我独自应对。现在倒好，他们因为米盖尔·安赫尔·布兰科的事和可能引发的后果而着急，这可不是我的错。也许我需要更多的时间，我也说不好。也许，我办不好这件事。如果你也这么认为的话，那就换个人吧。"

图普拉又抽出一根烟，几乎无声地吹着口哨，他的嘴角下垂，冰冷的眼神看着地面，他似乎在思考该说些什么。他像他的妻子，像贝尔塔，像我那样，继续抽烟。

"这是我的错。"他一边点烟，一边说。我不知道他说这话是为了讽刺挖苦，还是真的这么认为。他接下来说的话，我也没完全听懂："我跟他们拍胸脯保证了，我太相信你了。你接受的时候……我以为你还跟往常一样，还跟过去一样。我错了。我以为，你还跟变成詹姆斯·罗兰之前一样。当时你叫这个名字，对吧？那座城市死气沉沉，那里有一条河，一支平庸的足球队，一家宾馆。那个消极的男人,那个小女孩的父亲,他毁了你。不然是怎么回事呢?没时间了。找人替你已经来不及了。我们没法重来一遍。"

"你让我在那里待了那么多年。之前我从来没有连续使用一个假身份那么久。也许我习惯了吧。"我说这话的确是为了讽刺他。

图普拉发现了,但他没有回应。

"内文森,你他妈搞什么鬼。至少得告诉我你的想法吧。"虽然他出身乌合之众,但他一般不说脏话,除非需要吓唬别人,他应该是跟克雷兄弟或者理查森兄弟学的,大概率是跟克雷兄弟学的,有人见他那么干过。"这都好几个月了,你总该套出些什么话来吧,你总得有感觉吧。你告诉我是她们三个中的哪一个,这是最起码的,这你总能做到吧。我不认识她们,可你认识。汤姆,你至少上了一个吧。"

他选择了一个中性的表达,他没说"干了一个",也没说"操了一个",更没说"睡了一个"。要是说"睡了一个",在那场火药味渐浓的对话中就显得索然无趣了。他说得慢慢悠悠的,一点也不生动。换作马奇姆巴雷纳的话,他会激动地脱口而出"狠狠操她"。但幸好他不在,不然我会被他烦死。

"说得轻巧,"我想,"指认她们三个当中的一个,也许就能判对方死刑,现在看来,送进监狱是不可能的了。"而这恰恰是我不愿意做的事。毫无把握地指认她们三个中的一个,只需念出她们的名字便可能让她们摆脱人生的热病。玛利亚,塞利娅,还是伊内斯。谁知道是否像佩雷斯·努伊克斯在马德里跟我说的那样,她们的命运真的掌握在我的手里呢。如果不是的话,那就派个更老练的陌生人,派个"只管动手指"的人,西西里人用这个词来形容那些不问原因,随时能面不改色地处死目标的人。没错,只管动手指的人到处都有,我们当中也有。一旦爆发战争、革命或者暴动,这样的人便会轻松翻倍。

加斯特卢无疑是只管动手指的人,他刚展示完。加利亚斯特吉和赫莱斯塔也是如此,他们在火车站就知道布兰科会有怎样的遭遇。一九九六年,比恩索瓦斯成功地动了手指,他潜入法学家托马斯·伊·巴连特的办公室,朝着他的脸开了一枪。一九八七年,卡里德、特罗伊蒂尼奥和何塞法·埃尔纳加也成功地动了手指,他们在伊佩尔科尔超市成功引爆了能粘在皮肤上、类似凝固汽油弹的混合炸弹。桑蒂·坡特罗斯更是成功地动了手指,他是下达命令的那个人。马格达莱娜·奥鲁埃·奥德亚很可能也成功地动了手指,她很清楚他们配置的是什么——阿芒拿尔炸药、汽油、胶水、钉子、肥皂片，她还协助了他们。

与其他人不同的是（涉及布兰科案的那三人除外，这事刚刚发生），那个女人还活着，还是自由的。尽管一九八七年以后，她没有参与过阿尔斯特和西班牙的任何恐怖袭击，但她可能还组织过其他屠杀。我认识她，接触过她，但我几乎不知道她在鲁昂的身份。也许我偶尔跟她睡觉，亲吻她，她也愿意被我亲吻、爱抚，愿意被我抓挠，我们互相取悦对方。我突然对这种可能性感到厌恶。按照图普拉、马奇姆巴雷纳和佩雷斯·努伊克斯的说法（按照乔治在控制国防高级情报中心之前控制的某个西班牙相应的分支机构的说法），马格达莱娜肯定在这三人之中。被我，也许还有别人上了的伊内斯；被柳德维诺上了的塞利娅（我偷偷见识过充满想象力和戏剧性的画面，肯定没有别人上她，他们俩那么喜欢对方，而且柳德维诺喜欢争风吃醋）；还是看起来莫名其妙没有人上的玛利亚。谁说得清呢。

"连玛丽·安托瓦内特和安妮·博林都不及马格达莱娜·奥鲁埃·奥德亚死有余辜，"我想，"十年可以很长，也可以只是一瞬间。十年对个人来说很长，可在时间长河中只是一瞬。但是我们无法驾驭时间，无法将自己看成大千世界里的沧海一粟。如果我们能做到的话，那绝不会有人起床，也绝不会有人行动。一切都是微不足道，愚蠢至极，瞬息万变的。一切努力皆是徒劳,即便是在我们无足挂齿的日常生活中看似关键的努力也是如此:救人性命,化解灾祸,遏止杀戮。毕竟在变幻无常的宇宙中,一切都无关紧要,宇宙一面变幻,一面压碎铲平过往。图普拉至少熟读莎士比亚,熟读《麦克白》:'邓肯睡在他的坟墓里,他睡得好好的,没有什么可以加害于他了……'是啊,在那片无垠的天地里,往生还有什么意义呢。所以我们还是忘了这件事吧,免得连日子都不想过了。但即便是在我们悲惨、有限的时间里,即便我们粗浅地计算什么是多、什么是少,一切也仍然是粗略朦胧、有待商榷的。法律规定了犯罪时效,只有极少数例外,法律给其惩罚措施设限,一些凶手耐心地计算着距离永远逃脱审判、重新变成一张白纸还有几年,还有几个月,还有几周,还有几天。大约二十年后,他们的所作所为便会一笔勾销,要找凶手算账只能采取非法手段。然后,某个日期会变得至关重要,从那以后一切都无所谓了。那一天意味着逍遥法外,这没有任何道理可言,只是单纯的算数和偶然,只是老钟的指针。帕特里夏在马德里就提过这事。今天是罪犯,明天就不是了?这一分钟是罪犯,下一分钟就不是了?这是哪门子算法?年轻人是极有正义感的,年轻的帕特里夏认为,所有犯罪都应该永远有效。但是年代久远的罪行的确已经失效，我也试图让她明白这个道理。没有人会惩罚一两百年前的罪行，无论它多么令人发指。那是切切实实的恶行，但它正慢慢变得抽象，变成了历史，变成了故事。我们在故事里重温它，仿佛它在我们的眼前再度发生。但是电影和小说会结束，我们结束遐想后会毛骨悚然，我们会遗憾发生过那样的恶行，人们曾经遭受过那样的痛苦，他们已经故去，同样故去的还有那些折磨他们、奴役他们、无情地杀死他们的人。我们对此无能为力，唯有叹息。然而，人们仍然记得的那些事，或近或远地亲身经历过的事，只是在法律意义上有时效，对那些亲历者或目击者而言是没有时效的，因此无论法律如何明令禁止，人们仍然复仇心切。对于在萨拉戈萨营房和巴塞罗那伊佩尔科尔失去孩子的父母来说，一切并没有失效，也不会失效。对于托马斯·伊·巴连特的家人来说也是如此，他的谋杀案发生在一年半以前。对于米盖尔·安赫尔·布兰科的家人来说也是如此，他们的计算刚刚开始，只要他的家人还活着，他们就会继续计算下去。随着时间的流逝，司法会遮蔽并笼罩一切，等时效一过，司法会抹杀并废除一切，会判定发生过的事从未发生或者不会再次发生。我们并不是受害者，也不是死者的家属，但我们是记忆，是永不遗忘的人。在这个意义上，也只有在这个意义上，我们同恐怖分子和黑帮类似,但他们在本质上与我们截然不同,正如图普拉在三王节那天说的话:"我们呢,你知道的,我们没有仇恨。我们对仇恨并不熟悉。"这是实话,就得这样才行,我们必须永远能对传奇的老教官雷德伍德说的那五种恶疾保持免疫。残忍是会传染的。仇恨是会传染的。信仰是会传染的。疯狂是会传染的。愚蠢是会传染的。我们绝不能感染那五种病。

第十一章

"你有时候会胡说八道,图普拉,这可不像你呀。"我用他自己的说辞回敬他,这也是种勒索:叫不傻的人傻瓜,看他如何反应,如何取悦你、弥补你,好让你像之前那样欣赏他、钦佩他。这样会让聪明人不安,而愚蠢拙笨的人并不会。如果我没记错的话,这也是雷德伍德的教诲。真遗憾,图普拉和我有过同一位教官,他很了解这些把戏。"你说得就像上了一个女人就能更了解她似的。这并不会让我们了解她的过去,甚至不会让我们了解她的能力或性格。"

"哦,是吗?说不定可以看出她性子烈不烈。"

"在那方面性子烈并不重要,这说明不了任何问题。有些人在床上会变成另外一个人,但之后又会重新变得令人反感，微不足道，或者害羞腼腆。这跟个性无关。在性行为中表现得有些暴力的人，未必会在其他方面使用暴力。在性行为中表现得温柔多情的人，在其他方面也未必如此。他可能在其他方面是粗暴野蛮甚至残暴悍戾的。当然了，我们永远无法从性行为中判断出谁可能会杀人。除非你在性关系中发现对方是个精神病患，但这一般不会发生。"

我承认我在对他说谎，或者说在向他隐瞒部分真相。伊内斯·马尔赞在我们相会时激情澎湃，结束时却冷若冰霜，这种天壤之别总会引发我的思考。思考过后，我会因为说不清道不明的恐惧而脊背发凉。这无疑不是我自身的恐惧，而是一种笼统的恐惧。起初，我以为她有那么大的反差，是因为她只想发泄和遗忘，暂停意识对她有益处。我以为这是为了谨慎起见，是防范别人的计谋，是她从生活中吸取的教训（"她像别人一样，有过她的恋爱故事"[1]），她一不小心、一有疏忽就会责怪自己："傻瓜，你在做什么呢？难道你还没学会不要相信任何人吗？难道你还没学会不要对任何人抱有期待吗？难道你还不明白一切皆是转瞬即逝、变幻无常的吗？今天是板上钉钉，明天是踌躇不定，随后是升腾消散的烟雾。今天是热情，明天是沉寂（'让我

---

[1] 出自福楼拜的短篇小说《一颗简单的心》，此处译文参考李健吾译本。——编者注

熄灭了这一盏灯，然后我就熄灭你的生命的火焰'①）。今天是真诚的许诺，明天是融化的冰雪与嗟叹。今天是满心欢喜，明天是灼人的太阳和伤害别人后无用的歉意。"她从极端贪婪、阿谀谄媚骤然变得冷漠疏离，中间毫无过渡，仿佛刚刚发生的事从未发生过。我不禁思考，她是否长久以来练就了冷血无情的本领，这是不是那些肆无忌惮、只把同伴看作工具或者障碍之人的自然流露：充分利用工具，肆意清除障碍，中间地带是不存在的，唯有事业，事业，每个人正当的事业。

我不愿意深入探究那样的伊内斯是否跟我相像。我也曾经把性当成工具，借此达到目的，获取信息，赢得女人的信任，骗取她的怜悯，让她变得脆弱。甚至在很久以前的一段时期，我跟贝尔塔发生关系，也只是自私地为了排解我的痛苦与紧张情绪。但是我对深入了解自己从不感兴趣，因此跟伊内斯做比较毫无意义。因为我从来不是自己的目标，审视自己也不会让我觉得愉快。我们相似与否有什么关系呢。我研究的对象是她，而不是我。

我自然没有和塞利娅·巴约以及玛利亚·比亚纳上过床，我没法在这方面做比较，观摩塞利娅·巴约和别人上

---

① 出自莎士比亚戏剧《奥赛罗》第五幕第二场，此处译文参考朱生豪译本。——编者注

床并不作数。但如果我告诉图普拉我三思后的恐惧,目标就会稍稍指向伊内斯·马尔赞。只是稍稍指向,但对于图普拉那种喜欢胡思乱想并且冒进的人来说,也许已经足够了。而这正是我想极力避免的,我不想在没有证据、没有把握甚至没有预感的情况下指认任何人。好吧,我跟图普拉说完我在鲁昂的经历,就能更清楚地分辨了,这就是跟他接触的后果。他几乎什么也没说,就能让你看得更清楚,就能让你区分哪些是你不愿承认、不愿透露的线索,哪些是无论你如何擦亮眼睛都不会浮现的端倪。

他温柔而讥讽地看着我,仿佛无聊且充满同情地听我说完了那通关于性行为说明不了任何问题的言论。他叹了口气,怎么说呢……没错,他温柔而怜悯地叹了口气。

"怪不得我不指望你加入我从这里起步并经营了多年的行动。换作帕特的话,我会马上让她加入,她具备你缺乏的天赋。你别觉得这是对你的冒犯,汤姆。语言,口音,模仿,都难不倒你,我应该没有见过比你更厉害的人。你一直是个出色的特工,遵守纪律,办事积极,你把这两种特点结合了起来,这样的人并不多见,这对工作很有利。但是你不擅长看人识人,你不够大胆,自然也就看不清人的本质。过去你很少需要这么做,你几乎总会有准确的情报和指示。人不可能什么都有,只有妄自尊大和愚昧固执之人才会追求应有尽有。就玛丽·马格达伦·奥德亚的案子而言,我以为凭借你的调查和随机应变能力已经绰绰有余了,我以为只要她说英语或者西班牙语时疏忽大意,你就能立刻发现。我不怪你,她肯定没有疏忽大意,玛丽·马格达伦小心翼翼地活了八九年。但是我确信,如果我没派你,而是派帕特的话,她肯定已经确认对方的身份了,尽管她可能没有证据,但她有那种天赋。而且她还不需要跟她们中的任何一个上床。不过,谁也说不准。"

"那是什么天赋,你能告诉我吗?"

"不,我不能告诉你。你没有这种天赋,这不关你的事。"他停顿了一会儿,不想显得那么咄咄逼人,但他没有成功。"你想知道的太多了,汤姆。"

这个答案比把我排除在他的神秘项目之外更让我痛心。即便已经回归,即便离开了令人厌弃的家庭,即便回归只是为了暂时弥补内心的空虚,处于劣势也让人心烦意乱,尤其是别人还强调你没有用处,甚至连一点小事都不愿意跟你分享。图普拉无法质疑我严守秘密的本事,我这辈子都保守着秘密,甚至没有向贝尔塔透露,不论是过去、现在还是将来。没错,这让我痛心。毕竟,每个人或多或少都是忠诚的。而且,曾经是局内人,做局外人就变得不堪忍受了。我难掩怨恨地回答:

"贝尔蒂,说实话,我对你的游戏一点都不在意。"

图普拉没有理会。他在乎的是别的事,他向来没有耐心劝慰受伤的敏感心灵。

"我让你做的事,你是做得到的,汤姆。我只不过让你指认一个人而已,你觉得可能性最大的那个。你总该知道谁嫌疑最大吧,都已经过去好几个月了,超过我们给你规定的时间了。你已经把时间耗光了,现在已经没时间了,最近发生的这些事让我们彻底没时间了。总得想办法解决这事吧。不然就只能快刀斩乱麻了,你肯定觉得这样更糟糕。"

我太了解图普拉了,他说的话我听懂了。但我觉得他说得太夸张、太严重了,我想让他解释清楚,更准确地说,我想跟他确认一下。

"快刀斩乱麻。这话从你嘴里说出来可是要命的。我不知道我有没有听懂……"

"你当然听懂了,内文森,别装傻了,你不擅长装傻。快刀斩乱麻就是斩断没乱的部分。换句话说,宁可错杀,也不能放过。你刚才究竟哪句话没听懂?因为你的失败,因为你的心慈手软,你让我们别无选择。或者说,你让乔治别无选择。我们负责办事,所以人家才会欠我们人情,但是指挥的人是他。"

"你究竟欠了他多少人情?你明知有两个人是无辜的,还执意要牺牲她们三个。"

"我的确欠他人情。"他痛苦地回答,"但重要的是,我要让他欠我更多的人情。我要把人情债转嫁给他,以免今后有不时之需。"

"真的吗,贝尔蒂?就为了制定一个中期策略?就为了把'象'这颗棋子摆到更好的位置上?你别开玩笑了。"

我记得,正在那时,里尔斯比让人继续送三明治、红酒和汽水上楼。他应该是饿了(要是有辣酱土豆的话,出多少钱他都愿意),因此争辩暂时停止,直到一个类似服务员的人(他没穿制服)离开了房间。接着,他一边嚼着小块三明治,一边继续跟我讨论,仿佛刚才那段插曲并不存在。

"策略就是一切,汤姆。中期,还有超长期策略你要么没在该学习的时候好好学,要么就是忘记了。你一直都太有教养了,从没干过粗俗的事,不够粗俗你就输了。你懂得该如何克服这一局限……可以说,你的做法很大胆。你得面对一些紧急情况,当你拯救行动或者自己的时候,当你平安无事的时候,粗俗不堪的一面总会出现。但现在你生疏了。你一旦生疏,就会变得脆弱不堪。换作几年前,你不会质疑我的想法,甚至不会质疑我的建议。你明白不能留下后患,也不能暴露软肋。你明白的,在我们的世界里，三个人算不上什么。一般情况下，她们的消失绝不是灾难：所有人最终都会被视作牺牲品。在战争中，总会有无辜的人死去，即便是在规模较小的战役和不让民众惊慌的秘密战争中也是如此。这让人悲痛、厌恶，在这件事上我不会跟你争辩，这样比较好。没错，这些的确是个人的悲剧，但不是国家的灾难。死去的是个体，这种事到处都有，不像一九八七年，死去的是一群人。"他沉默了几秒钟，喝了一口红酒，又吃了口三明治。"你想怎么样，汤姆，如果没法把人告上法庭，那么这就是后果……你得扔出一个大球把对方击倒，如果目标保龄球瓶旁边还有其他球瓶，那么要想击中它是很难的。难免会击倒旁边的球瓶。至少得多击倒两个球瓶。绝不能让三个球瓶都立着。"

我也吃了一点三明治。尽管谈话的内容变得悲哀沉重，我还是有了胃口。

"你没指望让我来做这件事吧，贝尔蒂？你可没法指望我做这种事。我们之前不是这么说的。我们之前不是这么约定的。"

突然，我在鲁昂面朝莱斯梅斯河与那座桥的平静时光变成了意想不到的"血腥任务"，这也是西西里黑手党常用的词，后来在各地都广泛使用。犯罪圈内的行话就跟监狱行话一样，很容易在社会上流行开来，使用这种词语能让人觉得惊险刺激，能满足难以遏抑的虚荣心。我仔细思考了图普拉跟我说的解决方案：杀死三个普通人——玛利亚·比亚纳、塞利娅·巴约和伊内斯·马尔赞。这个任务过于血腥了，在那个鲜少流血的地方，这样算得上血流成河了。我知道，即便我告诉图普拉这样做违背道德，对他动之以情，他也会无动于衷，所以我向他提出了实践层面的问题。

"一个低犯罪率的城市在短时间内发生了三起暴力谋杀，你怎么为三场凶杀案辩白？死去的是三位女性，而且她们三人都小有名气，都还年轻。这相当于不打自招，会触发所有的警报，人们肯定会把三场谋杀联系起来。"

图普拉一边吃着午饭，一边点了一根烟，我也赶紧模仿他。他灰色的眼睛里带着笑意，浓密的睫毛汇拢在一起。他似乎乐在其中，我不禁怀疑他说的并不完全是真的。但是，我突然想起来，他属于那种人——说话看似不严肃，但说的话句句属实。但有时也并非如此。

"有谁提到凶杀案和暴力谋杀了吗？嗯，如果发生一起暴力谋杀，还是说得过去的，这在任何地方都有可能发生，纯属运气不好。但是还有许多其他死法，这你跟我同样清楚，你研究过或者目睹过大部分的死法。有迅速致死的突发疾病，有致命的心梗和脑溢血，有交通事故、劳动事故和家庭意外事故。有人爬楼梯不小心迈错了脚,根本不需要别人介入,自己就摔断脖子咽了气。有人自杀,自杀的人比实际公布的要多得多。有一些无法检测的毒药,它们看起来不像是毒药,甚至不需要服下它们,它们会通过皮肤进入体内,俄罗斯联邦安全局和格鲁乌常常使用那类毒药,世界上的大型犯罪组织并不会因此而背弃他们,也不会与他们的国家断绝关系。即便是暴力死法也多种多样,多到人们根本没法把它们联系起来。有人喝醉后、吸毒后驾驶车,把别人撞死以后逃之夭夭。有人残忍地抢劫背包,开着摩托车拖拽受害者,让受害者受重伤。有人因为债务、因为嫉妒生恨而算计别人。有人因妒忌而不能自已,抢走毫无价值的物品,比如一块手表。有人因为欲火难耐而袭击别人,一刀刺出就彻底拜拜了。当然,不排除有人会反应过激,置人于死地,人们总是疏忽大意。"他暂停了一会儿,仿佛是举例累了,想收尾了。"而且,埃塔也会袭击他们的逃兵,我听说有个女人就是这样被杀掉的。埃塔的帮手死于埃塔之手,这样的处决诗意得很。总是会有一些无缘无故、难以解释的谋杀案,一些杀人的疯子,这类案件永远无法解决。内文森,什么样的死法都有,不管是暴力的,还是非暴力的。什么样的都有。"

我听说过多洛雷丝·冈萨雷斯·卡塔莱因(绰号"约

耶斯")的事。她离开埃塔后,组织开始怀疑她。一九八六年,时年三十二岁的她被埃塔组织的前同伴杀害,当时她正带着三岁的儿子在家乡吉普斯夸省的某地散步。爱尔兰共和军对几个"叛徒"采用过类似的手段,图普拉对这些案件很熟悉,当他比惩罚者抢先一步时(这种时候并不多),这些案件对他很有用处。

你不可能彻底离开那种组织或者兄弟会,正如我们也不可能离开我们的组织,不过我们的组织并不是兄弟会。图普拉在马德里时对我说过:"一旦开始,一旦迈出了第一步并且扭曲了方向,那么你只能沿着扭曲的路继续前进,并不断扭曲它。"

里尔斯比举例时既轻浮又沉痛,这让我十分愤怒。

"图普拉,就跟珍妮特·杰弗里斯那事一样难以解释吗?就像那件事一样永远无法解决吗?"

那天,图普拉不打算落入圈套。他既不想自找麻烦,也不想跟我争吵。他不会因为我可能说的任何话而心烦、恼怒。每到这种时候,他不会偏离自己的计划与指示一分一毫,换句话说,他不会偏离自己坚定、实际、不容商榷的打算。因为我,他没时间跟马里安、伦德尔和庞蒂佩小姐一起处理自己的事,他得先平息马奇姆巴雷纳的怒火。

想指责我的人是他，叫我到伦敦考克斯珀大街的临时办公室汇报工作的人是他，质疑我的人是他，因为我衰退的洞察力、我的生疏与犹豫而备受羞辱的人是他。他并不在意也不打算回答我怫然提出的两个问题，他仿佛只是拍了拍袖子上的灰烬。

"你别担心，你犯不着这么激动。我可不指望你让那三个女人出局。"他的这种说法并不少见，"确保让他出局"。我曾经听他说过比"除掉他""干掉他"更委婉的话，但是从他的嘴里说出来，区别并不大。"暴力死法也好，温柔死法也好，自然死法也好，我都不指望你。你干不了这么繁重的活。让一个人出局可以，让三个人出局显然不行。这件事会很麻烦，还得奔波劳碌。但是，我们得派个更利落、更果断的人，我们没法让西班牙人帮忙，真是麻烦。来回得几天时间。"

"几天内处理三个人？又不是什么瘟疫。你不是认真的吧？"

"我当然是认真的。鲁昂时运不济，你明白的，有时就是这样，更何况福无双降，祸不单行，这些都是民间智慧。人们会有些惊讶，会感到十分遗憾，但之后就过去了。被除掉的几个人之间并没有关系，人们不会把他们联系起来。"

他沉默了一会儿，看着我，想观察我的反应。他趁机又咬了一口三明治，虽然给我们送来的三明治放在托盘上，并没有包装，但我觉得是玛莎百货的三明治。我意识到自己在胡思乱想。我担心的是前面说的事情。

"让一个人出局可以？"

"是啊，当然了，不然呢，"他立刻回答我，"如果我们能确定罪犯是谁，那由你来做就可以了，你了解那边的情况，你就在那里。而且，我们提前警告过你。"

"警告过我？"我假装不记得了，我的假装幼稚极了，"在什么时候？是谁警告我的？"

"是帕特。她是在马德里警告你的。"他轻松地解答了这个难题。他没有因为我假装不记得而指责我，他把不必要的事都搁置一边。我并没有坚持。"所以，你得在三个朋友之间，或者说在一个情人和两个朋友之间做抉择。如果你想解救无辜的人，那就赶紧告诉我谁是罪人，谁是莫莉·奥德亚。你说你不能指认，但我觉得你完全可以。但如果你真的不能或者不愿意指认的话，那就麻烦了，事情会变得更糟。你就准备跟塞利娅、玛利亚告别吧，剩下的那个叫什么名字来着？啊，对了，伊内斯。你费尽了时间，内文森。"

是的，他熟读《麦克白》，他在马德里让我重新回忆起那些段落，现在他又引用了其中的一句话，不过做了些修改。费尽的不是"一切",只是"时间"。虽然有例外,但两者通常没有差别。这比费尽金钱、冲劲、匍匐前进的动力、起身的意愿、等待的耐心更糟糕,钟声尚未敲响,我们还有一段长路要走。

"他在用这种简单粗暴的方式胁迫我。"我想。但是图普拉并不是简单粗暴的人,所以我这样想时还是有所保留。"他威胁我要派刽子手,派'剑客'去鲁昂除掉那三个女人,好逼我说出那个名字,并立即把那个人除掉,好让我来做这件事,免得派别人横渡英吉利海峡。他强迫我指控一个人,但我没有证据,无法确认,我甚至毫无把握,我根本没办法也不应该这么做。但是他给我的另一个选择着实糟透了,那绝对是更坏的选择。牺牲一个人能救两个人,谁能拒绝这样的提议呢,明明知道有两个人是无辜的,根本不该死,像伊佩尔科尔的受害者那样不该死,像营房里的几个女孩那样不该死,像法学家托马斯·伊·巴连特那样不该死,像年轻的埃尔穆阿议员那样不该死,像许许多多人那样不该死。我说不清马格达莱娜·奥鲁埃究竟该不该死,也许该死吧。我知道另外两个人不该死,那个开朗的老师不该死,那个丈夫有钱但脾气很差、既幸运又不幸的妻子和宠爱双胞胎的母亲不该死,那个自力更生、勤勤恳恳、孑然一身的鲁昂餐厅老板不该死。我不知道谁是麦蒂·奥德亚,但我知道有两个人并不是。图普拉没有开玩笑,但他说的也并不是真的,这是他的老把戏,他想用这种方法来给我施加压力。但是你永远无法分辨他什么时候是认真的。有几回,我以为他不是认真的,结果他确实不是认真的。但也有几回,我以为他不是认真的,但他竟然是认真的。跟欺骗别人并且大方承认的人交往,跟专门干这种事并且明白对方心知肚明的人交往,便会面临这样的问题:不管他们说的是真话还是谎话,你都没法相信他们,也没法不相信他们。我也专干骗人的事,但并非总是如此。他很可能从出生于哈格斯顿、霍克斯顿、贝斯纳尔格林或者更糟的地方的那天起,就开始骗人了。我们第一次见面时,我向他求助,他假装帮我的忙,并对我撒了能决定我一生命运的弥天大谎,因为即便我没有费尽时间,时间也已经过去太久,我早已无法回头。"

我不知道该如何解决这个难题,该如何摆脱这种困境。我能想到的唯一办法是把这个难题转移给他。我又吃了一口三明治,假装镇定自若(假装嘴里塞满了食物),然后我说:

"既然你觉得我能指认对方,那说明从我给你讲述的事情里,你发现了我没能察觉的事。那换你来告诉我吧,贝尔蒂,告诉我谁是麦蒂·奥德亚。既然你们具备我没有的神秘天赋，那种类似于猜谜或领悟的天赋……我求求你，帮我一把，给我一些建议。如果我像你说的那样闭着眼，那就请你帮我睁开眼睛。"

图普拉起身在办公室里走来走去，他走到自己的办公桌前，绕着桌子走了几圈，在扶手椅上坐了一会儿，然后又回到了"社交氛围区"，他站在我身边，仿佛我是他的秘书，他要给我口述文件。他一直穿着马甲。

"你没有闭着眼，内文森。但你的确眯着眼，也许是你的视线变模糊了，也许是当局者迷。也许是难言的情感遮蔽了你的双眼，那是你自己都不知道的情感，是最糟糕也最会麻痹人的情感，要抵御这种情感是很艰难的。但是你看见的远比你自以为的多。"

这一招暂时见效了，图普拉喜欢给人指路。有时他会自我膨胀，会喜不自胜，会喜欢晚上跟一群人去夜总会和歌舞厅狂欢，也许这能让他追忆青春，追忆那段追随克雷兄弟的残暴而欢愉的岁月。那种时候，他喜欢拥有观众。现在不是晚上，我们也不在夜总会里，唯一的观众是我。但我好歹是个观众，因为我给了他在黑暗丛林中照亮前路的机会，而且我会认真地听他说话。我把一些责任推给了他，这样对我更有利，也许我还能救塞利娅和伊内斯，或是玛利亚和塞利娅，或是玛利亚和伊内斯。如果让三人都出局的方案不是虚张声势的话，也许我能救下她们中的两人。

"也许吧，也许你说得对，"我回答他，"好吧，请你告诉我，我忽略了什么不该忽略的事。"

他仍然在我身边站了一会，几乎站在了我的身后，他把一只手放在了我的肩膀上，仿佛是在告诉我这样挺好，让我别动。我看不见他的表情，这就像是牛津辅导课上的场景：好心的索思沃思先生给我上课，有时站得笔直，有时来回走动，我则坐着做笔记，我看不见他的脸，那是上辈子的事了。图普拉也先我一步接受过惠勒的辅导。

"我们在这里看了你提交的素材，也就是你寄给帕特的那些素材。"他所谓的素材是指塞利娅和玛利亚家里的摄像头录下的镜头。那是我寄给佩雷斯·努伊克斯的，我以为她会给马奇姆巴雷纳看，我不知道她会把这些素材转寄到伦敦。"那些素材的确说明不了什么问题。但是伊内斯家里既装不了窃听器，也装不了摄像头，这本身就能说明问题。我们没有她的任何画面和录音，只有照片和你的记录。这完全不够。如果我没记错的话，她家里没有能隐藏设备的地方。虽然我很难相信，但这是乔治说的。他说，无论把设备装在哪里，都很容易被发现和拆除。我说不好，但你知道那个地方。我担心乔治身边尽是一帮废物，你们西班牙人跟意大利人一样敷衍了事吗？总之，如果这是真的，那么她这么做也许事出有因。那个女人多年来一直步步为营，但另外两人并非如此，也许是因为她们没有任何需要隐瞒的事，她们也从来没有生活在被追捕的恐惧中。我敢跟你保证，自从玛丽·马格达伦·奥德亚于一九八七或一九八八年消失以来，自从她逃到鲁昂改变身份以来，她没有一个夜晚能在空床①上安然入睡。"他再次引用了莎士比亚，这回是《理查三世》，这便是在牛津上过学的后果。

"但是我们从一开始就知道这种情况。你们又何必派我去那里。"

"你别这么不耐烦，汤姆。"他捏着我的肩膀说，责备了我。如果说看着他的表情有时会让人不安，那么看不到他的表情更是如此。"我们在这里有一项任务，那就是研究人。如果人们来这里，我们就直接研究他们；如果没来，那我们就通过视频研究他们。你的直觉很准，我们剖析人、解读人。我们也是这样研究你的朋友的，也就是我们能在视频里看见的那两位朋友。"

---

① 出自莎士比亚戏剧《理查三世》第一幕第二场。

他沉默了一会儿,我趁机问他。

"这里指的是考克斯珀大街?"

"地点并不重要。之前我们在你知道的那个地方,之后我们会搬到新的地方,他们经常逼迫我们搬家。他们觉得我们既前卫又古板,把我们安排在了没有铭牌的无名大楼里。他们总有一天会觉得缺了我们不行,就像丘吉尔时代的塞夫顿·德尔默,没人能像他俩那样有远见。不过我也并没有不满,无名大楼很适合我们,这样就没人知道我们是谁,在做些什么。你是知道的,我们最好压根不存在……"

他又沉默了一会儿,仿佛是在思考他过去追求的"存在却又不存在"的目标,仿佛断了思路。他的思路从来不会断。

"你们研究了素材,有什么发现吗?"我又回到了之前的话题。

"玛利亚和塞利娅当然不能被排除。有些人很狡猾,他们擅长伪装,他们能让别人以为他们就是这样的人,但其实并不是,你有过这样的经历,我早年也有过。但我粗略地分析了下,觉得她们俩都不是莫莉·奥德亚。"

"你为什么要这样称呼她?"我对与她的全名玛丽·马格达伦交替出现的这个昵称感到好奇。奥德亚对他来说并不重要。

他又陷入了思考,至少我是这么认为的。我还是看不见他的脸,但我能感觉到肩膀上的手一动不动。然后他向我透露了一个秘密,或许这是他的退让。

"乔治想找她,是因为她参与了一九八七年的恐袭。除了给乔治帮忙之外,我也想找她,因为我知道,那种合作是暂时的,她只是暂时被借调。如果莫莉·奥德亚时隔多年再次行动,我担心她不会跟埃塔合作,她的目标很可能不是西班牙,而是阿尔斯特或伦敦,这对我影响更大。她其实更靠近北爱尔兰人,就像你更靠近西班牙人或者更靠近英国人,这只有你自己才清楚。她是被爱尔兰共和军借调出去的,她效忠的是爱尔兰共和军,而不是那帮巴斯克冒牌货。这样称呼她是为了提醒我自己,而且这个称呼也更恰当,不是吗?"

"她从鲁昂参与阿尔斯特的行动?这听起来不太可能啊。"

"你是怎么来到这里的,汤姆?人们可以走动,可以坐飞机、火车、气垫船。可以一夜之间从一座城市消失,不用解释,也不用告别。你的吉姆·罗兰就是这么干的,对吧?你不要小瞧那些'沉睡者'。他们日复一日地等待着,他们活着就是为了等待。"

"我以为北爱尔兰问题快要结束了。"

人们用"The Troubles"(爱尔兰语名称跟英文名称区别不大)这个词来委婉称呼那场持续了三十年的低强度非常规战争,那场战争的主战场是北爱尔兰,但是也波及英国、爱尔兰甚至欧洲大陆。在那场战争中共有三千五百人丧生,受害者数量是埃塔的三倍多,受害者中有两百名儿童。当然,正如我此前提到的,有两个阵营在那里血腥杀伐,其中一个阵营杀害的人尤其多,而这也正是图普拉担心的。

"据说如此,看似如此。谁知道呢。我是不会相信任何协议的,更不会相信任何承诺。无论如何,如果暴行即将结束,肯定会发生致命的袭击,这种事司空见惯。如果没有华丽的收场,没有警世的告别,他们是不会放弃那条长路的:'我们要离开了,但我们可能还会回来。'你是明白这个道理的:蛇在被烧死前会挣扎很久,它们甚至会痊愈,会变回原样。"

他又停了下来,沉浸于另一个时代的思绪之中,也许他在追忆年轻时代,在追忆他转变阵营的那个时刻,不再胡作非为而是选择化解灾难、站在法律同一边的那个时刻。法律是靠不住的,是隐晦含糊的,他忠于法律,却又时常僭越法律。我什么也没说,也许是我的沉默让他回过神来。

"所以我们得找到莫莉,让她出局。不仅仅是因为乔治催得紧，也是为了保卫我们的国家。"他总算把手从我的肩膀上挪开了，然后坐在了他妻子之前坐过的那张沙发上。我看见了他的眼睛，他的眼神清醒而坚定，不像他站在我身边或身后时的说话声那样飘忽不定。他的语气变了："听着，内文森，森图里翁，你不愿意说，不愿意指认，这情有可原，没有人愿意对别人的命运负责。但是没有办法，你摊上这事了。否则，另一种解决方案会让你更痛苦，让你痛不欲生。我觉得你在内心深处已经有了判断。从你对我说的那些事里，从你谈论她们三人的语气里就能听出来。你没有证据，但是你已经有了直觉。更重要的是，你有了把握。你发现了她，发现了莫莉·奥德亚。但是你却不愿意承认。"

现在轮到我起身了。我坐得有些累，觉得肩膀有点酸，至少我是这么觉得的。我觉得很紧张，图普拉轻轻地、慢慢地把我包围，转眼我就被困住了。我原本可以拒绝的。不，我不可以。如果里尔斯比不是在故弄玄虚……是的，如果他不是在故弄玄虚，他会派布莱克斯顿或者更年轻的人去处决她们，他干得出来。我不能袖手旁观等着看他的底牌，我不能冒这个险，因为看清他底牌的代价可能是玛利亚、塞利娅或者伊内斯的陨落，剩下的两人也必然会命丧黄泉。他趁机打电话让人给我们送咖啡上来。

"你觉得我应该指认谁？还是你来告诉我吧。"

"随便你，"他坐在沙发上回答我，"但是所有的资料都是你提供的，我只不过是帮助你克服恐惧，正视它们。是谁没有家人？是谁只有一个失踪的女儿？这个女儿可能是她杜撰出来的，这样能博取同情，对吧？是谁能关闭或转让自己的店铺并带着现金轻而易举地消失？是谁没有在鲁昂建立稳定的社会关系？那里的人不会想念的是谁？是谁带了朋友让你认识或者让她的朋友认识你？离开鲁昂后，谁的损失最小？谁基本没有损失？谁能后天就搬去贝尔法斯特、德里、伦敦、阿马或者都柏林？"

"但这些都不是最终的结论，图普拉。"

"不，当然不是。所以我再给你两周时间，如果你不能在两周内取得真正的进展，那我最多能给你三周时间。如果情况有所好转，我不会迁就乔治的再三催促。我可以取悦他，但不能迁就他。仅此而已。你也好好调查下另外两个人，尤其是玛利亚，你现在经常去她家的花园。她的婚姻很奇怪，不太解释得通。可能就像你说的那样，佛克温什么都知道，所以把她玩弄于股掌之间，只要她动了离开他的念头，只要她稍微不听话或者强烈反抗，他只需打电话到警察局，她就完了。你也别排除塞利娅，尽管她因为跟莱德温那个小人过枯燥无味的生活而志得意满，这从录像和你的描述中看得出来。"为了方便起见，他把那几个奇怪的圣人名给英文化了。"我们会核查伊内斯日记里的首字母组合，但我觉得用处不大。有相同姓名首字母组合的人到处都是。比如说我的名字，跟我同首字母组合的有伯尼·陶平、布斯·塔金顿以及法国导演贝特朗·塔韦尼耶。跟你同首字母组合的人太多了，迈克尔·凯恩、蒙哥马利·克利夫特、迈克尔·克莱顿、马库斯·克拉克、玛丽亚·凯莉、你们的塞万提斯等等。"

我从来没听说过陶平和克拉克，塔金顿让我联想到奥森·韦尔斯，但我不记得原因了。图普拉简直是行走的人物辞典。很显然，在他眼里，现在的我是森图里翁，是我必须扮演的人物。

"而且这些首字母组合对应的可能是假名，这也是不言而喻的。我们会把庞蒂佩小姐的画像跟图片库里的资料比对，看看是否有人跟你见过的胖子长相相似，德拉·里卡，对吧？说实话，我觉得希望不大，也许他以前很瘦，也许他以前留胡子，也许他买了副新牙，也许他整了鼻子。但无论如何，能做的工作我们必须去做。"

没错，里尔斯比已经从远处行动了，已经介入并对这件事上心了，他肯定会帮我，他已经在帮我了。他用这种方式来敦促我、刺激我、逼迫我。如果任务失败，他会忍气吞声，会恼火地接受事实，但不会大发雷霆，工作波折是难免的。但他厌恶的是任务因马虎或胆怯而失败。也许他认为我犯了这两个毛病。

"这需要几天时间。你先回鲁昂去吧，如果有结果，我会让你知道的，我会亲自告诉你，或者让帕特告诉你。汤姆，你明天回去吧。如果可能的话，今天就回去吧。别浪费时间，因为最后期限很快就到了。但是我们也别太过了。既然咖啡已经端上来了，你就喝一杯吧。这咖啡不错，是意大利产的。"

没错，咖啡很快就端上来了。他给自己倒了一小杯，完全没等我。他不擅长做主人。或者那天他并不是主人，而我一直是他的下属。虽然这么做不恰当，但我还是忍不住提议了。

"我打算去趟马德里，我跟你说过的。我打算回程时去，因为来的时候没去成，那时你倒是迁就了乔治的急脾气。我已经好几个月没见过贝尔塔和两个孩子了。而且我跟高斯夫妇商量好了，下周一才复课。"

他迅速敲了几下矮桌，他认为我们的会面已经结束了，他对我没什么话可说了，他已经跟我待了几个小时。他呷了口咖啡，烫伤了松软的嘴唇，他骂了句脏话。他只能多喝点红酒来缓解灼热感。

"这段时间你想干吗就干吗,内文森。时间是你的,你自己看着办。如果你想去马达加斯加待一整个星期,那也是你的事。总之,你很清楚时限到了会发生什么。"接着,他竖起食指,合上手,然后又同时竖起小拇指、无名指和中指,他看着我,眼神中既饱含情意又严肃凝重,这令人费解。那眼神若隐若现,但我明白其中的深意:选择一个人,还是三个人。"请你别再跟我倒苦水了。"

回马德里的航班上,我在想:我的踟蹰、我的迟疑、我的顾虑对他来说不过是"苦水"而已。我已经记不清他用的是哪个英文单词,是"sorrows""misgivings""woes"还是"grievances",但这几个词都能用"苦水"来概括。那并不是他跟我说的最后一句话,他还说了几句催促我的话:"总之,你好好想想办法,最好能想出谨慎稳妥、水到渠成、行之有效的办法来。等到时机来临,你可别临时抱佛脚。感谢你专程拜访,我们保持联系。再见。"然后他打开了办公室的门,请我离开。

我是这样理解他的,我花了许多年理解他,甚至能提前预知他的想法。他所谓的"办法",是指完成我的任务的方法,是杀死一个女人的办法。我没想到自己会收到这样的指令,我接受的是老式教育。我更没有想到的是,我竟然会在一九九四年或一九九五年回到马德里并彻底脱离他的摆布之后收到这样的指令。我连具体的年份都记不清了，对于像我这样活着的人来说，时间总是隐秘而模糊的。但是，不论是在一九九四年还是一九九五年，当时的我都坚信自己已经彻底脱离他的摆布。我怎么会让自己被诱惑、被牵连呢，我怎么会让自己陷入这样的境地呢。

更糟的是，在那次漫长的飞行中，我承认图普拉说得对。我的处境艰难，让一个女人死在我的手里总比让三个女人死在别人手里强，凶手可能是年迈的布莱克斯顿、凶残的好事之徒莫利纽克斯或者像克雷兄弟那样狠毒的家伙，我们的队伍里有那样的人，如果没法随时随地雇佣他们，甚至不需要非得找英国人。他还建议我思考该如何行动，这也是事实。

但我还没有接受这个想法，或者说这个想法仍然有些模糊，那个女人不是玛利亚，不是塞利娅，不是马尔赞。无论我是否熟悉她们，在那架飞机上这仍然只是关于"一个女人"的事。我无法相信这个事实，我觉得自己办不成这件事，也觉得我没法背负着这件事活下去，活到我生命的尽头。但那个女人还没有确定的名字，于是我开始在英吉利海峡上空想"办法"。

没错，过去我杀过两个男人，我并没有太大的心理负担，只是难免会在入睡和醒来时觉得不安。你能说服自己，有些罪行没那么严重，这取决于犯罪的是谁，针对的是谁，出于何种原因。在犯下罪行的那一刻，代价是巨大的，作为行凶者和见证者，你难免会看见奄奄待毙的生命从划开的伤口中逐渐流逝，鲜血汩汩涌出。你会目睹他的惊恐与最后的无能为力，目睹他的失败、气馁、消磨殆尽的意志，目睹他发现自己受了致命伤并想象那是自己的末日时惊讶万分的模样。他只是想象，仿佛那一天还没有到来。你会察觉到他眼神中透露出的难以置信、万念俱灰，你会觉得将死之人也许会有类似的想法，只不过无法像活着的人那样表述，而是时断时续地、像孩子那样结结巴巴地："不，不可能发生这样的事，这不是真的，我怎么可能会看不见、听不见、说不出话来呢，这颗还在运作的脑袋怎么可能会停下来，像灯丝熔断的灯泡那样熄灭呢，这颗脑袋还是满满当当的，一刻不停地折磨着我……"

我在免费搭乘的英国航班上想，我无法再次面对这样的结局，更何况还得搭上一个女人的性命。然而，我开始思考"可能的办法"，就像作家为一部小说冥思苦想，就像导演为一部电影搜肠刮肚。在小说和电影中一切都行得通，因为并不存在真正的危险。幸运的是，小说和电影中发生的一切并没有发生，只是对于观众或读者来说并非如此，对他们来说，那些事的的确确发生了，如果作品优秀到能让他们身临其境，他们甚至无法忘怀。他们觉得那些事不仅发生了，还会继续发生，并且永远发生。因此我得再三斟酌、反复权衡哪种方法才是谨慎稳妥、水到渠成、行之有效的，正如费德里克·奥克斯纳姆告诉我的那样。这也是他的化名，那回见面时，我觉得他更像奥克斯纳姆，而不是邓达斯、乌雷或者纳特科姆：目中无人，凡事皆有人伺候。

我记得我在思索"可能的办法"时预见了一场真正的谋杀，直到今天这都让我毛骨悚然。那场谋杀案发生于二〇〇二年七月，即五年后，事发地在规模和生活节奏上都与鲁昂相差无几，甚至连市民都同样骄傲，那里的凶杀率低于平均水平（每十二个月发生两三起），只不过那座城市临海，没有河。事件发生以后，我在报纸上读到了，我非常震惊，一方面是因为我在那次飞行中预见过这种杀人手法，另一方面是因为受害者的背景与我类似。我并不认识她，但是我可以轻而易举地认识她，她是马德里一所英国学校的英国语言和文学老师，在那年七月七日以前，她的生活平静且正常。

她叫纳蒂维达德·加拉约，四十四岁，比我和贝尔塔小几岁。从报上登的照片看（我估计今天也能在互联网上找到她的照片），她很讨人喜欢，也很优雅。她的家人说，根本不可能会有人怨恨她，想让她受到任何伤害，她是个温和、负责、开朗的女人，对学生也是一心一意。（当然，大多数受害者的家属通常都会这么说，如果受害者是被暴力杀害的话更是如此，但在这件案子上，这似乎是事实。）她是三个孩子的母亲，跟丈夫的关系也很好，她的丈夫是政府律师。

那天她去桑坦德几乎是个偶然。为了参加周六她表弟的婚礼，周五她到了桑坦德。她本来不打算去了，因为她的丈夫没法陪她一起去，她的孩子们那几天又去了爱尔兰。最后她决定和哥哥、侄女一起开车去（大概四五个小时的车程）。那个夏天的周末，他们在马德里出城的路上遭遇了严重的堵车，几乎想原路返回了。婚宴在桑坦德皇家网球协会举办，就在举行诸多知名夏季活动的马格达莱纳宫旁边。那是一家会员专享俱乐部，有餐厅、开阔的露台和网球场。派对持续到很晚，有一些客人陆续离开了，其中就有纳蒂维达德·加拉约的哥哥，他给了纳蒂维达德二十欧，如果没有车送她的话，她可以打车回去，她住在一个当法官的叔叔家里，步行需要大约四十分钟。

快到凌晨三点的时候，她独自一人离开了那里。门卫很惊讶，因为她在那个时间穿着参加派对的衣服出门。但是桑坦德很平静、很安全，也许她想透透气，散散步。那个区既不危险也不阴森，她被杀害的那条街是一条灯火通明的大道，包括知名银行家在内的上层阶级的豪宅鳞次栉比，大部分房子都有安保设施，有保安、摄像头和日夜作业的报警器。

根据二〇〇七年莫妮卡·塞韦里奥发表的一篇报道，没人看见或者听见什么。我一直保存着那份报道。无论司机、邻居、门卫，还是狂欢的行人、附近海滩上的酒吧服务员，没有人发现任何异常。当时附近海滩上的酒吧还在营业，还在招待七月的星期六光顾的客人。"马格达莱纳浴场"餐厅的一位客人在作案时间恰好路过离犯罪现场很近的地方，但没有发现任何异样。一个准备去接女朋友的年轻人发现了可怜的纳蒂维达德·加拉约，那时一切都已经发生了。他看见纳蒂维达德像胎儿似的跪在血泊之中，头贴在地上，头发堆在额前。那里距离通往"危情海滩"的阶梯大概三米远。那个年轻人报了警，皇家网球协会的门卫看见她穿着亮片连衣裙和低跟鞋离开十分钟后，警笛声响了起来。她的小包还在，里面还装着她跟哥哥借的二十欧元。她身上的珍贵珠宝没有被抢走。她的衣服完好，没有性侵未遂的痕迹。抢劫或强奸都无法解释她被捅的那三十五刀。警方没有发现任何指纹、污渍和毛发，也没有在尸体上、衣服上、街道上、沙滩上发现任何他人DNA的痕迹。纳蒂维达德·加拉约的下巴上有伤口，警方据此推测她可能是从背后受到的攻击。她的手臂、双手和手腕上有很多伤口，说明她曾经出于本能徒然地保护自己。

莫妮卡·赛韦里奥写下这篇报道时，那场谋杀案已经过去五年。报道说，桑坦德负责那次调查的警官仍然痴迷于此案，他把案宗拿给所有上谋杀案课程的学生看，以期哪个年轻警察想出绝妙的点子让他可以推进甚至破解此案。

我最后一次在报纸上见到那位原本可以和我成为朋友的不幸的英语老师是在几年前，当时那场谋杀案已经过去近二十年。当时警方穷尽了一切调查手段。他们调查了她的丈夫和十几个熟人，调查了她的朋友和同事，虽然没有人憎恨她，但也许有人憎恨她的家人。他们追踪了她的手机在过去六个月里接收到的电话和信息，说不定她在桑坦德约见了某人，所以才会在那么晚的时候步行离开派对。警方做出了各种假设：雇佣谋杀（但她直到最后一刻才上路，而且选择她去桑坦德参加婚礼时作案完全说不通，她一年中的绝大部分时间都在马德里），复仇（但警方没有发现她有任何奇怪可疑的行为，她也没有冒犯过任何人），怀恨在心的情人（但她没有任何情人，即便这种事可以密不透风），因为穿着漂亮找她麻烦或因为她反抗而失控的流浪汉或者酒鬼（但是至于那么愤怒吗？而且他们通常贸然行事，如果他们突然毫无预谋地发动攻击，那么到处都会有他们的DNA），甚至是恐怖的角色扮演游戏，而正好轮到倒霉的纳蒂维达德·加拉约扮演几个疯子随机分配给她的角色（三年前马德里发生过这样的惨剧，两个年轻人杀死了无辜的公交车司机，完成了他们愚蠢疯狂的闹剧）。至于那种只是为了扩充死者名单并满足一时冲动的连环杀手，当时桑坦德没有，后来也没有。

据我所知，所有的假设都被排除了，这桩案件从来没有被侦破，它仍然笼罩于神秘与虚无之中。甚至无法确定凶手是一人还是两人：三十五处刀伤中，三十四处都是一把单刃小刀的杰作，但是大腿内侧的一处刀伤应该是由类似佛尔古伊诺·高斯那把古董德式斗剑的双刃尖刀造成的。凶手使用两件武器，但第二件武器只留下了一处伤口，这种假设说不通。第二个凶手只捅了一刀，但他的同伴却沉浸于杀人盛宴之中，这种假设也说不太通。如果有两个凶手，那么发现DNA残留的可能性会增加一倍。凶手瞬间消失了，行事如此干净利落，应该是专业人士。如果他们步行离开，应该会有人看见他们，他们应该染了一身血。如果他们开车潜逃，事先肯定会把车停在周围，车要是侧滑或超速肯定会引起附近车辆的注意，当时那里还有不少车，从萨尔迪内罗海滩去市中心必须经过那个区，许多车辆会经过那条以维多利亚女王命名的灯火通明的大道。

我经常重读莫妮卡·塞韦里奥那篇专业的回顾报道，差不多能倒背如流，我甚至把部分内容写在了这里。我还经常重读报纸上刊登的回溯那场神秘谋杀的报道。她实属厄运缠身，她只是路过那座人口不到二十万的祥和之城而已，那座会在夏天举办多彩活动的欢乐之城。那个周末她原本可以留在马德里，这样她就可以与她的丈夫和孩子们继续过着看似幸福、低调、安乐的生活。

然而在那次回程的航班上，我想象并预见到了类似的事，更糟糕的是，在我的想象中，作案的人是我。我想，越是看似无缘无故的罪行，就越难以解释。越是看似偶然，看似不可思议，就越容易将惨剧归咎为受害者时乖运蹇：他遭遇的事可能会在任何人身上发生，就像米盖尔·安赫尔·布兰科，埃塔成员用抽签或在地上掷骰子的方法选中了他。当时在巴斯克自治区那些与世隔绝、寂寂无名的城镇里，有不少执政党的议员。在这种情况下，人们最终会耸耸肩并逐渐遗忘这些事，还能怎么办呢，人们需要忘记，需要昏睡，并以此缓解痛苦。过了一段时间后，他们便会放弃并告诉自己：再也没有什么可想可做的事了，每个明天的明天驱逐并取代了那桩恶行，正如年轻人对老年人所做的那样，老年人"就像大风驱散的雾霾那样羸弱"，直到在流亡中挥散并化作彷徨失措的"在夜里徘徊的死影"。

也许那篇报道中提到的桑坦德警官仍然在执着地思考二〇〇二年七月七日凌晨发生于那座宁静之城的那件事，即便每个明天都让那一天变得愈发遥远。也许他仍在努力地寻找线索和资料，仍在冥思苦想，二十年后如此，余生也许也是如此，只要他的记忆没有麻木迟钝，没有像大风驱散的雾霾那样节节败退。也许那个人跟我们一样，注定无法忘记被社会遗忘的事，有时连受害者家属都会忘记，会设法摆脱压垮他们的痛苦，这样才能继续生活，踏出艰难的第一步和后续的步伐，才能否定艾略特的那几句诗。我第一次读到那几句诗是在牛津布莱克韦尔书店："我们与濒临死亡的人们偕亡：瞧，他们离去了，我们与他们同行。"但他们忽略了紧接着的那句诗："我们与死者同生：瞧，他们回来了，携我们与他们俱来。"[1]

五年后，那种"可能的办法"被用在了可怜的马德里女人纳蒂维达德·加拉约身上，一个无辜的女子在离开派对后惨遭无故残杀，正如偶然、意外、疾病、灾难会突然

---

[1] 此处诗句引自《四个重奏：艾略特诗选》，译文参考裘小龙译本。——编者注

发生，正如树木会被暴风雨劈成两半，我在从伦敦回马德里的飞机上想出了不止一种办法。有些办法没么卑鄙，比如用丝袜勒死对方，这是珍妮特·杰弗里斯从未经历过的死法，而我年轻时却成了头号嫌疑人，只因少不更事。用钝器敲击我选中之人的后脑勺，敲两三下以确保万无一失。把无色无味的毒药撒进酒杯或茶盏里，就像文艺复兴时期和佛尔古伊诺·高斯读的阿加莎·克里斯蒂的小说里描写的那样，类似的还有巴尔扎克的小说里迫不及待想要继承父亲微薄遗产的不肖子孙。用那把陪伴我多年的老式"宪章武器卧底"左轮手枪给对方一枪。轻轻把对方从阳台上推下，啊，她跳下去摔死了。遭到了埃塔或者爱尔兰共和军的清算，这两个组织仍在发动恐袭，对逃兵决不姑息。莫贝克本想用猎枪射戴胜鸟，却误射了一名女子。服用过量的可卡因，那颗因为长期逃亡、恐惧与隐匿而疲惫不堪的心脏停止了跳动……没错，可能的办法总是不胜枚举。

我坐在座位上立刻意识到，我的想法很天真（天真永远不会彻底消失）："敲击我选中之人的后脑勺"。而一切其实还未下定论，我有两周时间，如果有进展的话，最多有三周时间深入调查、铤而走险（我已经失去了原来的能力，变得谨小慎微），我得想方设法录下口供或者找到能制裁、审判她的铁证，这样我就不用亲自动手，也不用无可奈何地等着某个看似手无寸铁、低调内敛的过客或生意人来鲁昂处决伊内斯、塞利娅和玛利亚，顺序如何就无从得知了。我必须不计任何代价阻止后者发生，我情愿由自己做决定，那样至少只会有一具尸体，但愿是十年前酿成二十一人遇害的巴塞罗那惨剧和十一人遇害的萨拉戈萨惨剧的那个人。遇害者中有好几个孩子，大多数是女孩。我一直不知道那张照片里的小女孩后来怎么样了，那个没戴帽子、满脸血迹的警卫怀里的小女孩，那个脚被炸碎的小女孩。照片里警卫的眼神坚毅笃定、悲戚沉痛，他的眼神中透露出了不可思议与愤愤不平。

但是我清楚地知道两件事，我天真的想法转瞬即逝，它抵达了法国上空，却没能在西班牙上空存活下来。即便我紧张而焦虑地与时间赛跑，我也不可能在接下来的十五天或二十天里获取无可辩驳的铁证。如果我几个月都认不出谁是马格达莱娜·奥鲁埃·奥德亚——如果大家多年来都认不出她来，其中包括气急败坏的马奇姆巴雷纳和当时国防高级情报中心的总指挥卡尔德隆，那么她也不会在七月剩下的日子里露出马脚，在八月、九月也不会。

我也明白，理论上我得做出选择。图普拉建议我不能完全忽略玛利亚·比亚纳和塞利娅·巴约，但同时因为我怯懦的请求（我不想成为宣布、签署并执行判决的人，事情是环环相扣的），他明确地告诉我罪魁祸首，即未来的受害者是谁。他一般不会指认一个他在现实生活中和视频录像里都没有见过的人。而他不仅指认了，还把我也牵扯进去了，说其实是我指认的："你已经有了直觉，有了把握。所有的资料都是你提供的，我只不过是帮助你克服恐惧，正视它们。"那是他回答我那些刁钻问题时的原话，其实那些问题早已有了答案。

没错，他说得没错，在我们的交往中，他常常是有道理的那一方。因此，当我像小说家那样思考"可能的办法"时，我总能看见伊内斯·马尔赞那张又大又长的脸因为我的刺杀而惊惧万分，那张大嘴在我掐她脖子时大口喘气，那双硕大的绿色眼睛（硕大的瞳仁、眼白和虹膜）因为毒药的作用而变得更大，在车辆慢速行驶的地方遭遇车祸后，她的长腿被撞弯撞断。那副庞大骇人却凹凸有致的身体躺在床上，因为过量服用可卡因而疼痛难耐。我对那具只在瞬间火热随后便陷入沉寂的身体十分熟悉，我曾经轻易地得到它，随心所欲地抚摸那宏伟的轮廓，在膝盖与大腿的斜坡上滑动。在夏天，当灼人的太阳……

不，我那位没那么年轻的三十八岁女巨人并没有陪我度过夏天，那是第一个也是最后一个夏天，那个夏天还没有过完三分之一。太阳的确是灼人的，因为我的任务突然变成了"死亡计划",这又是一句西西里人带给全世界的行话。佩雷斯·努伊克斯曾经提醒过我,这是事实,但当时我觉得这种可能性太小,甚至几乎没有将其考虑在内。我本该记得,有时即便是最不可能发生的事,也会在不知不觉间开荒拓土、落地生根。举个最明显、最极端的例子:谁会想到,那个来自布劳瑙的奥地利男孩,那梦想成为画家的男孩,那个平庸的士兵,那个由暴徒和歹徒组建的边缘政党的领袖,那个自我厌弃的渣滓,最终竟然成了帝国总理。

在我目前的计划中,为了保住既没做过任何坏事也没引发任何屠杀、酿成任何灾祸的另外两个人,我只能让伊内斯·马尔赞出局。

我还知道第三件事,在某种意义上,那是最重要的事或者最大的困难。尽管二十多年来我杀死过两个人(每十年或十一年杀死一人,我觉得在那段暴力而惊险的生涯中,这个数字并不算多),但我并不是"只管动手指"的人,对一个女人我更是做不到,无论她做了什么。不,她做了什么还是很重要的,想想伊佩尔科尔小分队的何塞法·埃尔纳加;想想米盖尔·安赫尔·布兰科下火车后上前与他攀谈的伊兰祖·加利亚斯特吉,那时布兰科的名字还不为人知;想想在老贝利街安装汽车炸弹并炸死一人、炸伤两百人的多勒丝·普赖斯,她在去世前几年还承认曾经参与绑架并谋杀有十个孩子的寡妇琼·麦康维尔,琼最小的几个孩子惊恐地看着她被人从家里带走,再也没有回来。

我在轻而易举、冷酷无情地杀死那个人时,脑海中曾经闪过惩恶扬善或报仇雪恨的念头(要区分这两者并不容易),杀完人后我不断告诉自己:"我铲除了一个恶人,让我的世界免遭劫难。我做那样的事,是为了伸张正义。"我试图重拾往日的情绪,但在回程的航班上,这种尝试是徒然的。我对伊内斯·马尔赞并没有那样的情绪("还没到时候,还没到时候",我满怀希望地说起了英语)。我并没有十足的把握,何况她还是个女人,这完全是另一码事:那是愚昧的童年迷信,是我接受的老式教育的后遗症,也许那种教育在一九九七年还不像在这个愚蠢蒙昧、肆意妄为的新世纪里那样过时,新世纪毫无顾忌地把我们的信仰甚至我们的思想逐个抛弃。

第十二章

我最终还是通知贝尔塔我会在马德里短暂停留,让她转告吉列尔莫和埃莉萨,看他们是否愿意从年轻人忙碌的日常活动中抽空见我。忙碌与自私是年轻人的通病,我并不指望他们会中断自己的任何安排来见我。他们这样也是我咎由自取,我是个缺席、亡故的父亲,他们好奇却疑惑地迎接我回来,对我的冒险心驰神往,我只是含糊其词地解释了几句,他们便开始幻想我是如何度过余生或流亡岁月的。我无法满足他们的好奇心(官方保密法案明令禁止我这么做),只能给他们编几个假故事,还"审查"了暴力污秽的内容,捏造了几个孩子们爱听的离奇谎言。但他们已经不是孩子了,虚构故事并没能持续多久。他们发现,至少我不是个外人,我不想对他们行使权威,也不想控制他们,我甚至不想摆出家长的姿态，除非他们向我求助或者寻求建议。我觉得自己没有那么做的资格，他们一直归贝尔塔管，以后也只归她管。我不会插手他们的事情，也不会套他们的话，这让他们更容易地接受了我。因此，见面时他们对我很恭敬，还会出于本能而亲近我——埃莉萨对我更有感情，但是他们没有把我纳入他们的生活，我只不过是生下他们的半个陌生人而已。

因为还处于无忧无虑的年纪，他们并不会想到，是我让他们能过上舒适甚至相当富裕的物质生活——虽然贝尔塔也工作，也有工资，但是跟我的各类报酬相比是微不足道的，是我为他们支付了高额的学费、生活费，让他们可以随心所欲地买名牌服饰，参加各种娱乐活动。不，他们是想不到的，更想不到要感谢我。这也是无可指摘的，如果孩子们从小都没有受过苦，那么他们会觉得一切都是理所当然的。当年我也没有感谢父母千辛万苦送我去牛津读书。

后来，在回归两三年后，我又自愿离开搬去了鲁昂。我没有兑现承诺，六个月来，我没有回过一次马德里。服役的毒药、"有用"的幻觉再次侵袭了我，不仅绑架了我的身体，还绑架了我的灵魂。过去我完成其他任务时也有过这样的经历：我既觉得不满和孤独，又觉得自在和寂寞，我惴惴不安、备受折磨，有时还会因为我的发现、我不得己的背叛而惊愕，尽管我能料想这样的结局，但是执行起来并没有更好受一些。我虽然身陷泥淖，但也喜欢变成另一个人，拥有借来或假想的身份与个性，而这个人经历了最黑暗的时刻，犯下了在敌人看来卑鄙无耻的行径。

最好是暂时成为并不存在的人，这样便能稍微保护自己，将罪责分摊给那个不存在的人。而且，转换身份能让朝来暮去的岁月变得没那么不堪忍受。我已经习惯了：习惯了暂时不做托马斯·内文森，习惯了减轻内文森的责任，习惯了更换我的身份，我根本改不掉。我回马德里以后曾经试过改掉这个习惯，但我却日渐颓靡，甚至几近枯萎。图普拉让我相信，我还应该经历一些事。我还有一些缺憾。

事实是，我还没有抵达马德里，还没有把心思放在贝尔塔、吉列尔莫和埃莉萨身上，我沉浸于鲁昂的钟声与雾霭，沉浸于窗下的那座桥与河，沉浸于"旋律榆树"、上百座教堂和"红酒区"。沉浸于观察无处不在的邪恶，这总是让人振奋与警醒。而现在，我却完全看不见邪恶，我在那几个女人身上看不见，我跟她们融洽相处，在录像里窥探她们。我作为窥视者、对话者抑或是消极等待的恋人，与她们相识相知。我连在图普拉指认的伊内斯·马尔赞身上都没有看见邪恶，但图普拉很少出错。

七月十七日黄昏，在夏日延迟的日光下，我怀着困惑与惊恐的心情抵达了马德里，因为接下来的几周里不知会有什么事等着我，我的手指会动摇，会后悔，会退缩。在周日乘火车回鲁昂之前，我还有周四晚上、周五和周六。图普拉可能已经通知佩雷斯·努伊克斯甚至马奇姆巴雷纳我要来马德里，他们可能会想见我或者跟我联系。如果真是如此，我打算回避他们，或者让他们找不着我，我根本不想听他们的斥责与训诫，不想接受无用的审问，也不想听他们再说一遍里尔斯比已经明确告诉我的指示。当我别无选择，当我再次试图合法指控伊内斯、塞利娅或玛利亚却希望渺茫时，我才会完成那项任务。实际上，我觉得合法指控的可能性为零，我已经完全不相信自己了，不相信我已经生疏甚至不复存在的技能（奥克斯纳姆更相信我，因为他给我延长了期限）。

我不打算在周末接受不耐烦和坏脾气的围攻，我情愿用周末时间重新打开勒班陀大街上的那间阁楼公寓。如果得到允许的话，我还想穿过广场，沿着同一条人行道，拜访位于帕维亚大街的旧家。从十五年前起，那里就只属于贝尔塔和她的孩子们，当时他们还是孩子，现在他们已经是忙碌的年轻人了。

我对他们也怀有本能的情感，只是我的情感来源于久远的回忆。我看着他们出生，曾经把他们抱在怀里来回摇晃，让他们坐在我的膝头，我记得他们在我下班后兴奋地来找我，记得他们第一次笨拙地走路，在走廊上跌跌跄跄地奔向我，让我抱他们，把他们举起来。我记得，我给他们唱《友谊地久天长》《康城赛马歌》或者《我亲爱的克莱门汀》的时候，他们会专注地看着我的嘴唇，仿佛想要拼命弄明白那些旋律是从哪里来的。我还听过他们牙牙学语，那时他们还听不懂自己说的话。我对瓦尔也是一样，无论在她小时候，还是在她长大以后，我都再也见不到她了。我头也不回地把她和她的母亲留在了那座英国城市，它跟那座西班牙西北城市一样，都有河流经过。只是在那里我并不会留下一个新生命，而是会取走三个人或一个人的性命。

没错，我舍弃了许多东西，起初是被骗、被逼的，后来我被他们说服了，甚至还觉得兴奋激动。我或者曾经的我保存着那些记忆，但是吉列尔莫和埃莉萨并没有那些记忆，瓦尔自然也不会记得那些事。他们的童年记忆中都没有我。瓦尔的童年刚刚开始，吉列尔莫和埃莉萨的童年已经结束了，他们并不会怀念帕维亚大街的那个年轻男人。那个已经不再年轻的男人现在成了忍气吞声的人。一九八二年四月四日，我永远地交出了钥匙，而我并不知道这意味着什么。我飞去了世界的另一端，效力于傲慢自大的撒切尔与残暴的阿根廷军方之间的小规模战争,那是一场逐渐模糊的战争,在未来的史书中并不会占据很大的篇幅。我先去了福克兰群岛,然后去了那个因无法成为欧洲城市而抱憾终生的首都,尽管她极不情愿如此,但她离我们实在太远了。我便是从那个遥远的日子开始了旷日持久的死亡,我每天醒来时都无法确定我的死亡是已经结束了还是仍在持续,抑或是自始至终我都在苟延残喘,终点是每日的重复、叠加。无论如何,时间的确太久了。

贝尔塔直到周六才接待我,她周五上午研究亨利·詹姆斯,下午和晚上处理早已安排好的事宜。吉列尔莫和埃莉萨也有事,只不过他们是临时安排:他们在我回来的第二天去了里亚萨的朋友家里,周日才会回来,我是见不到他们了。他们显然不打算放弃周末的计划来见我一面,虽然他们已经几个月没见我了。我觉得这很正常,我也没有去看望他们,没有过任何行动与表示,他们何必抱有幻想呢。

于是,贝尔塔一点左右在家里接待了我,事先也没有告诉我是否打算跟我一起吃午饭。半年前的那个冬日,我即将出发前,与她在那里见了最后一面。如果我没记错的话,那天是一月十二日。我告诉她我要离开,还提到图普拉来过马德里。我跟她告别时，她正在熨衣服。我在鲁昂时常常想起那幅画面，贝尔塔把熨斗立起，单手叉腰，迷人心窍，她失望地看着我，若无其事地接受这个消息，她看着我就像看着一个赌瘾复发、无药可救、不敢承诺能改邪归正的赌徒。她明白，那个赌徒永远不会彻底堕落，但他不到黄河心不死。也许最让她恼火的不仅是我的躁动与念旧，还有图普拉的私心与诡计，她曾经说过："啊，那就说得通了。他让你觉得自己还能办事，还有用处。"那时我很窝火，因为她毫不知情却能一针见血。她还说："能说会道的图普拉先生，他能说服任何人。他甚至能说服你干一些你从没想过的事，连做梦都想不到的事。"我问她为什么这么说，仿佛图普拉说服她做了什么不得了的事，她脱口而出："他让我相信你死了，托马斯。你觉得这没什么大不了的吗？多年来我一直信以为真，我一直深信不疑，甚至努力忘记你。"

也许正因为如此，正因为她蔑视或痛惜我的软弱，周六她欣喜地接待了我，我却惊讶不已。她的眼神克制却明亮，因为见到我而喜不自胜，就像我们见到年少时的旧相识那样，而随着年龄增长，旧相识必然越来越少。和他们在一起时，我们总是喜形于色、眉开眼笑，即使我们跟对方闹了脾气、不快收场也是如此。那是一种蛊惑人心但令人愉悦的感觉,你觉得自己"回家"了,你是有"家"的。在经历过世事无常、误入迷途、坎坷险阻、暗自神伤后,那个"从前"的人还在,你像第一天那样一眼认出他来。

我跟贝尔塔很快就要满四十六周岁了,但在我眼里贝尔塔还是十五岁、二十岁或二十五岁时的她,没有任何变化。我不敢假设她也是这样看待我的,但有这样的可能。尽管我多了几道疤痕,面部也有变化,但这并不是不可能的事。而且,我们并没有闹脾气(我自然没有生她的气),也没有以互相怨恨的结局收场。我们并没有结束,感情结束有明确的标志:彼此感到解脱。至少我是这么认为的。

我没法抱怨她的做法,她在我们有名无实的同居生活中对我颇有怨言。但她一直是个礼貌体贴、性格开朗的女人,所以她不会粗鲁地对待我,也不会冲我大喊大叫。但我的确留意到,有时她的眼神中会长久地流露出幽怨与哀伤,她仿佛在想:"我们在一起这么久,我指望得上你的事情有几件呢。我在你于别处度过的人生中扮演着多么微不足道的角色啊。"每当我看见她若有所思的眼神,都很难不赞同她,我把她像个可怜虫一样抛弃了。

对我来说,她是叶芝写于一八九三年的著名诗句的化身,但我从来没有找到合适的时机向她倾吐。许多电影都引用过那几行诗句,即便如此也没有使它们贬值:"当你老了,头发花白,睡意沉沉,倦坐在炉边,取下这本书来,慢慢读着,追梦当年的眼神;你那柔美的神采与深幽的晕影。"①而我则永远是那首诗第二节的化身,直到风吹散我的雾霭为止。我看着她,假装帮她准备午餐(她并没有跟我提午餐的事,因为她认为这是理所当然的,那个周六我们肯定会一起吃午饭),我一如既往地用英文回忆那些诗句,因为那是书写它们的语言,我觉得突然给她念她兴许熟悉的诗句没有任何意义,这是在挪用诗句,正如浪漫多情的年轻人常常会挪用他们热爱的诗歌。如果某天我说出口了,那也应该用我们交谈的语言,那首诗多年前便有了译文,我已经把它牢记在心。给她念第二节就更没有道理和意义了:"多少人爱过你昙花一现的身影……"

我们各自过着自己的生活,偶尔重逢或相遇,我们的身体会莫名相拥,也许是因为她从没有彻底跟另一个能撕裂我残影的男人在一起,尽管贝尔塔并不需要男人来获得解脱,她无疑是自立的,我的残影则逐日暗淡。她也从没有跟我提过那些暂时让她好奇并分心的男人,实际上他们是我想象或者推断出来的。我觉得她肯定有过别的男人,但并没有证据。总而言之,我觉得她的尝试都没持续多久,

---

① 此处诗句引自叶芝的诗歌《当你老了》,译文参考冰心译本。——编者注

命运总是捉弄她,也可能是因为她很快就厌烦了,她宁愿一心一意教学生阅读狄更斯、康拉德、梅尔维尔、艾米莉·勃朗特、盖斯凯尔、史蒂文森、斯特恩、菲尔丁、马洛和莎士比亚。也许她太挑剔了,并且已经习惯了等待迟迟没有出现的那个人。在那个人出现之前,我还在她身边,间或消失却又无时不在,就像我第一次去英国留学的时候,她一如往常地留在马德里。

吃午饭时,尽管我极力避免,但我们还是免不了谈论米盖尔·安赫尔·布兰科的事,人们仍然对此事十分震惊,不停地谈论它。在她身边我好不容易有喘息的机会,我最不愿意想的便是等待我的那项任务。举国上下皆怫然,其中包括几名埃塔囚徒,以及过去在游行中和足球场里狂喊"埃塔,杀了他们!",仿佛想要杀光全世界或至少杀光全西班牙的巴斯克狂热分子。贝尔塔也不例外。

"对待那些人,"她说,"就不该心慈手软,他们对别人可从不手软。过去我觉得反恐怖主义解放团走的是旁门左道,现在看来,对付阿托查车站爆炸案的罪魁祸首就该那样。"很久以前,她曾经把我的工作与佛朗哥的政治社会警察队成员的工作相提并论,她从学生时代便对政治社会警察队深恶痛绝,这种比较冒犯并激怒了我。"但在现在这种时候,屈服于那种诱惑也是合情合理的。我失眠了好几晚,竭力想象那个毫无过错的男孩到底经历了什么。好吧,我并没有竭力想象,只不过我半夜醒来,这事便在脑子里挥之不去。我尤其难以想象他发现凶手把自己从窝藏点转移到别处时的场景。虽然惨遭囚禁已经很糟了,但他应该仍会祈求一切保持原状,祈求一切静止不动。他在监牢里应该觉得勉强安全。看守每进来一回,他都会觉得大事不妙,心里都会翻江倒海。也许在他们带他出去,让他坐进车里时,他会以为是要放他一马。也许直到最后一刻他都是这样认为的,甚至当他跪在子弹射杀他的地方也是如此。但他也许也会想到,这便是最终的结局了,他会思考该如何面对。那些人跟最无耻的佛朗哥主义者毫无区别,支配他们的都是狂暴的心灵。他们简直令人作呕,现在我不想看到他们被逮捕,受审判,进监狱。我只想看他们身首异处,用任何方法都可以。"

贝尔塔像绝大多数人那样,容易对遥远的人心软,但她对身边的人也是如此。她还是个情绪平静的人。近二十年来,我不记得见过她如此愤慨。她上一回这样还是在大约二十年前,当时她告诉我,她因为吉列尔莫而担惊受怕,她还斥责了我。吉列尔莫当时还很小,只能躺在摇篮里,除非有人把他抱出来,贝尔塔抱他更多,我抱他的次数比较少,当时我忙着训练和学习,忙着在不同的国家四处奔波。那时她在自己的家里受到威胁，想象着自己的孩子置身火海，她因此变得毫不留情，所有的母亲发现孩子处于致命危险中都会变成那样。她花了很长时间才从惊吓中恢复过来。我并不清楚她是否已经彻底恢复，我认为这件事已经了结了，我们后来再也没有谈论过。我最好别提那件事，因为那是由我间接造成的，而贝尔塔压根不想记起。我不得不向她保证（尽管我说得很隐晦，但此事不言自明），欺骗她的金德兰夫妇已经不在这个世上了，她不觉得这是坏事，只要我没有明确证实，并且不告诉她细节就行。她没有问我具体的细节，而我也并不清楚，正如我所说，我把这事交代给"我们"中的其他人了。

不，当时我能察觉到，她完全不觉得那是坏事。大部分公民也觉得尽快处决恐怖袭击的罪魁祸首并不是件坏事，如今大多数恐袭发动者是圣战分子。然而，他们缄口不言，可一旦发生这样的事，一旦元凶没有落网，没有受到指控和审判，他们便会义愤填膺地提高嗓门，指责情报机构是一帮杀人犯，而到了晚上，他们便会心平气和地入睡，因为他们知道自己的处境已经没那么危险了。《诗篇》里说："若不是耶和华看守城池，看守的人就徒然警醒。"而那时耶和华并不存在，我们便是耶和华，是可憎的天使。我们已经习惯于这种虚伪，甚至学会了这种虚伪：记者，专栏作家，在茶余饭后高谈阔论之人，所有人都喜欢吹嘘自己是道德标兵，宣扬法律至上，声称捍卫蝇营狗苟的神圣权利。

尽管贝尔塔为人正直，极有原则，但是她跟他们区别并不大。如果她的孩子们可能受到攻击，那么使用任何手段保护他们都不为过，除非攻击者被彻底消灭。看到她对那年七月发生的事如此郁结愤懑，我突然觉得，当时如果换作是她，如果她知道我的任务是什么，那么她会欣然取代我的位置，会毫不犹豫地除掉杀害米盖尔·安赫尔·布兰科的凶手以及一九八七年几场屠杀的始作俑者和帮凶，在那几场屠杀中有那么多孩子丧命。如果她知道我在追查其中一人，知道我即将把子弹安进枪膛，即将抖落意外落在瞄准镜上的一片树叶或者累积了六个月的树叶，对准那个女人并扣动扳机。如果她知道我很快就会把那个女人变成废物，变成残骸，变成碍事的污秽，变成像开膛破肚的死猫那样被清理的死尸，那么也许她会伸出手指，免得我犹豫不决。

这个想法困扰着我，我敢肯定，如果我糟糕悲观的预期变成现实，我的手指会游移不定。也许贝尔塔注意到了，我在努力不动声色地转换话题，避免谈及埃塔。我赞同她的惊恐与愤懑，全国人民都是如此，我也不例外，只是因为我的职业与见识，我掩饰了这种情绪并转移了话题。毕竟我们已经很久没见面了，我们每周至少会通一次电话，总是我打给她询问孩子们的情况，她从来不会打给我。至于她，我只会问她的身体和工作的情况，问她是否有什么需要，我从来不会问她心情是否愉快，也不会过问她的私人生活，因为这往往是对性与情感的暗示。那样做的话太冒失了，而且我情愿她别告诉我，尽管她不可能会告诉我。现在，我意外地发现她更可爱、更爱笑甚至更亲切了，仿佛在我无缘无故地消失若干次后，她依然决定用善意和怜悯的目光看着我。而我此次消失则是计划之外的，这是事实。我在她不知道的地方待了几个月，也许在那段时间里她接受了这个事实：我总是失踪，对此她回天乏术，我一直是这样，早在我们结婚前我被逼无奈入伍的时候便是如此。尽管过了二十多年，她对当年的情形仍然一无所知。既然当年她不顾一切选择留在我身边，那么现在也不会因为同样的理由而退缩。

我也说不好，也许她看见我苦恼焦虑，因而怜悯、担心我，她滋养了这种情绪多年，早晚会流露出来。她发现我忧愁苦闷、疲惫不堪，也许还发现我提前悲痛万分。不，我从来没有杀过女人，我不认为自己有这个能力，但如果我不杀她……

我又一次上当了，我以为图普拉需要我，以为他真的需要我帮忙。图普拉不会求人帮忙，自然也不会心存感激。他终究是个发号施令的人，别人原本想讨好他，最后却成了理所当然的义务。而且他很会煽动人心，软硬兼施，如果必要的话再使点阴招，或者钻进别人的脑袋里，怎么赶都赶不走。我突然明白，那并不是偶然：当时他在稻草广场一边狼吞虎咽地吃辣酱土豆，一边提醒我，我在漫长的职业生涯中曾经失控过两回，这是他的原话。那件事原则上只有他知情，死者并不算数，他们什么都不记得，也无法声讨痛斥，他们并不重要。我厌恶他提起或者影射那件事。图普拉考虑深远，他早在三王节那天就留了一手：如果正道行不通，那就把我置于两难的境地。即便我做出没那么糟糕的选择，也会染上不可磨灭的污点。我甚至无法考虑第二种选择。

那个伪装成伊内斯·马尔赞、塞利娅·巴约或者玛利亚·比亚纳的女人究竟做了什么呢？马格达莱娜·奥鲁埃·奥德亚，这个对巴斯克怀有深厚情感的北爱尔兰和拉里奥拉混血究竟犯了什么罪？图普拉并没有告诉我，他承认自己也不知情："我不太清楚，这并不重要。"我问他的时候，他是这样回答我的。他还说："乔治知道得更多，但是我没问他细节，那样太没礼貌了，我们一般不这么做。

这就是我们工作的方式，今天我帮你，明天你帮我。我们帮他们处理埃塔的事，他们帮我们处理爱尔兰共和军的事，那两个组织也是这样互相帮助、彼此借力的。我们不会比他们更蠢，对吧？"

但在我的任务中，那个"他们"模糊极了，"我们"也是如此，即使图普拉向来是"我们"的化身。当时马奇姆巴雷纳并不属于国防高级情报中心，"目前他是外部人士，行动自由。"为了显示自己做事透明，他把自己也算进去了，"我在这件事上也相当自由，我不骗你。"

我对斯佩丁上任的事并不知情，我离开时秘密情报局局长是麦科尔。已经不是新官的戴维·斯佩丁对此次行动一无所知。这是我听完图普拉吃辣酱土豆时发表的长篇大论后得出的结论，然后他便不怀好意地提起了那件不快的往事（在他吃辣酱土豆时，那个洋葱头或大耳朵激怒了他，他偷偷琢磨着用叉子吓唬他）："命令如同迷宫，汤姆。很少有上司会过问一切，这样如果事情办砸了，或者有人用了过激的手段，甚至趁机打击报复，那么他们就能发一顿脾气。如果我们失控了也一样。你很清楚要时刻控制住自己是一件多么难的事。在某些情况之下，你是不由自主的。以前你也失控过，你记得吧。"

这件事听起来很糟糕。从一开始就听起来很糟糕，而我却没能躲过。军情五处、军情六处和国防高级情报中心的负责人并不知道我在鲁昂的行动，他们也不会批准，毕竟那些机构是为王室服务的。也许他们是知情的，只是假装不知情，迷宫般的命令并非总是来自上层，但总会传达至底层，由穿越海峡的剑客或来自别处的刺客来执行。然而，我之所以被卷入此事并不是因为质疑其中不可告人的合法性，而是因为我怀念置身其中的感觉，也因为听到图普拉求我帮忙而觉得痛快，而且帮的是他本人，并不是与我息息相关的"我们"。他并不是那种愿意屈尊降贵依附于下属的人，更别提求下属办事了。此时我囿于两难的境地，害怕选择最坏的路（即便那条路相对没那么糟糕），此时此刻，熏天恶气向我扑面而来。现在我觉得自己被他锐利的脑袋困住了，而过去并没有。

贝尔塔义愤填膺却有心无力，但她仍然察觉到了我的畏惧不前和郁郁寡欢，对此我已经无法逃避：我必须制造一场混乱，我得"加害"于人。国王邓肯在夜里被刺杀，结束了那场人生的热病，再也没有什么能加害于他。那个踏入毫无防备的卧室并将国王杀死于睡梦中的人安慰自己：之后他便能全身而退。但是如何才能劝服那个还没有死去并且不会平静地死去的人呢？

我做了个假设，把我的难题抛给了贝尔塔。这样做简单得很。

"啊？是吗？"我回答她，"用任何方法都可以？那么你想象一下，现在你有机会亲手杀死他们。有人把杀死米盖尔·安赫尔的凶手交给你处置，还给了你一把枪或者一把刀。并且他向你保证，没有人会知道你是怎么处理他们的，你不会因为处决他们而承担任何后果。你说过，对付他们不该心慈手软，因为他们对别人绝不手软。这种话很容易在家里一时冲动脱口而出，因为你相信会有别人来处置他们。也许那所谓的别人是你从来没有过好感的人，而我是他们当中的一员，只不过我没他们那么残忍，也很幸运地从来没有参与过肮脏的任务。你想象一下那种情景。你会朝着他们的太阳穴开枪吗？你会割断他们的喉咙吗？"

贝尔塔低下了头，承认我说得对，然后她会心一笑，仿佛识破了我的诡计，发现了我让她陷入对她来说难以想象的困境。

"不，你知道我不会的。我做不到。你也不必把我的话当真。"

"我没有，我是了解你的。我们认识了一辈子。我们做另一个假设。你不会这么做，但如果眼下有组织的暴民把他们抓起来碎尸万段的话，也许你并不会觉得这是坏事。你会赞同把他们私刑处死吗？目前为止，人们的一切行动都很文明，双手放在后脑勺，拉着横幅，双手涂成白色，用'暴民'来形容他们既不合适也不合情理。但是，如果那个小分队、那群盯着手表倒计时的绑匪和凶手就在他们眼前任由他们处置，那我不禁怀疑他们是否还能保持文明，是否还能继续高喊：'埃塔，有种来要我的命。'你不希望看见那些人进监狱，而是想看见他们身首异处，用任何方法都可以。那么要是他们被一群逍遥法外、身份不明的暴民吊死在路灯或者大树上呢？要是他们身上涂满柏油，烈火焚身呢？"

我特意查了过去野蛮的杀人方法，当时的暴民是名副其实的暴民，没人能阻挡他们。那些方法随时可能重现，人们以为早已根除的事物总会再次出现。事实上，美国一些与世隔绝的村庄仍然使用那些方法，你偶尔能在报纸上读到。没错，早已入土的事物仍会反抗，仍会挣扎着破土而出。一定得不停地铲土才行。

贝尔塔不寒而栗，这种可能性比她亲自动手还让她惊恐，大部分人独自在家时均是如此，因为他们没有与被心肠歹毒之人荼毒的人群在一起，没有暴露于雷德伍德提及的五种恶疾之中。那五种恶疾通常相伴相随，永远没有解药能疗愈这种顽疾，只有肤浅的情感才能缓解病情。

她停止了微笑，我给她描述的画面让她心惊胆战。

"别说了,别说了,"她说得很快,仿佛是在念咒语,"你说得对,你说得对。我也不喜欢这样,这并不会让我满意。恰恰相反:我不仅反对那些把米盖尔·安赫尔带进森林、逼他下跪、缚住他双手并射杀他的人,我还反对那些滥用私刑的人。可怜的孩子,他经受了多少徒然的煎熬,那些人得到了什么呢?他们得到的是人见人恨的结局,只有一丘之貉和在看台上给他们鼓掌的人除外。他们杀害了多少人啊?"

"我不太确定。大概有七百多人吧。"实际上我知道当时大致的数据,算上埃尔穆阿的那个男孩,受害者人数超过了七百七十人。

"已经有那么多了吗?怎么会有那么多?"

"是我们忘记了,贝尔塔。曾经有过比现在还要血腥的年代。一九七八年发生了六十多起谋杀案,一九七九年发生了七十多起,一九八〇年发生了九十多起。这是我们所有人都经历过的。"

她沉默了几秒。人们会驱逐苦涩的记忆,数字会变得模糊,人们在事情发生时并不会思考发生的事。图普拉并没有撒谎:除了复仇组织之外,"我们"是唯一不会遗忘的人。但是"我们对仇恨并不熟悉。我们也不该允许自己那么做。我们没有投入激情,但是时间没有向前推移。对我们来说十年前的事就发生在昨天。甚至发生在今天，发生在此刻"。

"这么惨重的损失，"她终于说，"还是你说得有道理：应该把他们抓起来，关进监狱。得尽早把他们抓起来才行。免得他们再犯。"

啊，没错，这种想法很普遍，比善良而虚伪的人宣扬的想法要普遍得多。那些人着重强调要改造杀人犯并让他们重返社会，曲解了伟大的切萨雷·贝卡里亚和其他正义人士的主张。也正是那种普遍的想法诱使我们不计代价地瓦解马格达莱娜·奥鲁埃，近期的事件加快了事态的发展，我们将冒违背正义的风险，也许我们亦是杀人犯，只不过是不需改造并且已经融入社会的杀人犯。

"没错。"我回答她，"免得他们再犯。"

她又沉默了，陷入了沉思，这会儿她怒气消散，变得惆怅不已。我成功让她放弃了那几日困扰着每个人的话题，我则因亟待完成的任务而精疲力竭。我敢肯定，贝尔塔不会坚持谈论那个话题，无论如何总得给自己喘息的机会。现在该由我来驱散迷雾，让它回归没有阴影的地方，让我们能继续吃午餐。我们吃到一半停了下来，手里握着餐具，幸好那是几道冷盘。

这并不难，因为她个性开朗，很快就会厌烦深重的苦难。她开朗的个性并没有消失，尽管她有充分的理由那么做。那个周六她出人意料地与我相谈甚欢。是的，她亲切可人，克制谨慎，尽管她留意到我已不堪重负，但并没有过问。多年来，她早已习惯了不过问我的事。

我在鲁昂剩下的日子转瞬即逝，说不清究竟还剩几周，可能是三周，也可能是两周。有时我们希望时间过得慢一些，希望时间延长，再延长，希望夜晚和明天不要来临，可总是事与愿违。我并不认为自己能提前完成任务，最后时刻并不会涌现光明，也不会有决策从天而降。但我仍在白天尽全力调查。我试着与我长期忽视的塞利娅·巴约多见面，但我跟她在当红的露天餐吧吃的几碟开胃菜只能证实，她过分单纯的灵魂自然而然地凌驾于一切之上。她为米盖尔·安赫尔·布兰科的死悲痛万分，无比真诚，但她已经重新投入各种计划与社交活动之中，为柳德维诺干了件大事而自豪，不过她暂时无法向我透露到底是什么事。一九九九年会有市级选举，我猜测他可能会竞选市长，他在多名受他恩惠之人的支持下成立了自己的党派。要是他参选的话，很可能会胜出。我说过，他很会蛊惑人心，人们得经过许多年才会幡然醒悟，这个过程非常缓慢，尤其是在没有社交网络的时代。不过我也说不好，社交网络也许还会延缓这个过程。而且，还有比这更令人费解的事。例如南方的马尔韦利亚，那里富裕的人民任由一个粗俗下流并且有犯罪记录的人摆布。我们得时刻牢记，西班牙人总有本事从候选人中挑选出最糟糕的人来执政，还会为强迫自己的首领欢呼雀跃。只要那些人能给出诱人的承诺，并且让人觉得亲切，那么即便他们贼眉鼠眼、一脸奸邪也无妨。

我并没有套塞利娅的话，免得她忍不住说出来，要套她的话容易得很，我对那些事一点也不感兴趣。无论一九九九年会发生什么，无论鲁昂人和他们那座高贵忠诚却日渐堕落的城市会发生什么，我都不在乎，我在那里的时间只剩下难熬的两个星期，我快要离开了。我无法把所剩无几的时间花在塞利娅·巴约身上，因此我决定冒险彻底排除她，我认为她出现在三人名单上是因为佩雷斯·努伊克斯或马奇姆巴雷纳多虑了，因为她来鲁昂的时间，还因为她的过去不清不白。但这是大部分人的常态，过去本身就是不清不白的，即便对于我们这些记得过去的人来说也是如此。

七月二十一日，星期一，我如约回到了玛利亚·比亚纳和高斯的花园，继续给孩子们上课，课程本该持续到八月底，等到我不得不停课的时候，再胡乱编个理由吧。等我不得不结束这段时光并永远离开鲁昂的时候。

没有人知道我的真实身份，人们不会在任何地方、任何档案以及任何记录中找到米盖尔·森图里翁·阿吉莱拉的任何信息。要是某个正直的当地警察像多年后调查纳蒂维达德·加拉约案的警察那样锲而不舍地追踪我，那我大不了去英国躲一段时间，图普拉会通过与高层的关系罢免对方的职务。那里也不会有人想念我，我没有像过去在那座英国城市那样建立起牢固的关系。过去那段时光终于逐渐暗淡。在鲁昂，我即将变成来去无痕的幽影，变成风与钟声驱散的迷雾。

在最后的阶段，我觉得玛利亚·比亚纳变得更有趣了，虽然我也不认为她是马格达莱娜·奥鲁埃。她无疑对我有强烈的吸引力，但是都怪图普拉，他明确告诉我是伊内斯·马尔赞，还说他之所以能那么确定得归功于我，而我也接受了那种想法。尽管如此，我还是得试探玛利亚，即使那是条死胡同。我根本没法调查，唯一可能的办法是让她不停地说，直到说漏嘴，但是我去她家并不是跟她聊天的，能否和她交谈完全取决于下课后她的意愿。

我们在不知不觉间慢慢地延长了谈话的时间。七月二十一日那周，我提出每天去她家，好把缺的课补上，她欣然接受了。七月二十四日，周四，佛尔古伊诺已经与不知悔改的猎手莫贝克以及一个留着佛朗哥式小胡子的乡巴佬一起离开了,他们会从坎加斯德奥尼斯去里瓦德塞利亚或者里瓦德奥,在那里度过圣雅各节的小长假,顺便去解决某件事。那天她变得更加健谈了,或者是因为觉得无聊,她邀请我一起吃午饭(孩子们吃饭很早,他们午睡的时间很长,免得晒太阳)。

我们关系一般,也不想立刻跟对方讲述无人在意的生活琐事,并且玛利亚·比亚纳说话有所保留,于是我也只能如此。我们谈论了小说和电影,她谈到当下稀缺的好演员是如何"神奇地"(她说得很俗气)让我们信以为真,让我们为那些故事着迷,更何况他们大大方方地告诉我们,那些故事是假的,是想象出来的,编造出来的,在我们和他们的现实中并不存在。

"当然,这其实没什么可大惊小怪的,"她在发表了一通溢美之词后说道,"如果考虑到我们大部分人都会轻易相信别人说的话,那这其实也没什么大不了的。我对你一无所知,而且你似乎也谨慎得很。但你要是像大卫·科波菲尔那样跟我讲述你的人生,无论听起来多么荒诞,我都会相信。我们(嗯,至少我是如此)不愿意质疑,或者怀疑,我们倾向于认为没人会通过欺骗我们而获利,异想天开和夸夸其谈的人除外。我们很容易被愚弄,不仅仅是被故事愚弄。我们也很容易被各种理论说服，被煽动性的演讲和邪说歪理说服。有些人挖空心思想要解释世界，或是解释世界的一部分，他们会说服我们。有些人许诺我们财富，许诺让我们的孩子平安。他们声称对我们的爱是毫无条件、永恒不灭的，他们发誓在任何情况下都会站在我们这边，会保护我们免受一切迫害与威胁。他们说得斩钉截铁，但无论他们如何意志坚决，都不可能长期兑现，可我们听了还是会相信。仔细想想，个中原因是荒谬的：我们没有不信的理由。我们认为，没有人必须对他人做出承诺；如果有人那么做了，那是因为他是真心诚意的。没有人会毫无理由跟我们撒谎。没有人会向我们讲述歪曲的历史，让我们相信自己受到了不公正的待遇，相信自己是受害者。当受害者的滋味并不好受，可现在我们所有人都被弄成了这样，都觉得自己生来便是可怜虫。"

我不明白她指的是什么，但我立马截取了我感兴趣并且得来全不费工夫的信息。我留意到了"迫害"这个词，这与玛利亚·比亚纳的情况并不相符，但是跟马格达莱娜·奥鲁埃的情况相符。但那只是一个词而已。

我回答："恰恰是这样的事让那个可怜的孩子米盖尔·安赫尔·布兰科和他之前的许多人丧命。有那么多人相信被篡改的史实。这并不像爱尔兰的问题，那里发生的事仍在情理之中。我想，北爱尔兰应该是爱尔兰的一部分吧，虽然我不太了解。但是，如果我没记错的话，巴斯克地区或其领土于十四世纪自愿加入卡斯蒂利亚王室，并保留了他们的特权，巴斯克人从未受到任何人的压迫。美洲有大量巴斯克姓氏，这个事实便能佐证这一点，他们中的大部分人在美洲有权有势，在西班牙则是银行家、政治家和实业家。他们从来没有被边缘化，恰恰相反，他们参与了国内最重大的项目，而且常常是指挥者。嗯，这是我的感觉，或者说理解，这并不是学校教给我的，而是我从书里读到的，学校里教的知识显然并不可信。当然，我也没有深入研究，我觉得研究民族主义者是一件无聊的事。作为马德里人，祖先的事、传说中的史前时期、滑稽的神话、传统和对土地的眷恋让我觉得压抑，我该怎么办呢，它们让我难受。即便是鲁昂人的骄傲也让我觉得荒唐。"我紧接着说，"你的姓来自纳瓦拉吧？至少比亚纳是纳瓦拉的一处地名。巴斯克的帝国主义者和埃塔都渴望吞并纳瓦拉。我记得切萨雷·波吉亚就安葬在那里……"

玛利亚对我说的话并不感兴趣，不知为何，那些话让她觉得很不舒服。她也不愿意透露自己的身世。她只是避开了我巧妙的陷阱。

"到处都有这个姓，马德里也有好几十个比亚纳。我当然不是纳瓦拉人,我看起来像纳瓦拉人吗?切萨雷·波吉亚?我对此一无所知。他在那里做什么呢?人们总是想象他在罗马中毒的场景,但他极有可能死在意大利。"

我不想跑题,也不想跟她解释我掌握的史实,我容忍了她的无知,期待着她发表对巴斯克问题和北爱尔兰问题的看法。提到篡改历史以及人们渴望成为受害者的人是她,谁知道她在想什么呢。我陷入了沉默,于是过了几秒钟之后,她又开始谈论她觉得更有意思的话题,她一边用小勺子搅拌咖啡(当时我们已经在喝咖啡了),一边若有所思地说话,仿佛是在低声咒骂自己。

"盲目轻信是我一生的难题,我像孩子那样相信小说和电影里的情节,这没什么可奇怪的。随着年龄的增长,你以为自己已经不再相信耳食之谈,但事实并非如此。这或许是一种性格吧,一种无药可救的缺陷,至少对我来说是如此。年龄无法弥补这种缺陷,经验、愚弄与失望也不行,遗憾对此也无计可施。下次你还是会轻信别人说的话,除非对方像我们的柳德维诺那样显然是个骗子。无论你发现自己被骗了多少次都一样。每一次都是全新的,每位新朋友都是全新的,你不能提前谴责对方。我担心,你要骗我容易得很:你是新朋友。我明白了,这是天真的人固有的特点。更糟糕的是,这是傻瓜固有的特点。不会有人承认自己是傻瓜，也不会有人承认自己品位差，承认自己是个坏人。我早就承认了自己是个傻瓜。这种想法令人难受，但比这更糟的想法还有很多。我并没有觉得不满，自然也不会认为自己是可怜的受害者，更不会谴责那些欺骗我、引诱我做出让我捶胸顿足的错误决定的人。当时你并不了解他们，以为他们说的话都是真的。每一次欺骗都需要受骗者配合，受骗者承担的责任几乎与骗子一样多。"她停了下来，点燃了一根烟。"骗子得做好他的事，对吧？追求他的目标，满足他的心血来潮，谋求他的利益。如果受骗者不盲目轻信的话，那他就白费力气了。我觉得自己太容易相信别人了。也许我还没有笨到连走路都会栽跟头的地步，但我的确听信了对方的谎言。到了这个地步，我不会扇自己耳光，也不会痛斥自己，毕竟我的日子还没有那么难过。"她环顾四周，满意地看着花园、帮佣和房子。"我不知道你是否同意这种观点：责任是必须分摊的。当然不是平摊。"她迅速喝下咖啡，似乎不再精神涣散，也不再低声咒骂自己了。"你会轻信别人吗，米盖尔？还是你生性多疑呢？如果是后者的话，那我可太羡慕你了。"

她从来没有喊过我的名字，从来不会和我说"嗨，你介意……吗？"。"如果你方便的话，我想请你帮个忙……"，她通常是这样跟我说话的。这个问题让我吃了一惊，我从她拐弯抹角说的一堆话里听出了端倪。我思考了一会儿，也点了一根烟，把手肘支在桌子上，俨然一副沉思的模样。回答问题的应该是森图里翁，而不是内文森，可森图里翁是一个无趣的人，他一生中没有做过任何突出的事。他几乎没有过去，他们编造他的过去时并没有添加细节，因为没有必要。但是当时她让我措手不及，当时做那一行的人无法确定自己究竟是谁，当时让我们完全放弃在出生后的大部分时间里扮演的身份是一件很难的事。

最近与贝尔塔的那次见面很可能是导火索，那次见面让我隐隐约约有了变回托马斯·内文森的欲望。不是那个经历了漫长的死亡并于一九九四年失意而疲惫地回归的托马斯·内文森，不是那个思虑过度、暗淡枯萎、沉溺过往并几乎沦为行尸走肉的托马斯·内文森，也不是那个勉为其难重操使馆旧业，并且偶尔与精力充沛的佩雷斯·努伊克斯虚度时光的托马斯·内文森。不是那个在一九九七年三王节图普拉出现之前逐渐油尽灯枯的托马斯·内文森，那个托马斯·内文森是毫无用处、麻木不仁的。我想变回的是最初的托马斯·内文森，是马德里马丁内斯·坎波斯大街和米盖尔·安赫尔大街上的英国学院和研习学校的托马斯·内文森，是跟父母、兄弟姐妹一起住在詹纳大街的托马斯·内文森，是那个不会满目皆是罪恶、不曾遭受痛苦也不曾加害于人的托马斯·内文森……即便是痴人说梦，我也依然向往。渺茫，却向往。

我当然可以欺骗她，我也是这么做的。我欺骗了自称单纯的玛利亚·比亚纳，也欺骗了胸无城府的塞利娅·巴约，欺骗她们并没有严重的后果。我还欺骗了独立、多疑的伊内斯·马尔赞，但欺骗她也许会有难以挽回的后果。我的大部分时间都花费在了那些单纯的人身上，甚至多过谨慎多疑的人，好让后者放松警惕。

多年前，贝尔塔曾经批判我的工作，当时我不得不向她坦白，但我没有透露细节。她让我回忆起《亨利五世》中的几个场景，那些场景如同一面镜子摆在了我的面前，反驳我、围困我。即便事隔多年，那段回忆仍然清晰如昨。我落入了她的辩证法陷阱，她向来聪敏，但是我设法辩驳了她的部分观点。这就是战争，隐蔽的地下战争无时不在。地下战争的基础是欺骗，总得有人保卫国家，你们才能安稳度日，才能不必担心枪林弹雨、炮火连天。是我们让你们过上了太平安稳的日子，让火车能准点发车，让你们能坐上地铁、公交车，能有面包店和邮差，这一切从没有人留意过，人们认为都是理所当然的，而实际上这是个奇迹。我还跟她说了一些为自己辩解的话，但是不记得了。然而，然而……

当时我热情洋溢,深信我们的任务事关重大,我甚至变成了为之效力的英国的爱国者。而如今,跟玛利亚·比亚纳在饭后交谈时,我已经厌倦了欺骗。我莫名地尊重她,深深地被她吸引,这是既定的事实。也许我之所以厌倦是因为最让我难受、最违背我良知的事很快就会到来,也许我不得不对那个自称单纯的女人动手,而她不该在那个下午死去。但是我无法放松警惕,我在思考什么是让她捶胸顿足的错误决定,什么是痛心疾首的悔恨。她很可能想到了自己的私生活,想到了自己接受令人失望的条件,想到了那个虐待自己、踹飞小狗的丈夫,那个根本不爱她却对刀剑情有独钟的丈夫。但她也许是想起了每天都会想起的事:马格达莱娜·奥鲁埃·奥德亚做过和没做的事。对于有悔过之心的人来说,那些事的确值得后悔,让恐怖分子后悔可没那么容易。谁知道呢。

我还没有回答她的问题。是的,我当然也会轻信于人,我年轻时极其容易受骗,现在依然如此,真是难以置信、可悲可耻。我要是不轻信于人,也不至于如此,不至于迷失于鲁昂,迷失在匪夷所思的境地中(佩雷斯·努伊克斯在马德里的警告并不算数,当时那还是虚幻缥缈的,我早该知道她通常都是认真的),迷失于我的义务,违背我根深蒂固的教养的义务：女人是不能打的，更不能取她们的性命。即便是在大屠杀中，她们也常常得以幸免，即便那只是为了让她们痛苦，让她们讲述历史的教训。

"是的，恐怕我也很容易相信别人，"我回答玛利亚，"我跟绝大部分人一样。你得如临深谷才能彻底不相信别人。但是我不明白你说的话。你做了许多让你捶胸顿足的决定吗？你悔不当初吗？我完全看不出来。毕竟，你的日子看起来的确没有那么难过。"现在轮到我环顾四周了。

玛利亚·比亚纳难为情地笑了。

"米盖尔，抱歉跟你说了这么多无关紧要的话。我被荒谬的想法冲昏了头脑，大概是因为夏天太阳太大的缘故吧。某些晚上，这些想法会趁我毫无防备时向我袭来。但我通常不会在白天想起这些事。没错，我暗自抱怨就算了，不该跟别人抱怨的。我们都会暗自抱怨，对吧？每个人都有自己的不满、沮丧与过错。我认为自己是个傻瓜，但我也认为自己很幸运。不然的话，我现在可能生活在夹缝里。请你忘了我说的话吧，实在抱歉。"

她没有再说其他引人注意的话。几分钟后，我试图回到之前的话题，希望她能确认她指的是囚困她的婚姻与专横的高斯，而不是其他更严重的事，不是犯罪。但若有所思的语气已经离她而去，她已经关闭了那个闸口。而且，她大概因为对我吐露心声、对我毫无防备而诧异极了，毕竟我只是个新朋友，是个彻头彻尾的陌生人，是她的临时雇员。临别前，她差点恢复那种语气。时间已经到了，睡个午觉对她也有好处，而我得仔细研究她说的话。

"非常感谢你的邀请，玛利亚。我过得很愉快。"我对她说。

"我们改天再约，夏天还有很长时间。"这听起来更像是客套话，我不觉得这是个恰当的提议，也不觉得她真心实意。

"不知道你的丈夫是否愿意跟我共进午餐。"

她又笑了，并不是因为难为情，而似乎是为了淡化她接下来要说的话，说自家人的坏话也不符合她的个性。

"嗯，说不准。他只愿意做他愿意做的事。"这句重言用得好，巧妙地隐藏了所有信息，"他是个很特别的人。当然了，你们没见几次面。"

我无法向她坦白，我在录像中见到他们俩的次数比她想象的多得多。

"我可以想象。他似乎很有权势，但凡他提不起兴致的事，都可以不做。"我向她伸手表示感谢，尽管在西班牙，男女之间习惯迅速亲吻对方的脸颊。她正是那样做的，这似乎是为了表明，她没有把我当成她的员工。"我还想冒昧问最后一件事。"这件事让我非常好奇,"之前你说你可能会生活在夹缝里。我不知道你是如何走到今天的,但是我很难相信。我想说的是,凭借你的个性与外表,我想象不出你在夹缝里生存的模样。你知道鲁昂人都很欣赏你,对吧?他们不会批判你,也不会羡慕你,这在西班牙可不常见。"

她又笑了,笑得很谦虚,但没有脸红。

"是的,要是果真这样,那可真是不常见。那个形容幸灾乐祸的德语单词应该是由西班牙人发明的才对。尽管有些地区力图表现得与众不同,但终究没有哪个地区得以幸免。我又多了一个觉得自己幸运的理由。但是任何人在任何时候都可能陷入夹缝之中,即便在过上了优渥的生活,觉得自己高枕无忧之后也不例外。你看,有多少位高权重的人即将踏进监狱。没有什么能保证我们安然无虞,最好能明白这一点。"

没错,那天晚上,我从窗口注视着那座桥与那条河,思考着玛利亚·比亚纳跟我说的话。与塞利娅·巴约不同,我无法彻底排除她,这让我很痛苦。在这三位嫌疑人中,她是我觉得最脆弱,也是最让我同情的那一个,但那种同情是毫无根据的。对他人的青睐——我的眼神并不淫荡,我只是从异性的视角观察她——必定会蒙蔽我们的双眼,抑或是框限我们的视野，促使我们的理智或我们的思想偏袒对方。如果你是老师，那么你会在无意间把目光停留在你觉得最赏心悦目或者最值得信赖的那张脸上。而我在两个国家的两座城市假扮了两回老师。不过，夏天饭后她的呓语着实模糊暧昧，它们能衍生出诸多解读，我根本无法把她从那个我觉得很长、实则很短的名单中彻底删去。

在七月最动荡的那几天，我觉得那个名单是多余的，我真希望那个名单不存在，真想把那个该死的三王节从我的人生中抹去，那天我原本不屑于看那三个女人的照片，之后我却把照片收起来带回了家。我最不希望的就是在巷子里用我的老式左轮手枪射杀那具身体，射向那张面孔，或是用我的双手掐住她纤细的脖子。也许她的脖子比安妮·博林的脖子还细。只是我不会使用仁慈的快剑，好似吹响的哨声或一阵疾风的快剑。

第十三章

那是七月二十八日的傍晚,电话响了,图普拉原汁原味的英国腔让我无法继续凝视莱斯梅斯河。河水缓缓流入阴影之中,对于急切地等待夜晚降临以期遁入忘却现实的虚幻梦境的人来说,河水慢得令人绝望。我享受着每个忙里偷闲的时刻,即便是在最糟糕的情况下,即便是在忐忑不安的时候,世界也会给予我们喘息的机会。我在寻找那种时刻。为了那两个无辜的人,我并没有忘记我的任务,但是我在消耗里尔斯比在伦敦给我的时间:两周,如果幸运的话,三周。已经过了一周多了,我不愿意做精确的计算,这会让我焦虑难安,恰恰相反,我尽可能地让每一天都变成喜庆的日子。"一个行走的农夫/望着早晨的田野,昨日风雨/从灼热的黑夜迸发出清冷的闪电/遥遥地还响着雷霆……"

在我接到那通电话的前后几天里,我参观了那座城市的几处景点与地标建筑,之前我顶多在路过时心不在焉地草草看上几眼。我随团参观了主教座堂,像普通游客那样听了导游的讲解。我还参观了圣卡塔利娜教堂、坎特伯雷大主教教堂、圣贝尔纳韦教堂和圣胡安拉丁门教堂。我也没有错过圣阿格达教堂和神圣斩首教堂,尽管当时这两个名字让我有不好的回忆和不祥的预感,后者的原因显而易见,而前者是因为我熟知公元三世纪关于圣阿格达的传说。她是一位出身高贵的美丽女子,珍视自己的贞洁,在短命的德西乌斯皇帝时期,她拒绝了完美的昆提利安的求爱,结果却遭遇了残忍的折磨,其中包括拧断胸部的酷刑。根据雅各·德·佛拉金的《黄金传说》,圣彼得在地牢中现身,想为她疗伤,但是阿格达非常固执,她只愿意接受耶稣基督本人为她疗伤,圣彼得绞尽脑汁才让她相信自己的身份,相信是主派他来的。她在胸部完全治好之后,仍然遭受了卑鄙之人凶残的酷刑。她保佑人们免遭烈火闪电之灾,是西西里城和敲钟人的守护神,因此鲁昂从数百年前便有了以她命名的瑰丽教堂。尽管佛拉金隶属十三世纪的道明会①,也就是说,他是个只认死理的人,但是我偶尔也会读一些他的书,他的书让我觉得既可怕又有趣。

在躁动不安的那几天里,我也不喜欢坎特伯雷大主教的名字,即与我同名的托马斯·贝克特。据佛拉金说,我们的名字是"深渊"的意思,而且还有其他一些毫不相干的含义,但是我不禁质疑他研究词源学的能力。我与玛利亚·比亚纳和伊内斯·马尔赞并没有深厚的友谊,不像坎特伯雷大主教和间接杀害他的亨利二世之间有多年的情谊,他们曾是童年的玩伴,谁能料想亨利二世竟然会大声宣布要除掉"这个惹是生非的神甫"。(好吧,伊内斯·马尔赞也曾是我的玩伴,我也不知该如何描述这种关系。)但是,我也即将背叛她。无论如何,那都是一次死亡计划,一次血腥任务。神明与英雄会因勃然大怒而逞凶肆虐,那位冷血无情的中世纪多名我会教徒常常为此欢呼雀跃,他的努力最终获得了回报,他于一二九二年被任命为热那亚总主教。按照他的说法,托马斯·贝克特死后想出了一个馊主意,那是他的残骸想出来的主意:人人皆知他的尸首能创造奇迹(让盲人重见光明,让聋人恢复听力,让跛子健步如飞,甚至让死人复生),于是一位英国贵妇光脚拜倒在他的墓前,

---

① 道明会又译为多明我会或多米尼克修会,是天主教托钵修会的主要派别之一。——编者注

妩媚地求他改变她眼睛的颜色，好让自己变得更美。她因为轻浮受到了惩罚，她起身后发现自己什么也看不见，急忙恳求坎特伯雷大主教，让他至少把眼睛还给她，她在听完一顿批评之后才得偿所愿。而在主教座堂的回廊里把他乱刀砍死的那几名血脉偾张的骑士则遭遇了残酷的复仇，佛拉金心满意足地讲述道：一名骑士把自己的手指咬烂，一名骑士的身体突然腐烂，一名骑士死于瘫痪，还有一名骑士得了失心疯。一些含恨而终的圣骨难免性烈如火。

我不得不早做打算，但是我并没有预见到自己会做出任何可怕的事，恰恰相反，我想到的是尽量温和无痛的方法，最好让我的受害者毫无知觉，从而避免造成更大的伤害，如果谈论比死亡更大的伤害还有意义的话。我的目的是让她得到约翰·多恩那句令我不得其解的诗句所描述的结局："醒来即是永恒，再无死亡。"我不确定译文是否忠于原文：From sleep we wake eternally and death shall be no more. 精通两门语言对理解诗歌并没有什么帮助。

正因如此，我像害怕瘟疫那样害怕图普拉的电话。我几乎可以断定，他给我打电话是为了告诉我："时间已到。"也许他会加上一句我们的语言中特有的表达：Don't linger or delay，"不要踌躇，也不要耽误"。这通常是一个明确无误的信号，意味着他已经看到了事情的全貌并做出了决定，执行任务迫在眉睫,你不可能在听完那句话之后还想着"还没有,还没有"。过去他曾经跟我说过那句话,我也听他跟别人说过那句话,他一般还会用上礼貌性的表述("拜托""求求你了"),我明白这令人惶恐,是不祥的预兆。要是反抗或反驳的话,那就是他恼怒的前奏。他这么做只是为了强调执行命令刻不容缓。

在鲁昂等待徜徊的那几天里,我几近痴迷地关注新闻,留意埃塔的一切行动。每晚确认当天没有发生袭击或谋杀之后,我便能松一口气。我私下也感到宽慰,这意味着马格达莱娜·奥鲁埃·奥德亚还没有被唤醒,她依然沉睡着。人们担心埃塔会动用一切资源,而我更得对她的行为负责。自米盖尔·安赫尔·布兰科被处决以来,已经过了两个星期,目前埃塔还没有加强攻势,也没有因遭受众人唾弃而变得傲慢或愤怒。也许那是埃塔成员与"武装队"第一次深受触动,他们发现连巴斯克人都在谴责和背弃自己,其中还包括他们伟大事业的忠实拥趸。没错,巴斯克民族主义党以及该党领导人阿萨柳斯想努力拯救他们。尽管政府高层与阴影中的马奇姆巴雷纳心惊胆战,但是埃塔似乎正在巢穴中舔舐耻辱的伤口,这是闻所未闻的事。

事实上,埃塔直到一九九七年九月五日才开始重新杀人,他们在一位国家警察的私家车底部安装了炸弹,将其炸死。一直到那年年底，他们只额外杀死了两人。我之所以说"只额外杀死了两人"，是因为在一九九八年上半年，他们杀死了六人，他们以为自己已经重获支持，甚至获得了原谅。死者中包括我提到的那名塞维利亚议员的妻子，她从背后被射杀，就像她的丈夫一样。那真是一箭双雕的壮举，那两位受害者跟其他人一样手无寸铁。但是埃塔在杀害布兰科之后，等待了五十五天才重新血染大地。那时，这个间隔算长的了。但当时的我们对此一无所知，每个清晨都意味着新的威胁：恐怖分子通常会在大清早杀人，在吃早饭的时间，在人们睡眼惺忪、毫无防备的时候，很少有例外。

我没有忘记图普拉在考克斯珀大街的办公室里警告我的话："如果莫莉·奥德亚时隔多年再次行动，她很可能不会跟埃塔合作，她的目标很可能不是西班牙，而是阿尔斯特或伦敦。她其实更靠近北爱尔兰人。她是被爱尔兰共和军借调出去的，她效忠的是爱尔兰共和军，而不是那帮巴斯克冒牌货。"他非常蔑视埃塔，我们总是会蔑视那些无须正面对抗的人。因此，我也尽可能地在鲁昂关注贝尔法斯特和伦敦的新闻。那里的一切似乎都在走下坡路，已经衰微了很久。毕竟，距离圣周五或《贝尔法斯特协议》的签订还有不到九个月的时间（即一九九八年四月十日，但当时我们并不知道),准备协议与谈判是漫长且费力的,要让双方收手是必经之路,因为这会让几代职业杀手突然失去存在的意义。在那场间歇性的漫长战争中,两个阵营中都有职业杀手,在人们对此事一无所知的今天,强调并记住它没有坏处。

几个月或者几周前,我在报纸上读到,绝大部分三十岁以下的巴斯克人(其他地区也不在少数)压根不知道谁是米盖尔·安赫尔·布兰科,也不知道埃塔对他做了什么。相当多人对该恐怖组织只有模糊的记忆,或是相信埃塔的首领或奴仆美化的谎言。自一九九七年以来,已经过去了二十多年。这不同于向他们问起道伊茨将军、贝拉尔德上尉或者何塞一世,无论如何,何塞一世曾经跻身西班牙国王之列,他统治了五年,主动办了一些事,而且他办的并非全是坏事。但那群杀人犯颇有本事,他们能减轻或消除自己的罪行(更别说为他们的罪行开脱了,这是必然之举),能借强风或绵绵微风之力驱散熏天臭气,最终将自己的罪行变成字迹模糊的石头,或是老人一挥手袖口便会抖落的灰烬。在助纣为虐的社会中,他们几乎不会付出任何代价。

图普拉的声音令我大惊失色,它向莱斯梅斯河暗淡的河水投射了一束光。我一句话没说就已经乱了方寸,我想当然地以为时间到了：要么一个女人死在我颤抖笨拙的手里，要么三个女人死在专业人士的手里，他们会像四世纪前那样穿越海峡并熟练利落地完成任务，只不过这一回是前往欧洲大陆。

"怎么了，贝尔蒂？有事吗？"我荒唐地用小名称呼他，仿佛这样可以柔化他即将传达给我的信息。

"听着，汤姆，我有一些有趣的消息。这些消息并不确定，也不可能确定，但是你看看能不能消除你最后的疑问。"

这句话已经宣判了伊内斯·马尔赞死刑，她是我的女巨人，我曾经在她的斜坡上滑动，只不过没有像波德莱尔那样使用大量的拟人修辞。无论如何，这是一桩烦心事。在我看来，一旦曾经温柔地进入一副身体，就不太可能对她施暴，尽管新闻事件通常与之相反。我从没有想过自己会做那样的事，我甚至从没扇过别人耳光。

"发生什么事了？"

"什么事也没发生。要是有事发生，那也是在鲁昂。你有什么事要跟我说吗？自打你来了我这儿以后，就没给我打过电话，已经过去好多天了。据帕特说，你也没给她打电话。你很少找她。总之，乔治还是很紧张，总催促我。人们转头就会忘记人情不过是人情，而不是义务，他们会变得苛刻。出面的是乔治，主使却是他将来的上级。恐怖分子暂时没有杀人，这对他们没有帮助，因为谁知道明天会如何呢。"

我没有向帕特和图普拉汇报我与玛利亚·比亚纳的饭后闲谈。一方面，我的怀疑缺少依据，能用多种方式解读。另一方面，我不想让图普拉认为是她，或者让他认为我得出了结论。他比我看得更深刻、更清楚，这是事实，因此他有时会看见并不存在的东西。他甚至不需要亲眼看见，只需听别人的描述便能看见真相。我说过，他能洞察秋毫，这对他而言不知是幸事还是不幸，但是对于被他那双敏感多疑、料事如神的眼睛注视的人而言则是不幸。我不该把瞄准镜偏向玛利亚，我已经逐渐接受了那个想法：在某个不真实的夜晚，在抽象模糊的某一天，我会夺取伊内斯·马尔赞的性命。我好不容易适应了，现在要是让我重新适应另一种可能性，那可真是难上加难。图普拉则肆无忌惮，他为了万无一失会扩大我的死亡计划。"除掉那两个嫌疑最大的人，我们就让剩下的那个活命。宁枉勿纵。"不排除他会有这样的反应，他也是忘记人情不过是人情，而不是义务的那种人。

"我没给你打电话是因为这里没有新消息，"我回答他，"既然你有新消息，就赶紧告诉我吧。"

"有两件事，它们其实是一回事，或者说殊途同归。我们仔细把庞蒂佩小姐的画像与我们的图像库做了比对，而且还比对了其他图像库，所以花了不少时间。"

他停顿了一会儿，也许是想卖关子，但他没演好，我不会对他表现得不耐烦，我是不会让他称心如意的。我沉默地等待着。可他还是不发一言，我无奈说了一句。

"然后呢？"

"我跟你说过了，并不是明确的消息。庞蒂佩小姐是非常出色的画像师，但是她只能根据你对那个德拉·里卡的描述来作画。"

"行了。我已经告诉她了，当时我也在场，你还记得吗？"

"这话多余了，汤姆。多余了。"他恼了，我的小阴谋得逞了。

"没关系，图普拉。"我又用姓氏称呼他。他肯定会告诉我坏消息，给我下最坏的命令。"他是你们认识的人吗？是你们记录在案的人吗？他跟埃塔或者爱尔兰共和军的某个人能对上吗？"

"也许很像，也许能对上吧。你没给他拍张照片真是太遗憾了，你有很多办法。你也别说'你们认识的人'，应该说'我们认识的人'。"

我先忍耐了一会儿，有些人做错了事还要取笑别人，被这样的人取笑往往很让人受伤。接着，我用他的朋友马奇姆巴雷纳来反击他，那个装腔作势的西班牙公子哥儿浑身散发着佛朗哥主义的气息。

"更遗憾的是你亲爱的乔治没法在伊内斯·马尔赞家里装麦克风和摄像头，不然，现在你们就能有那个胖子的活动影像和声音了。乔治那么精明，能把摄像头装进另外两人的家里，那么他也可以装进伊内斯·马尔赞家里，要是装在卫生间里，还能拍到小便的画面。"图普拉没有理会我，也没有反应，于是我谈起了另一件事。"我们认识的人？你是说我以前见过他，见过德拉·里卡？"

"我不确定你是否见过他本人。你也许见过他的照片，我记不清了。但是我们已经二十年没有他的消息了，我们保存的他的最后一张照片就是那时拍的。人的面貌在二十年里可能会有很大的变化，也可能不会。总之，你跟我说过，他起初盯着你看，对吧？好像认识你似的。你跟我说过类似的话。"

我可能的确跟他提过，无论如何这都是事实，他看了我一两秒，我觉得他似乎认识我。但是我对他没有印象，于是我把德拉·里卡当时的神情，把他对我片刻的关注，归结为对我下意识的好感。当我们的发小把自己的朋友介绍给我们的时候，我们总是会向对方示好。而且谁知道伊内斯·马尔赞在从他们相遇的教堂步行回家的路上,是否告诉过他,我们之间有过最亲密的关系。如果说成能"修成正果"的关系,那就过分了,毕竟她是个在感情方面悲观多疑的女人,在所有词汇都被审视的今天,我们也不知该如何形容那种关系。

我看到了一丝光亮,那微弱的光亮,就像黑暗中很快会灼伤手指的打火机,我宁愿问题得不到解决,尽管问题逐渐迎刃而解。那相当于承认我愚笨,承认我的记忆力大不如前。你以为这种事情只会发生在别人身上,并不会发生在自己身上。然而,在我历经波折,甚至经历死亡之后,这事发生在我身上也不足为奇。而且,流逝的时间被新发生的事填满,前尘往事流转离散。那场我没有亲身经历过的事故,那场我从贝尔塔绝望的叙述中得知的事故,对于我和肇事者来说早已如烟。很显然,你绝不该相信别人讲的故事,更不该相信别人对故事的解读。

"贝尔塔见过他本人,对吧?"我大胆地提问,好让自己逐渐接受这个想法。

"如果是他的话,她跟那人相处了一段时间,肯定不会忘记,她恨不得烧毁他的脸。"图普拉直截了当地回答。我觉得他并没有意识到,他的言下之意是"这么说再准确不过了"。"如果是他的话,你描述的特征跟他相当符合。他甚至没怎么变,只不过头发变白了。他看起来应该比实际年龄要小,不过我们并不清楚他的实际年龄。实际上,二十多年来,我们对他一无所知,因为他似乎什么也没做。但是还有一件事,虽然此事也并非证据确凿。巧合只是巧合,你我都明白这一点。但同时出现两个巧合就不是巧合了。"

我跟他通电话时,一直凝视着那座桥和那条河。人们听到坏消息便会盯着眼前的景象,它能让我越来越躁动不安的内心稍稍平静下来,我试图用我的声音和语气掩饰情绪,我想让它们听起来尽可能地平静。看看风景和那些与我的问题无关的人对我大有裨益,他们并不知道那些问题的存在,因此在某种意义上,那些问题是不存在的。

七月底的傍晚,夜幕开始降临,每年的这个时候西班牙和英国的夜晚总是姗姗来迟,太阳久久不肯落山。那座桥跟往常一样拥挤,我已经说过,鲁昂人并不会离开,恰恰相反,鲁昂的气候比其他地方凉爽得多,吸引了南来北往的游人和消暑客,大多数人都是为了寻欢作乐、纵酒疏狂。这是拉德曼达最繁忙的时节,因为它每天都营业,它的女主人没有一晚空闲,她得充分利用这个时节。

我想象着伊内斯·马尔赞忙碌地在桌子间穿梭,她的细高跟鞋发出摩擦声。尽管粗鲁的客人大吼大叫、言辞偏激，但她仍然保持着镇定与客气，像往常那样一丝不苟地在地板上舞动。她穿着更轻更短的夏装，她圆润的身材、挺拔饱满的胸部、修长结实的小腿、高耸突出的臀部定会引起酒后见色起意的食客的注意。"尽管她的脸又大又怪，让人不太想吻她，但那样就浪费了。"我轻浮地想。这种想法让我大吃一惊，这跟我的前上级干的许多事一样不可原谅。但是我忍不住想，一切如果只是想法该多么好，就像作家雷克-马雷切文在巴伐利亚餐厅一闪而过但毫无结果的念头。要是有结果就好了，但是当时的他并不知道之后发生的事有多么严重。如果他知道他杀死的人是谁，能挽救多少条人命，那么杀人也就变得没那么极端了，但几乎所有人都对此一无所知，因而会临阵退缩。也许我只能通过冷静思考图普拉已经完成或者即将着手的事，才能应对我迫在眉睫的任务。我还想在挂断电话以后去伊内斯的餐厅吃晚饭，去看看生龙活虎的她，也许这样的夜晚所剩无几。但是如果我没有提前预订，那里并不会有我的位置。

"另一个巧合是什么？"我终于开口问他。我很快就接受了贡萨洛·德拉·里卡的真实身份，尽管布莱克斯顿早就跟我做了保证，但他仍然存活于这个世界上。他在鲁昂雾霭沉沉、钟声不绝于耳的那一天被人介绍给我认识，而我完全没有怀疑。这怎么可能呢,我从没见过那个人,那个二十年前的人,他却熟悉我的脸。我听贝尔塔描述过那人的模样,布莱克斯顿或者别人也许在事后给我看过他的照片,还有他所谓的妻子玛丽·凯特·奥利亚达的照片,我印象中她有些斗鸡眼。但是即便我真的看过,谁能记得二十年前的照片呢。也许我见过他,并且礼貌而疏离地跟他聊过一会儿天,跟那个健谈的男人,他曾经威胁过我们的儿子吉列尔莫,当时我们甚至不叫他"吉列尔莫",而是叫他"孩子",因为他还很小,毫无自卫能力。我感到一阵屈辱,但这无关紧要,屈辱很快就能被治愈,除了那些沉湎其中、终生以此为由给自己的恶劣行径开脱的人。

"换作是以前,你是不会看不出来的,汤姆。换作是以前的话。"他从不放过任何机会告诉我,我的洞察力、记忆力和能力全面下降。他就是这样的人,我并没有理会。"我们仔细研究了那个女人日记的内容,尽是些加密的笔记,似乎只有她能明白。你做事不够仔细。还是字母缩写太多,你懒得看了?这件事你没办好,但凡你用点心,总能看出些眉目。"

"啊,那么我漏看了什么?你是打算告诉我,还是打算继续指责我?"

"我当然会告诉你了,我现在就在告诉你。在一九八七年十二月十一日萨拉戈萨恐怖袭击发生的几天前，伊内斯·马尔赞去了纽约和波士顿，对吧？那几个家庭可是度过了一个难忘的圣诞节。很快就满十年了。巴塞罗那恐袭已经过去整整十年了，我不晓得你有没有留意，那是一个多月前的事了。而马格达莱娜·奥鲁埃·奥德亚仍然自由自在。"

这回他说了她的全名，仿佛以此强调她至今逍遥法外，但是他把那个巴斯克姓氏念得像是某个并不存在的爱尔兰姓氏。他的英国腔太重，那两个姓氏听起来像是"奥瑞·奥德"，他念第二个姓氏时，听起来就像是"噢天"。Rue①的意思是"沉痛、后悔"，这并不是一个常用词。有人把"哭丧着脸的骑士"翻译成 The Knight of the Rueful Countenance。也许图普拉想要回忆这几个单词，但更可能的是他无法准确念出"奥鲁埃"这个姓。

"自从一月六日你来找我，求我帮忙以来，我对那些日期早已烂熟于心了。"我提醒他，是他来求我帮忙的，还是一个大忙，提醒他或许会有用，但事到如今已经无济于事了。"那趟旅行有什么问题吗？"

"按照你对那些缩写的解读，当月五日，伊内斯·马尔

---

① 马格达莱娜的巴斯克姓氏的正确写法是 O'Rúe，跟英文单词 rue 相近。

赞在纽约华尔道夫酒店与七个人吃晚饭,我手里正好有这几个人的缩写:BS、BE、RS、RHK、MRK、MW和SM。我估计这几个缩写都没引起你的注意,这可不像你呀,或者不像以前的你。"

我不打算跟他计较。我这会儿才恍然大悟,因为几分钟前我还想着米盖尔·鲁伊斯·金德兰(MRK),或者自己告诉贝尔塔叫这个名字的那个人——他趁我不在时接近贝尔塔,并赢得了她的信任,他甚至和他真假不明的妻子玛丽·凯特·奥利亚达(或奥雷迪)坐进了我们家的客厅。

"我不明白你怎么会指望我把这些缩写和笔记跟二十年前被除掉的那个人联系起来。我把他交给你们处置,因为当时我忙着处理你们那些刻不容缓的急事,'不要跨踏,也不要耽误'。"我说的是"你们",而不是"我们",我自私地把自己排除在外。"布莱克斯顿跟我保证,我和贝尔塔都不必再担心那对夫妇。他说他会处理的,我也明白他说这句话的意思,他会让他们出局。这是怎么回事?又是一场骗局?人还没死,你们就说他死了,你们总干这样的事。先是珍妮特·杰弗里斯,然后是我。如果你说的是真的,如果真是那个肥胖的纵火犯,那还得把他也算上。一切似乎都是偶然,都是猜想。这些首字母组合也可能是其他人。"

"我不跟你争辩,汤姆,我没法否认这一点。可能是穆尔黑德·赖尔登、肯尼迪、马库斯·赖利·基夫、穆特里·罗·凯尔索尔[①],还有其他相当多的人。"

"我不知道他们是谁。"

"他们谁也不是,只是可能存在的姓名。不过,第三个名字的确存在,他早就过世了,他是我的一个演员朋友。但据我所知,你生命中唯一的MRK便是金德兰,这是第二个巧合。你别忘了那个更重要的巧合,那张肖像。"

"那个人到底是怎么回事?还有他的妻子。布莱克斯顿究竟做了些什么?"

"我不太清楚,汤姆。细枝末节不归我处理。我昨天问他了,想看他是否记得,但他也跟从前不一样了。他比我们年长,年龄使他措手不及,他还没到一无是处的地步,只是效率降低了。他告诉我,他们只不过是偶尔闹事的无名小卒。他还告诉我,他们把情报给了新芬党,并且直接向爱尔兰共和军告密,但仅此而已,他们并没有犯下血腥的罪行。在他的印象中,他吓唬了他们一顿,我不知道他是当面还是在电话里吓唬的。你知道的,匿名电话比亲自上门更能让怕事的人忐忑不安。他们很狡猾,这他倒是记

[①] 以上姓名的首字母缩写均为MRK。——编者注

得。在那之后，他们便失去了踪影，也许他们真的被吓坏了。我已经跟你说过了，根据我们的记录，金德兰至少从那以后再也没有任何行动。"

"他干的事够多了，你不觉得吗？在我家里对我的儿子做那样的事。"

"事到如今，你不应该用私人情感来抹杀发生之事与未发生之事的区别。你的儿子和贝尔塔都安然无恙。她经历了人生中最糟糕的时刻，这是毋庸置疑的，但是没有人受到伤害。我们不会随意让人出局，这是极端的解决方案。我们不会让没有犯下重罪的无名小卒出局，这一点你我都很清楚。我们不是埃塔，不是爱尔兰共和军，不是新教准军事组织，也不是黑手党。如果我们不区分业余人士和专业人士，不区分同情者和杀人犯，那岂不是得横尸遍野。我们得出的结论是，金德兰夫妇只不过是同情者和业余人士。只是偶尔制造祸端。"

"然而，他偏偏在营房屠杀发生的六天前，跟麦蒂·奥德亚在纽约华尔道夫酒店吃晚餐。这是你说的，对吧？"

"不，我并没有做这样的断言。我只是不排除那种可能性。如果真是如此，那么二十年前我们的确弄错了。布莱克斯顿或者派人追查他们的那个家伙弄错了。你还想怎么样呢，失败是常有的事。如果我们从没有失败过，那就不会有恐袭发生了,遗憾的是恐袭发生了,而且还在不断发生。如果金德兰是沉睡者,那我们不得不承认他做得很出色。他很有耐心,并且难以捉摸。就跟莫莉·奥德亚一样,只不过不像她那么好杀戮。"他停顿了一小会儿,我听见他点着了打火机。"或许我们没有弄错,那个人只不过是跑腿送信的,是追名逐利但不会虎口拔须的线人。不值得为这样的人脏了手。"

"如果我们假设 MRK 是金德兰,那么爱尔兰共和军和埃塔的两个帮凶在一个如此昂贵的地方吃晚饭难道不会不合情理吗?这些组织并没有多余的钱,即便有也会花在其他开支上……"

"我不了解埃塔的情况,但是爱尔兰共和军有美国给予的充足资金。而且如果日记里的 RHK 是拉尔夫·海因斯·基伦的话,他肯定会给那八个人买单,这对他来说是小菜一碟。"

"基伦是谁?"

"一个美国实业家,算半个巨头吧,他曾或公开或隐蔽地四处资助。他资助过共和党,资助过反对克林顿的运动,资助过新芬党,很可能也资助过爱尔兰共和军。他的父亲是七十年代约翰·伯奇协会的重要支持者,据说还是肯尼迪刺杀事件的幕后推手。从名字上看,他是爱尔兰裔。谁知道呢，说不定是约翰·基伦的后裔。约翰·基伦是一八〇三年被处决于都柏林的叛乱分子。两个小摊贩指控他参加了叛乱，还在暴乱中残忍地杀害了一个人。几个有头有脸的证人否认了他们的证词，并断言基伦在暴乱那晚并没有离开住处。然而，法官与陪审团听信了小摊贩的证词。尽管基伦从被告席一路绝望地抗议到绞刑架，他仍然于九月十日被处决。由于基伦的确是叛乱分子，他们大概是利用那几项罪名除掉他的。他的家人会永远铭记这样的不白之冤，更何况他们还是爱尔兰人。你知道的，爱尔兰人睚眦必报，那些出生于'新国度'的人更是如此。他们喜欢了解自己的过去，编造自己的过去。一些公司专门干这种事，专门给人寻找离奇的家谱，这些公司因此蒸蒸日上。"

图普拉有时会展现出令人难以置信的博学。他对自己所学的专业——中世纪历史必然是了如指掌的，但那个约翰·基伦跟中世纪毫无关系，更别说他不可能有的那个远房亲戚拉尔夫·海因斯·基伦。

"你到底是怎么知道这些事的？你是不是为了佐证你的推测，专门找了什么大部头的法典现学的？"虽然我心情并不好，但还是忍不住问他。

他在电话的另一头笑了，他的笑声亲切动人。在马德里时，病弱王亨利三世和他那其貌不扬的妻子"兰开斯特的凯瑟琳"的故事也曾经让他发出过这样的笑声。当时显得博学的人是我，但那纯属侥幸，而且是惠勒的功劳。他和索思沃思先生怎么样了呢，我已经很久没有他们的消息了。他们大概还在牛津，依然如故，安然无恙。那座城市把她收留和庇护的人保存进了糖浆里。

图普拉还在笑。七月二十八日的那个傍晚，他大概没有别的事做了。他大概已经结束了一天忙碌的工作，他永远不知停歇。他的太阳比我的太阳更晚落山，我更靠西，而他更靠北。贝丽尔也许出门旅行了，也许跟朋友们在一起。

"你得有备而来，汤姆。干这行，你什么都得知道。其实各行各业都一样，只不过人们已经忘记了。RHK是第三个巧合，三个巧合就完全不是巧合了。"

我似乎离行动不远了。我似乎无法逃脱。你总会徒劳地期待发生些什么，期待着减刑（即便是那些身处断头台的人也会这样想），期待着命令会被撤回或作废，期待着有人会在最后关头退缩。如果不是这样的话，在最糟糕的情况下，你会感激，会珍惜耽搁的每一天，拖延的每个小时，延迟的每一分钟。我们会这样想："会来的，会来的，但还没来，还没来。"

图普拉说得对。他说的话毫无新意，只是提醒了我一些人人皆知，甚至连傻瓜都知道的事：在事情没有发生之前，什么都没有发生；在事情没到不可挽回的地步之前，一切都不确定。我希望自己最终可以不必行动。但是跟里尔斯比的那场谈话正是艾略特在那首诗里描绘的场景，从我在牛津布莱克韦尔书店二手书区认识他的那个上午直到今天，那首诗便一直陪伴着我，他说的每一句话"都是一步，走向断头台，走向火焰，走向海的喉咙……"。我在年轻时便能背诵这首诗，还给它做了改编，因此这首诗在我的脑海中早已跟付梓的原诗不再相同，那首诗总是向深处、向下吞噬。

我并没有走向神秘未知，而是用我故弄玄虚的手牵引着另一个人，一个女人。我即将变成工具、断头台和刽子手。"这是为了拯救另外那两个人，"我一遍遍告诉自己，然而"快点，就在此时，就在此地，就在此时，一劳永逸……""此时"与"此地"还没有出现，"快点"也没出现，我还是有些慢，还是有些慎重，正如白天迟迟不愿变成黑夜，正如莱斯梅斯河缓缓流逝的河水。夏天水位下降得厉害，因为几乎不下雨，六月以后则不下雪。"悬浮于空中的尘埃标记着故事结束的地点。"尘埃还没有浮起，故事还没有结束，即将停止的是伊内斯·马尔赞的故事，而不是我的故事。我花费的时间比预期的要长得多。证据便是，我还在这里，我还在讲述。

"其实，只要对你有利，你会认为任何巧合都不是巧合。"我回答他，"RHK可能是许多人，MRK也一样，你自己也是这么说的。一切缩写都是如此。"

"没错，可能是罗伯特·亨利·基洛兰、罗丝·希瑟·肯宁顿或者伦道夫·赫斯特·柯比，存在着无数的可能性。但是能对得上的是拉尔夫·海因斯·基伦，同样地，MRK能对上贝尔塔过去的那个客人。别忘了画像。"

"过去了那么多年，他还会用同一个名字？"

"我轮换使用不同的名字多少年了？还有你，汤姆。你不止一回化名成利、法埃或者布雷达。而且那天他在美国，而不是在西班牙，或许他觉得无所谓。反正我们也不知道他真实的姓名。他的真实姓名至今无关紧要，无人在乎。既然他能流利地使用你的语言，那么他也许跟莫莉·奥德亚一样，是西班牙和爱尔兰或北爱尔兰混血。也许鲁伊斯·金德兰是他真正的姓名，他对这个姓名情有独钟，所以他跟可靠的朋友在一块的时候，就会用这个姓。"

"可靠的朋友是不存在的。"我没有可靠的朋友，只有貌合神离的朋友。

"没错,但有不少人无视这一点,执拗地无视这一点。每个人都需要有人对自己忠诚,需要有这样的念想。对我们忠诚的人往往是我们的软肋。"

"我不认为有人会对你忠诚,贝尔特拉姆。你对王室都不忠诚,现在你背着王室,给一个蠢货办事。"

"你知道什么。别自以为了解我。"

"放心吧,没人真正了解你。"这很奇怪,也很矛盾,虽然图普拉对我做过那么多事,但他也许是我最接近朋友的人,尽管这只是因为我们有许多共同点,因为没有人比他更了解我,贝尔塔当然不是最了解我的人。"如果金德兰真是德拉·里卡,那他为什么要来鲁昂看我?"

"汤姆,汤姆,汤姆,原因显而易见啊。是为了看你的脸,尽管你有了改变,为了核实,为了告诉伊内斯·马尔赞。是伊内斯·马尔赞趁着你在时把他带回家。你觉得自己没有见过他本人,或者并不记得他,但他认识你。不然的话,当年他为何接近贝尔塔?如果我的推断没错的话,他问过贝尔塔是不是你的妻子,或者想当然地认为她是你的妻子。他曾经在外事招待会上见过你们,他说过类似的话,对吧?这是你或者贝尔塔告诉我的。在那种场合,你不会注意到任何人。这事已经过了好久了,但所有的信息都存了档。"

没错,这是有可能的。他们的确是这么干的:派人通过照片来辨认和确认目标。这也是我几年前在那座有河流的英国城市流亡时担心的事,当时某位詹姆斯·罗兰夫人来我教书的学校找我,她叫薇拉·罗兰,而詹姆斯·罗兰正是我隐居期间使用的名字。如果我不露面,她就会日复一日地上门找我。因此,以防万一,我把老式左轮手枪装进了口袋,前往她落脚的贾罗德酒店找她。她立刻冷漠地把我打发走了,她很失望,我不是"她的"詹姆斯·罗兰,她那逃跑或失踪的丈夫,谁知道呢,她不屑于跟我解释,她说话简洁直接:"我想找的是另一个吉姆·罗兰。但并不是您,很抱歉。你们同名同姓。很抱歉打扰您了。"这也太巧了,不像是巧合,但是英国肯定有不少詹姆斯·罗兰,这不是个罕见的姓氏。

那是个带点外国口音的女人,我没来得及分析她是从哪来的,她几乎算得上难看,尽管她有一双泛黄的眼睛,但竟然散发着某种魅力。在她离奇到访过后的几周或者几个月里,我过得战战兢兢,担心下个造访的会是杀手,担心她已经向他们证实了我的真实身份,由此宣判了我的死刑:"没错,那个吉姆·罗兰无疑是给组织造成巨大损失的汤姆·内文森。我们怀疑,他也许还杀害过某位成员。你们可以到那儿去处理此事。"我一直等待他们出现,一直保持警惕,像哨兵一样警醒,但我要再次引用《诗篇》里的话：耶和华守住了城池。一旦别人找到了你,一旦你暴露了行迹,那么耶和华也无能为力,你几乎无法自保。

然而,时间不断流逝,"杀手"并没有出现,我也逐渐放松了警惕,因为没人能永远保持高度警惕;或是有罪之人屈服了,决定不再继续逃亡,等时间到了也不会抵抗。这种情况时有发生,厌倦了逃匿的男男女女顺从地听凭命运处置,接受了旧时所谓的宿命,他们最终仿佛接受了这个事实:"我冒险赌了一把,但是赌输了,愿赌服输。"我当时的情况并非如此,我既没有灰心,也没有屈服,我仍觉得自己有用,尽管后来我明白,我并没有用处。

现在我又成了有用的人,他们来找我,但是在错误的时间和地点。这种用处有害无益,迈出有害无益的第一步是最艰难的,没错,正如那位聪明的女士对受人敬仰的法国红衣主教所说的话……但是每一步都是艰难的,最后一步跟第一步同样艰难,甚至更艰难。

"如果真是如此,"我回答图普拉,"伊内斯·马尔赞那天上午就知道我真实的身份了。嗯,她去弥撒之前并不知道,是回来以后知道的。德拉·里卡只需当着我的面跟她做个手势,或者说一句他们事先商量好的话就行了。前一晚她跟我过了夜。"

"这是最有可能的,汤姆。"图普拉经意或不经意地流露出居高临下的口吻,"她很可能压根没去教堂,而是去了火车站接金德兰,然后匆匆忙忙地带他来见你。如果是伊内斯·马尔赞知道此事,并无大碍,但要是让莫莉·奥德亚知道就糟了。根据情报,那个女人做事毫无顾忌,她没有情感弱点。"

"也许她现在有了这样的弱点,"我急忙打断他,"她也许在隐退多年后发生了变化。她也许变成了另一个人,变成了平和的餐厅老板娘,并希望一直保持这样的状态。"

"别再说傻话了。那种人永远不会变,你在北爱尔兰见过有人改变吗?他们压根不会后悔,除非是为了讨好观众,除非已经锒铛入狱。他们进了监狱之后,想看看能否减刑,这可不是巧合。你很清楚,人之所以会悔过是因为一败涂地,这不仅适用于杀人犯,也适用于所有人。是因为事情办砸了。如果事情顺利,如果能逍遥法外,他们是不会后悔的。"

"事情并非总是如此。你也听说过埃塔的一名首领决定脱离组织的事,她的绰号是'约耶斯'。经过几轮商议后,她的同伴残忍地将其杀害。这件事发生于一九八六年。还有另一件事。所有人都记得她,因为她是女性,因为她在三岁的儿子面前被杀害。你和我很少以同样的方式看待问题。"

"几个例外并不能驳斥规律。"他用这句话反驳了我的异议,仿佛他根本没听见我的话。"事实上,莫莉没给你'开膛破肚'是仅有的怪事。"

他使用了起源于军队的短语,有时他喜欢强调他效力了大半辈子的情报部门具备军队的性质,几乎所有人都忘记了这一点,他因而喜欢强调自己有很高的军衔:现在他至少是准将或者上尉(如果他从属于皇家海军的话)。即便是在詹姆斯·邦德系列小说和电影中,这通常也是个秘密,尽管有一些书迷和影迷知道,邦德和他的缔造者伊恩·弗莱明拥有或曾经拥有过英国皇家海军的中校头衔。正因为这种深藏内心的自豪感,图普拉非常厌恶恐怖组织自称"军队",还声称他们的成员是"士兵",这是额外的冒犯。对他来说,他们只是犯罪团伙或是"肆意杀人的职业杀手",是"一群无赖","一帮渣滓"。

"我们并不确定他是否亲手杀过人,也许并没有。但是如果他不愿意或者不知如何杀人,那么会有其他人在接到通知后迫不及待地赶来执行任务、杀你灭口。他们在贝尔法斯特和伦敦德里不乏志愿者,那里肯定有人记得你的名字,或是记得你在那里使用过的名字。没错,这太奇怪了。距离那天过去多久了?"

"现在我没法确定,我应该把准确的日期记录在了哪个地方。让我回忆一下,那时是冬天,天气很冷。我记得德拉·里卡穿得不怎么保暖。"

"已经过去几个月了。他有了充裕的时间。这并不意味着，明天他不会举着斧头等你。也并不意味着，明天某个头发被帽子压平的爱尔兰人不会出现在鲁昂。如果我没记错的话，按照丽贝卡·韦斯特的说法，'他们一早出门违法犯罪时'，便是那副模样。"他笑了起来，想起了别人说的话，"她说得很夸张，觉得他们所有人长得都差不多。当然她也很幽默，所有机智而夸张的人都很幽默。"

"丽贝卡·韦斯特？跟她有什么关系？"我忍不住好奇。我只知道她写过一部小说和关于巴尔干之旅的一本又厚又精彩的游记。

"你没读过《叛国罪的意义》吗？"他的语气有些恼怒，"每个人都应该读那本书，每个人都或多或少地背叛过别人或者遭人背叛，而且叛国罪对国家来说是很有必要的。她在那本书里谈到了'哈哈勋爵'威廉·乔伊斯，那个爱尔兰裔美国人用纳粹的无线电广播扰乱了我们的战事。那会儿他就有了爱尔兰人的特质。"

他既不喜欢天主教徒，也不喜欢新教徒，他批判他们所有人。但是这并不妨碍他拥有来自本国或阿尔斯特的合作者，现在他身边就有一个马里安。他说"扰乱了我们的战事"，就像他参与过二战似的。我曾经说过，他扼腕叹息自己错过了那场战争。

"真奇怪,你竟然没读过那本书,雷德伍德极力推荐这本书,这部作品对我们很重要。"他沉思了几秒,然后又回到了伊内斯·马尔赞的话题,"在确认你的身份之后,她原本可以立即离开鲁昂,但是她并没有那么做。她知道多久了?六个月吧。而且她没有采取任何措施,我也说不好。你多加小心。"

"如果伊内斯是麦蒂·奥德亚,德拉·里卡是金德兰的话,这才成立。一切仍然只是猜想……"

我不愿意把可能的事当作既定的事实,更何况这会让一场死亡降临到我头上,就跟中了头彩似的。但是图普拉果断地打断了我。

"对我来说可不是,一切都已经明确了。对乔治和帕特来说也不是,对……"他谨慎地没有把话说完,他差点说出了某个不该说的名字,也许是斯佩丁,也许是他的西班牙同仁。"对我们来说并不是猜想。对你来说也不是,是你指认的她,虽然你没有直接那么做。"他总结道,"这样就足够了。过去——即便征兆比这回还少——我们也行动了。即便自然或反自然的巧合比这回还少,我们也给对方定罪了。你也曾经仅凭嗅觉和直觉就轻易地给人定过罪。现在你变得多虑了,还是怎么回事?"

我不想回忆过去，因为我曾经就是他形容的那样。而且经过多年的回忆，多年的怠惰与麻痹，我的确变得顾虑重重。我几乎从未判断失误，我不认为自己有失公允地处决过任何人。但那是不同的。那几回，我陷入了旋涡之中，当时情况紧急，无辜的生命受到了威胁，我必须匆忙地做决定。现在我不觉得情况紧急，也没有看见无辜的人命悬一线，那只是假设而已，完全只是假设而已。我又把注意力转回到了河流和桥梁上，我已经厌倦了举着话筒，我想结束那场谈话。

一切终于逐渐暗了下来，路灯已经全部亮起欢快的黄光，我看见一辆骡子或驴子拉的车从桥上缓缓驶过，这在一九九七年可不常见。那是另一个时代的印记，是我童年的印记，当时即便是在马德里的街头，畜力车也很常见，它们与当时以及三十年前便已经四处通行的众多汽车一起不可思议地共存着。动物还没有被驱逐，它们仍然有用处，而不仅仅是玩具、装饰或者孩子们的替身，它们与人分享城市，因为城市能正常运行有它们的一份功劳。有那么一瞬间，我羡慕起了那辆车的车夫，他对世上的难题一无所知，对卑鄙无耻的世界一无所知，他看起来并不像我，因陷入两难困境而苦恼。跟所有人一样，他肯定也有自己的问题，但他的问题也许很简单，也许有许多解决方法。那是一种非常短暂、非常轻浮的羡慕，是想要逃脱之人的羡慕，是为了逃避自己必须做的事而愿意跟任何人交换位置之人的羡慕。那个人应该很穷，他也许命途多舛，也许还有孩子要养活，他的货物也许同样匮乏、古旧和荒谬（我看不清车上载的是什么），他注定很快就会消失，正如几乎整个欧洲都失去了他的踪影，他注定会屈服，尽管他以为日复一日的生活会持续至永远。其实我们每个人都或多或少这么以为。

"我正看着一辆骡子拉的车过桥，你敢相信吗？在一座几乎有二十万人口的城市。都快到二〇〇〇年了……"

"你在说什么蠢话呢？你跟我说什么呢？你他妈怎么回事？我跟你说，你得开始行动了，你竟然跟我谈起一头过桥的骡子。"他恼羞成怒，他也厌倦了举着话筒，尽管他也许有免提电话，他的办公室里肯定有。

"要是我能看清楚就好了，"我回答道，仿佛那段关于骡车的插曲只不过是他的幻觉，"不是你，不是马奇姆巴雷纳那个蠢货，不是自以为是的佩雷斯·努伊克斯，也不会是你差一点就说出名讳的那位大人物。归根结底，要让她出局的人是我，对吧？而不是你，不是佩雷斯·努伊克斯，也不是马奇姆巴雷纳，更不是那个踩着红毯出场的大人物。"现在我们都发火了，但也许并没有。

"不，汤姆，你别弄错了，我已经跟你解释得非常清楚了。"他迅捷地回答我,并且恢复了他一贯的讽刺语气,他花了几乎不到两秒钟的时间,"让她出局的不是你,而是我们。你只不过有机会以我们的名义行动,从而拯救另外两个人而已。你只要想想她们就好,想想你能为她们办多大的好事。顺便想想你能阻止的灾难。"

第十四章

无论合理与否,无论对错与否,现在马格达莱娜·奥鲁埃有了另一个名字,那个名字是伊内斯·马尔赞,这是由有权做决定的人决定的。而且图普拉常常是对的。我试着安慰自己,至少能拯救塞利娅·巴约和玛利亚·比亚纳,她们神奇地从邪恶的三人名单中被划去了。她们的脸孔,她们的身体,她们本人,永远不会被怀疑,但要知道,在我们的行当里,"永远"几乎从不存在。看似无辜的人可能在明天或一年内的某一天变成有罪之人,反之亦然,但在后一种情况中,沉冤昭雪往往来得很晚,因此……好吧,事情发生了,运气不好,短暂的惋惜与悔悟,连亨利二世都披着麻袋,从圣邓斯坦教堂步行至坎特伯雷大教堂朝圣,在他下令杀害的童年挚友贝克特墓前公开忏悔。再往前追溯九个世纪,圣德尼的事迹举世无双:与步行了九公里的殉道者不同,国王只走了三公里,更何况,国王不必在路途中把自己的头颅夹在腋下。

等到事情已经无法挽回的那一天,如果人们发现伊内斯是无辜的,我根本无法想象图普拉、马奇姆巴雷纳、佩雷斯·努伊克斯、英国或西班牙情报局的任何一名领导会从拉丁门教堂、圣阿格达教堂或者神圣斩首教堂爬到鲁昂的哥特式主教座堂,无论距离有多近。对他们而言,事情发生了,运气不好,判断失误,不可能回回猜中。

没错,我也逼迫自己专注思考我能阻止的不幸或可能发生的屠杀,这是我们的主要任务,也是我们这些令人厌恶的天使主要的使命。但我发现这很难做到:我无法想象现在的伊内斯——我并不认识从前的她——是大规模袭击的帮凶,更无法想象自己在大街上、在酒馆里、在露天晚会上、在餐馆里,近距离地从背后射杀一个手无寸铁的人。然而,一切都可能发生,现在已经轮不到我来揣测,我需要做的是执行命令,是迈出第一步,是完成我的任务,然后立刻离开那座城市。至少她不会和一群人像牲口那样死去,至少不会像十年前巴塞罗那和萨拉戈萨恐袭的受害者那样死去,那是她酿造的惨剧,但我从来不知道她是如何参与的,参与到了什么程度。丧钟会为她而鸣,鲁昂的钟声会响起,即便她在鲁昂不受爱戴,但也是受人尊重和赞赏的,她是有用且活跃的社会成员。人们会因为习惯而非悲伤而怀念她,虽然她沉默寡言、忧郁凄楚,但是她待人总是和蔼可亲。我不禁想,讽刺的是,在那个傲慢的地方,最爱她的人也许是我,尽管我的爱古怪特殊、若即若离,尽管我不够爱她,尽管这份爱不久前才开始(也许这跟在灼人的太阳当空的纵情时节爱一个女巨人类似,只不过那是雪花与雾霭的季节以及一小段夏天)。

在我们的关系中,"爱"这个词是不存在的,除非是开玩笑,不然用这个词就有些过了。我发现了那个既轻巧又笨拙的女人的迷人之处,她在餐馆里优雅地避开桌椅,轻盈得仿佛在跳舞;而在家里却会被家具绊倒,不管她走到哪里,物品总会掉落一地。发现别人的迷人之处,是爱上对方、痴恋对方、变得软弱、无条件付出的必要条件,我从未成为前两条和第四条的受害者,却是第三条的受害者。无论如何,我都对她动了情,皮肤与肉体的接触通常会带来这样的后果,在圣经审查、劝阻并禁止那种接触的年代,它还有别的名称,但这并不重要。

尽管在那个七月我把注意力集中在了我可能会痴恋的玛利亚·比亚纳身上,但我并没有忽略伊内斯,她也没有无视我。我已经说过了,也许是她实在太孤独了,因而习惯了我短暂或偶然的陪伴。知道有人等待自己是一件令人高兴的事,知道自己对于别人有分量是一件令人高兴的事,即便在对方心中排名倒数第二也无所谓。那是我在布兰科被杀害前那段焦虑不安的日子,以及随后缅怀悼念他的日子里得出的结论。然而,现在我不禁思考,伊内斯不想完全与我断绝关系,是否是为了观察、控制我,甚至在时机合适或者收到命令时,跟踪、枪毙我,这是纳特科姆准将、邓达斯或者乌雷郑重而戏谑的说法。"你要多加小心。"他这样告诫我,但就告诫过一回。他大概觉得没必要跟我这样的老兵反复唠叨。

即便伊内斯·马尔赞是拥有一半北爱尔兰血统和一半巴斯克裔里奥哈血统的马格达莱娜·奥鲁埃·奥德亚,即便她像何塞法·埃尔纳加、伊兰祖·加利亚斯特吉或者"母老虎"伊多娅那样冷酷无情,我也并不害怕她。要害怕一个你计划杀害的人是很难的。你会因为怀着这种目的而觉得自己心狠手辣,从而感受不到对方的凶险,这是不恰当的做法。也许当虚构的艾伦·桑代克上尉用货真价实的子弹瞄准希特勒,用手指抚摸扳机时,他会觉得希特勒如绵羊般无助,除掉希特勒是多么容易啊,他差点就做到了。真实的雷克-马雷切文没有在餐厅里掏出手枪,因为他觉得愚蠢至极的希特勒像是漫画中的人物,因为他了解的信息还不够充足。把三十多岁的玛丽·安托瓦内特像一袋土豆似的抬起来然后推倒的那些人，把她的脖子卡进刀刃即将落下之处的那些人，他们无疑会忘记她在不久的从前是多么危险与残暴。好心肠的"剑客"一定不会认为三十多岁的安妮·博林会对任何人造成威胁，更不会认为她会对自己造成威胁。伊内斯·马尔赞也是三十多岁，她比那两位女王大两三岁。但是鉴于现代人比十八世纪和十六世纪的人要长寿，伊内斯·马尔赞其实比她们年轻得多，她还能活很久。

我也说不好。我知道察觉不出她的危险是自以为是的新手才会犯的错误。没有经验的杀手会犯这种错误，他们认为既然自己受人之托要除掉某人，并且已经为第一次行动做好了准备，那么那个人是不可能先发制人除掉自己的。大部分人在开始行动之前便丧了命。此外，图普拉说得没错，伊内斯或金德兰召唤的某个有记忆的爱尔兰人可能会在任意一天的白天或晚上现身于鲁昂。现身的也可能是某个没有记忆但听过故事的年轻人。正如一部以凯里郡为背景的旧小说里描述的那样："如果你留在爱尔兰，你会发现原谅你的敌人毫无意义。总会有新的敌人等着延续旧恨，结下新仇。"不论是在爱尔兰还是北爱尔兰，那整座岛都一样，在许多别的地方也是如此，人活着只是为了以怨报怨。

我刚才说的话是不准确,也不公平的,因为并非整个爱尔兰都是如此,我很了解爱尔兰,任何一个地方都不可能只有一种人。到处都有天真善良的人,而且还有一些不知仇恨为何物的好地方。但有些地方已深受荼毒(整个城镇与山谷甚至整座城市都被邪恶支配),他们的污染能力极强,有时甚至能渗透到别处,消灭、腐蚀或者改变纯洁乐观的心灵。众所周知,希特勒的德国便发生过这样的事,但不仅仅在那里,不仅仅在那时。今天在我的两个祖国仍然发生着这样的事,一个是我为之效力却面目全非的祖国,另一个是我了如指掌的祖国。

伊内斯·马尔赞应该很了解那些地方,她不一定非得去过那些地方才能感知它们散发的熏天恶臭与邪恶气息。或者更准确地说,远远地便能感受到的,能突破界限四处传播的,正是雷克-马雷切文写下的那段话,那段话并不是关于希特勒及其追随者的,而是雷克本人对那些人的看法(我做了适当的修改):"从我记事时起,我思考的是仇恨,睡觉时满心仇恨,梦到的是仇恨,醒来时也一腔仇恨。"这正是许多地方散发的气息,这正是许多地方用力向外排出的气息,唯一的办法是斩草除根,野火永远无法将其烧尽。在那里,孩子们从小便接受关于五种恶疾的教育,随着年龄增长,这五种恶疾也不断恶化。眼睁睁地看着这样的事发生真是可怕又可悲，老人已经病入骨髓，并在最后的日子里把疾病传染给新生代，这样便能让疾病永远流行下去。

我从伦敦回来并跟里尔斯比通完电话之后，伊内斯·马尔赞在举国上下都为埃尔穆阿市议员的绑架案而忧心忡忡时说的那番话时常在我的记忆中回荡（而且是以迥异、不祥、恶劣的方式回荡）："这些人一旦开始行动，就不会再宽容。"她低声说，"他们就像是一台机器，即便想停也停不下来。那个可怜的年轻人已经是个幽灵了。"突然间，我不再觉得这些话是悲观多疑之人以及无法心存幻想之人的悲思。现在重新回想那些话，我察觉出了类似所谓"经验之谈"的语气。仿佛她很明白自己说的是什么，仿佛她说的是一手信息，仿佛她对事实有充分的了解。这便是指明罪犯的后果，没有人能幸免。如果初到鲁昂时，我觉得目之所及皆是罪恶，那么现在我难免会认为罪恶都集中到了伊内斯·马尔赞身上。

我想我的眼神也透露出了我无意的决定，尽管"无意"与"决定"是相互矛盾的两个词。我这么做是不得已的。当你面对自己厌恶的事情，你只能说服自己事情没那么糟糕，没那么可恨，你得改变自己的观念，寻找恰当的理由。对我来说，这并不是秘密，采取这种手段的恰恰是那些最卑鄙的杀手，他们变成恐怖分子以谋取特权，他们盲目地"服从于大业"。但我也没有忘记，当年，我被迫卷入军情五处和军情六处的活动，多年无法脱身，我逐渐说服自己，尽管我的方法往往是卑鄙的，尽管我不得不背叛别人，但我的工作是有益的，其本质是高尚的。

我最终接受了我曾经对贝尔塔说过的话，当时她谴责了我的职业。我跟她说了很多话，我说战争永远意味着欺骗与背叛，从特洛伊木马时代甚至更早以前便是如此。我还说："在一些情况下，你不可能依法行事，也不可能在做每件事之前都征得别人同意。如果敌人没有那么做，那么有所顾忌的那个人就输了，就完了。几百年来一直如此。而'战争罪'这个现代概念是荒谬而愚蠢的，因为战争主要由罪行构成，罪行出现在每一条战线上，从第一天贯穿至最后一天。因此只有两种选择：要么不开战，要么做好不断犯罪的准备，只有这样才能获得胜利，才能生存下去。"在贝尔塔围攻我的时候（贝尔塔是个出色的辩论者，不跟她争论才是明智的做法。当时她用《亨利五世》中的场景给我设下了陷阱），我大言不惭地为自己的工作辩护，而这并不符合我的作风，事后回忆起来我觉得羞愧难当。"我们是瞭望塔，是护城河，是防火墙，"我不假思索地说，"我们是望远镜，是瞭望哨，是无论值班与否都始终保持警惕的哨兵。必须有人放哨，其他人才能喘息休憩；必须有人侦察危险，在为时不晚还能阻止屠杀时先行一步。必须有人保卫国家，你才能跟吉列尔莫出门散步。"当你被迫做某件事的时候，你得说服自己，这样做不仅是恰当的，而且是最好的选择。人们最终总能为一切找到理由，没有什么比编造理由让自己显得公允有理更容易了。

这就是我在七月剩下的日子里需要做的事：清除疑虑，摆脱顾虑，下定决心。我得忘记对伊内斯·马尔赞莫名其妙的赞赏，得明白让她从世上消失是有必要的，得把她变成目标，变成靶心，变成被剥夺了现在与未来的敌人，变成必须为其残暴的过去付出代价的人，她有残暴的历史已是不争的事实。这才是我该做的事，但我还没有做到。我试着从精神上把自己带回更年轻的时候，那时的我像有目标、有使命的机器那样行动，像巨大齿轮中的零件。我现在仍然是一个零件，我甚至不知道那段残暴历史的细节，不知道马格达莱娜·奥鲁埃究竟做了什么。

图普拉的方法没有任何变化，虽然我们这回组成的齿轮既不大也不清晰。但我已经改变了。我失望过，厌倦过，离开过。因为空虚感，因为虚荣心，我又回来了。我并没有治好折磨着玛利亚·比亚纳和我们所有人的疾病：轻信于人。但是时间减轻了我的病症，而这影响了我的决心。

我唯一能做的是思考关键的事,那场艰难的抉择:如果我没有完成任务,我不但救不了伊内斯,还会害死另外两个人。

图普拉没有给我设定具体的期限,没有说"如果到了那天还没有完成……"之类的话。这没有必要,我明白他的意思,他在电话里的命令或者建议是"现在就着手行动",这意味着我不应该着急,不应该草率行事,应该在保证成功并且不受惩罚的前提下行动,但是当他看清状况后,也会含蓄地表达他常说的一句话:"不要踌躇,也不要耽误。"幸好他很聪明,他肯定明白我得消化他的新发现——画像、首字母还有不可避免的结局,我需要几晚的辗转反侧,几晚的浅眠惊醒,几晚的疑心重重。如果有明确的最后通牒,我也许就会反抗。

在最后一个月里,我和伊内斯偶尔见面。先是因为米盖尔·安赫尔·布兰科的事停摆的那几天,随后我又离开了,我只做了这样的解释:"我家里出了点事。我得在马德里待上一周左右。我回来以后会告诉你的。"接着夏天来了,她空闲的时间屈指可数,午餐和晚餐时拉德曼达的顾客络绎不绝,她马不停蹄地工作。我们只能在她空闲的时候见面,我们会在公园里散一会儿步,在"旋律榆树"前坐下，在她上早班前相约于"红酒区"喝杯啤酒。我们会聊一些日常琐事和城中逸事，我捏造了我在马德里的兄弟姐妹的问题，并说给她听，交谈永远不是我们的强项，我们相见要么是因为别的原因，要么是因为她来找我（我还有那些不那么光彩的动机）。我想，四十五岁的我对她很有吸引力，我恢复了过去的体重，发型师西格弗里多和他在鲁昂的接班人尽可能地帮我恢复了年轻时的发型，这种发型让人想起让那个时代的女性为之疯狂、为之倾倒的法国演员杰拉·菲利普。当然我们并没有生活在那个时代，伊内斯根本不知道杰拉·菲利普是谁。我刮了胡子，好让自己显得更年轻。

也许这听起来并没有很奇怪：一天上午，我在榆树前向她抱怨我们聚少离多。这也并不完全正常，因为我们并没有想过跟彼此抱怨任何事，我们并没有涉足这个领域：责备、解释、恼人或过度的质问。我们摒弃了西班牙人令人不堪忍受的习惯：好奇心过盛。我已经说过，她不喜欢跟别人谈论自己的事。很显然，这样对我来说好极了，我不必说太多。而我连自己都从来没有研究过，这没什么意思。

但真正奇怪的是，我跟她抱怨时说的是英语，但我是有意这么做的，为了观察她的反应。我已经说过，她的英语足够用来接待餐厅里的外国顾客，仅此而已。更奇怪的是，米盖尔·森图里翁冒充的是贝尔法斯特的口音，那是他最熟悉的北爱尔兰城市。按照我身边人的说法，我的模仿能力向来出众，这也是我在学生时代被招募的原因，先是惠勒欣赏我的才能，然后是图普拉。我希望麦蒂·奥德亚会不由自主地用英语回答，就像电影《大逃亡》里纳粹分子上车时跟一名英国军官说"Good luck"的场景。那名英国军官假装成瑞士人，刚刚用流利的德语跟他交谈了几句。出于习惯，他毫无意识地回答："Thank you."这句话宣判了他与同行的另一位逃亡者的死刑。这好比有人松开了不该由我们接手的盘子，如果不接手的话，盘子肯定会掉到地上摔成碎片，于是我们二话不说，本能地伸出手接过盘子。

然而，这样的事完全没有发生。要么她比戈登·杰克逊更谨慎，要么她压根不是马格达莱娜·奥鲁埃。戈登·杰克逊是扮演落入简单圈套而被揭穿的那名囚犯的苏格兰演员，他曾经无数次提醒所有潜逃的伙伴小心类似的陷阱。我不能也不该继续思考第二种可能性。如果在鲁昂的几个月里，我希望那三个女人都不是她，希望是马奇姆巴雷纳弄错了，那么现在我热切地希望伊内斯能承担那些可怕的罪行。不论时间过去多久，那些罪行都不能得到宽恕与怜悯。

"你为什么对我说英语?"她问我,"这是怎么一回事?你是要试探我吗?"她是用西班牙语提问的。

我并不担心她看穿我的模仿。我只说了几句话,而且如果她真是奥德亚,那么从很久之前,从她的朋友德拉·里卡(如果他是金德兰的话)上门做客的那天起,她就已经知道我的身份了。为什么她没有采取任何相应的行动呢,为什么她依然和我见面,甚至偶尔跟我上床呢,她几乎总跟第一次那般如饥似渴,我觉得这很奇怪,但是图普拉并不觉得。唯一让图普拉觉得奇怪的,是她竟然没有枪毙我。我们处于这样的情况:一方明知对方已经知道自己知晓真相,但是双方都装作一无所知。他们通常会使用战术,那是埋伏与等待的游戏,双方都在等待机会,也许掌握相同的信息促使了双方保持中立,双方都情愿装作不知情并维持平局。如果这事取决于我,也许我早已决定一走了之,撇清关系,回到马德里。不幸的是,事情并非如此。

"不是的,只是个小玩笑而已,"我回答道,"但是如果你愿意的话,我可以帮你提高英语。反正我就是以教孩子学英语为生的,而对你来说这永远派得上用场。但是,哎,这个主意不好,算了吧。这样太刻意了。"她什么也没有说,于是我又补充了一句:"你至少听懂我刚才说的话了吧?"

"大致听懂了。你是在抱怨我们几乎没法在家里见面吗？是这么回事吗？是这么回事吧？"

她在说这句话时，我发现她因为自己可能说对了而受宠若惊，她的语气近乎羞涩，似乎充满幻想，这也可能是我的想象，正如我曾经说过，她只在"事中"热情，连"事后"都很冷漠。伊内斯·马尔赞习惯了在主动回应和同意之前就被人以原始或兽性的方式渴望着。她可能总是经历这样的事，跟她的战友也是如此，他们在这方面跟别人没有区别，甚至比别人更肆无忌惮，毕竟他们喜欢标记每件战利品。她无疑并不习惯被某个已经满足了基本好奇心的人长久地渴望着（如今的蠢人称之为"猎奇心理"），他已经把高大的女人拥入怀中，已经看过了占据整张床的那副巨大、赤裸、强势、丰满甚至令人生畏的身体。有些男人会在尝试过后会再次跟她上床，但是并不会持续很久，她女儿的父亲是个例外，是否还有其他例外就不得而知了。并不排除那些男人毫无顾忌地用床单蒙住她的脸，或者把她的屁股翻过来，而且这并不完全是因为一时欲火焚身。几天前，我也想到了，尽管她眼睛的颜色很美，但是那张脸不会让人有亲吻的欲望，脸上的一切都大而无当，毫不细腻。

马格达莱娜·奥鲁埃，即伊内斯·马尔赞，让我心生几分怜惜。她肯定醒悟了，放弃了，她疑心重重，但也许她不知该如何摆脱被人喜欢的欣喜——几乎没人知道该如何摆脱。太多次了，她只是别人猎奇的对象。我已经跟她尝试了许多回，我怀念我们亲密的接触，我向她抱怨，并要求继续下去，她对此无法无动于衷。她提问时流露出的一丝幻想令我难受，这说不过去，要让我难受得有比这严重得多的理由，相比之下，这只是一件小事。要把一个人的方方面面区分开是很难的，它们是互相交融的一个整体。要把我对她的了解同与她的日常交往区分开也是很难的，尤其是情感或性方面的日常交往。即便你发现自己会被背叛或者被牺牲，累积的情感也会插上一脚，否认我们的观点："不，肯定是弄错了。"当我们像往常一样跟那个人在一起的时候，我们突然会这样想。"这不可能是真的，我了解她，这不是真的。"但最终居心叵测的疑心占了上风，最终别人告知我们的事占了上风。

"没错，就是这样。非常好。"我回答道，"只不过我说得更露骨，更粗俗。也许正因为如此，我才用了英语。放肆无礼的话用其他语言更容易说得出口，不是吗？不然会很费劲。但是，好吧，我不在乎在这座公园里，在孩子们中间，用我们的语言告诉你：我们很久没有做爱了，久到我发疯似的想要。我们能不能在你下班后的某个夜晚见面？或者星期六上午，在你上班之前？那天我不用给双胞胎上课，当然周日也不用。我不知道你是否跟我一样想要，你觉得呢？我也说不好，也许你一点儿都不想要。"

我向她提议晚上或者上午，前者对我有利得多。如果午饭前她没有在餐厅出现，她的员工便会有所行动，他们会给她打电话，如果她不接电话，就会去她家看看闹钟有没有响，或者看看究竟发生了什么事。相反，晚上有好几个小时的时间，有十二个小时左右，或者至少有十个小时，在这段时间里不会有人想到她。我冒了她会选择不佳选项的风险，之后我会想方设法处理的。事实是，你一旦计划做一件肮脏的事，就会马上开始担心被别人知道，尤其是担心被受害者知道，况且这次的受害者知道我的身份。没错，我必须认为她是知情的，现在必须以图普拉所说的版本为准，已经没有退路了。伊内斯大概率并不认为我会对她做迫不得已的事。她并不知道还有其他嫌疑人，她大概以为自己是唯一的嫌疑人。自从德拉·里卡告诉她，向她确认我的身份，已经过了好几个月，而我没有任何行动，我待她依然亲切，我依然尊重她，依然对她保持着恰到好处的激情。我们之前的一切都没有改变，只是变得冷淡了一些，这是冲动与新鲜感消退后的正常现象。她拿不准我在鲁昂的任务是什么，她可能以为我的任务一直是同一个：

发现她，揭穿她，找到能把她绳之以法的证据。她大概确信我的最后一项任务已经失败了。她有八九年的时间抹去过去所有的痕迹，从那时起她便是伊内斯·马尔赞，而非别人。也许她以为汤姆·内文森已经确信，她已经不再是个威胁，她已经退役了，后悔了，因此决定让她活下去，让她在那座城市里默默地度过剩下的时光。她很可能觉得我是个好人，她可能没有在我身上发现任何狂热主义的痕迹。

"我当然想要了，我怎么会不想要呢？对我来说，快感不会那么快就消失，米盖尔。问题是每天晚上我都筋疲力尽，现在是旺季，我到九月份才会有喘息的机会，我根本没时间休息。周六和周日我就像死人似的，整个上午我都在呼呼大睡。"她停顿了一会儿，然后改变了语气，虽然语气并不俏皮，但这并不像她的作风，"好吧，我想我应该能起床给你开门，但是我会像僵尸一样，这样并不好吧。你会面对一副死气沉沉的身体。当然，如果你觉得没关系的话……"她似乎想要开个玩笑，但是我并不确定，因为她并不擅长开玩笑，"你别当真，我想要的，但是我不知道该怎么办。七月和八月真是恼人，但是我们赚的钱对得起我们的付出。等到了一月和二月，城里就跟没人似的。"

"你该不会想让我等上整整一个月吧？哎呀，就算这周五或者周六你不去上班也没那么严重,要么你十一点就下班,别等到深夜一点。就算你不在,特兰西也能把事情处理好。"那个地方时兴奇怪的名字,特兰西是她的副手,全名是特兰斯菲古拉西翁。

"一点?要是一点就好了。得等到两点,甚至更晚。"

"所以啊,伊内斯,这还不够吗。你不能这样过两个月。好啦,我求你了。把周六晚上留给我,晚一点也没关系,你也可怜可怜自己吧。我们都度过了一个艰难的七月,米盖尔·安赫尔·布兰科的事已经让我们很难受了。总得喘口气吧。要不是周围有人的话,现在我就把你……"我没有继续说下去,我也不能说太多下流的话。大多数女性能接受一定程度的下流话,但是得适度。至少不能过分。

她张开大嘴笑了起来。她的微笑不失魅力,惹人怜爱,她只会慷慨地对客人笑。不管她是谁,不管她是马格达莱娜还是伊内斯,对奉承话都无法无动于衷。她三十八岁,在一九九七年还算年轻,换作是现在就更年轻了。但也许她要年长一些,我已经说过,她选择把自己打扮成没有时代感的女人,这也是一种超越年龄的存在方式。突出的美人尖让她显得严肃。

"把我怎么样?你要对我做什么?"她一边问,一边还在笑,"好啦,快说吧,大胆说。"

"如果你同意的话，星期六晚上我再告诉你。"

我不经意或心不在焉地把一只手放在她的大腿上，仿佛是无心之举。我的确在暗示着什么。

她的腿是她最美的部位，修长的小腿和大腿，你抚摸着它们想要找到终点的时候，它们似乎无休无尽。当它们夹住什么的时候，会如模拟绞杀般收紧，差点儿就能让人受伤，但随后会在她的催促与我的快感中消散。

她任由我触摸，她观察着四周，免得引起别人的注意，到处都有散步的人。她把手袋放在上面（准确地说是钱包），尽可能地遮住我的手。我的手并没有动，也就是说，我没有把手往上伸，那里可不是冒险的地方。但是她慢慢地引我往上，一点一点，慢慢地。然后她停了下来，我的指尖触碰到了最柔软的布料，裙子遮挡得恰到好处，没有人会怀疑我们在公园里、在"旋律榆树"前干的事，幸亏那天乐队没在，否则周围会聚集一大群人。还是在她的唆使下，我把中指伸进了布料里，我马上就发现那里很湿润。如果伊内斯没有跟别人见面的话，那么就是很久没有人抚摸过那里了。她从来不会告诉我她的生活，而我也从来不会过问。

尽管我肩负着阴暗的任务，但我无法遏抑几乎抛诸脑后的勃起，我也没有和其他女人在一起。在马德里时，我没有跟贝尔塔做爱，我们的情况不允许有那样的进展，虽然我的确有过邪念。我得承认，当我感受到马格达莱娜或者伊内斯的湿润并以勃起作为回应时，我不由自主地想起了贝尔塔，这样更下流，只是相对而言程度较轻。即便我不像佛尔古伊诺·高斯那样穿着睡衣举着剑，现在我也得遮住自己才行。我的勃起可能没有那么显眼，毕竟高斯以为自己独自一人，无人旁观，他可真是个可怜的粗人。总之，我并没有能遮住自己的东西，所以我觉得还是把手拿开为妙。

伊内斯看了我一眼，眼神中满是对我突然退出的失落与遗憾。我不知道她原本想要做到什么程度。无论如何，如果之前她并没有欲望，那么现在她已经春心荡漾。她很可能会同意我的要求。

她把钱包拿开放到了长凳上，然后对我说：

"我好好想想，然后告诉你。我看看怎么安排。"

我向她提议的那天是七月三十一日，周四。我提议的日子是八月二日，周六。

米盖尔·森图里翁希望是这个日子，原因有二。他周一跟图普拉通了电话，他不想拖太久，免得图普拉真的不耐烦，决定自己行动，派一两个更有经验的人过来。而且他相信那天下午或者周五，他会通过某种途径收到他向佩雷斯·努伊克斯索要的东西。在这种情况下，委托骑士团长、卡蒂利纳和鲁昂的任何人都是不明智的。

"只剩两天了，伊内斯。拜托你快点想明白。"

"怎么？那天晚上你还有别的计划吗？你就不能把整个周六留给我，让我看看能不能安排好吗？还是你是想找人替代我？你真是浇了我一盆冷水啊，米盖尔。"

森图里翁立马改了口，即便是开玩笑，伊内斯·马尔赞也会让人觉得她是认真的。森图里翁冒着犯错的风险决定放肆一把。

"你想让我把哪天留给你，我就会把哪天留给你，直到世界末日为止。"

伊内斯没觉得这话不好，因为她垂下眼睛笑了起来。

森图里翁并没有忘记，马格达莱娜·奥鲁埃也可能策划着她的死亡计划，她可能恰好跟森图里翁一样，临时决定在周六实施。但是森图里翁并没有看出危险，他不觉得伊内斯·马尔赞危险，她没时间让那些头发被帽子压扁的人从贝尔法斯特或都柏林赶来。但她能让那些留着修道士发型、戴着贝雷帽的家伙从伦特里亚、莱克蒂奥甚至圣塞瓦斯蒂安赶来，这些地方离鲁昂只有很短的车程，他们几个小时之内就能到达。他想，他直到周六都会因为伊内斯家里没有窃听器和摄像头而感到遗憾，他对那里非常熟悉。

那段时间里的任何一通电话都性命攸关。但是他没法想象这样的事，因为在他的认知中，他才是威胁。

那天下午，一名临时快递员把佩雷斯·努伊克斯从马德里寄来的小包裹送到了他手里。他知道里面有什么，因此没有立即打开，也没有着急检查，他把包裹原封不动地放在窗台上，他曾经从那个窗台上无数次监视伊内斯·马尔赞在公寓里的行动，只有画面，没有声音，他从来无法得知她电话里的内容。那几个月里，她依然接待着同样的几位客人：她的助手、留着一成不变的史蒂芬·史提尔斯同款鬓发的枪手骑士团长、偶尔跟她一起看电视或者看电影的几位女性朋友。据他所知，只需要几分钟的时间便能准备好一切：一场谋杀、一次血浴。当然了，他并非一直在看守，他无法控制他的每一小时，更无法控制他的每一分钟。他在高斯夫妇的花园里上课的时候，他在参观鲁昂的教堂和标志性建筑的时候，某位修道士、某个头发被压扁的人甚至金德兰本人可能会去见伊内斯，谁知道呢，也许金德兰从没有离开过，一直在鲁昂附近徘徊，而森图里翁根本无从知晓。

那个小包裹可以等，正如他也得等，虽然他几乎确信伊内斯会落入圈套——她并不知道那是个圈套，也许她知道一些，也许一无所知。无论如何，日子已经选好、定好了，而且森图里翁最好连一天都别多等。事实上，他的焦急、他的不安或者他的不情愿促使他在确认是伊内斯之前便提前宣布日期并提前行动。他一直害怕图普拉，他得比图普拉先行一步，所以他没忍住在周四傍晚给他打了电话，那是图普拉一月时给他的号码，那是多么遥远的事啊，三王节，稻草广场，夏多布里昂的女读者，驻帖木儿宫廷大使克拉维霍的匾额，乌雷（这名字肯定比里尔斯比或者邓达斯更放肆）用小叉子恫吓的喋喋不休的猪头三、洋葱头。在心理上，自那时起已经过去的并非七个月，而是一个永恒的泡沫。

森图里翁很想回马德里，但是他又因为要离开鲁昂而难受，他知道自己会想念那座城市平静而规律的生活。但无论如何，他都得离开，绝不能留恋，这是他过去漂泊不定的生活给他的教训。

然而，他在退役后发生了变化，他变得小心谨慎了，变得通晓世故人情了（他不仅善待亲人，还善待面熟的人：街角的药剂师、酒吧服务员），这在两三年前是难以想象的，这既是件好事，也是件坏事。在一九九七年的现在，他也许没有勇气抛弃女儿瓦莱丽，也没有勇气抛弃她的母亲，她们是如此深情。因此，为了谨慎起见，他宁愿不动那个小包裹，直到他不得不使用它，或是至少等到伊内斯接受那个为她的终结而安排的夜晚。跟图普拉通话是为了强迫自己履行任务，"不要踌躇，也不要耽误"。这是原则。因为只要事情还没有完成，只要"事情还没办好"，便有退缩的可能。

"你好，图普拉。"他一接起电话我便开口，他立刻认出了我的声音。

"怎么了？你怎么打这个电话？事情办好了？"

"等等，你别催我。我们周一谈话的时候，你并没有给我期限。"

"我之前就给过你了，你已经延误了。"他说得并不明确。

"那个期限并不精确。两周或者最多三周，你在伦敦时是这么告诉我的，或者是在别的时候。而且说实话，如果连天数都不明确，我也没法计算。"

他停了一小会儿。也许连他自己都不记得了。

"那么你想怎么样？你没挑对时候，我在跟贝丽尔吃晚餐。"

我的确听他咽下了什么东西，不过我不清楚是液体还是固体。从我得知的一点信息看来，如果有人能让他全神贯注的话，便是那个不经意间让他改变婚姻状况的女人。按照图普拉的说法，他恋爱结婚是为了避免额外的悲伤，是为了没有遗憾地度过爱情持续的那些年，他并没有自欺欺人："爱情会延续几年，但之后很可能会消失。"

我忍不住又对他开了在马德里时跟他开过的小玩笑。

"我向邓达斯夫人、奥克斯纳姆夫人、乌雷夫人或者今晚当值的某人的夫人表示敬意。"

"别再说蠢话了，我没时间也没心情。"

"你别担心，我很快就说完。我给你打电话是为了告诉你，我会在周六晚上行动。也就是后天。最好让你知道这件事，免得你草率行动。"

"我草率？我向来不草率。不像你和其他人，应该什么时候行动，我就会在什么时候行动，不会提前，也不会推迟。说完了吗？你没必要打扰我。"

我很想提醒他，有一回，整个行动都因为他的草率而落空。但是当时我忍住了没说，总不能指出上级的错误和过失吧，那时的我很讲纪律。现在我也不能说，但并不是因为守纪律，也不是因为尊重他，而是因为恐惧。我对他所有的尊重都因为珍妮特·杰弗里斯的孩子的几句话而消失殆尽了。

"是的，说完了，没别的事了。"

"我知道了，你最好能说到做到。不然的话，我就得实行早该实行的计划了。到时候告诉我。期待那通电话。"

我咬了咬舌头,这无济于事,最后我大胆地说了句无礼的话。我总得回敬他几句吧。

"你迫不及待地想告诉马奇姆巴雷纳吧,告诉你那个急不可耐的朋友乔治。毕竟这一切都是为了取悦他,对吧?"

不出意料,那句话让他很不爽,因为他甚至没有回话。他连再见都没说就挂了电话。但是也许并不是因为这件事,而是因为里尔斯比夫人或者纳特科姆夫人开始给他摆脸色了。要是餐桌上没有别人在的话,她大概已经因为听了一段她完全听不懂且丝毫不感兴趣的对话而感到无聊透顶了,坐在图普拉的对面,一边咀嚼,一边望着虚空。

伊内斯·马尔赞直到周六上午的最后时刻才答复,当时她正准备去拉德曼达照看指导午餐的筹备工作。她给他打电话的时候,森图里翁正好从窗户边看到了她。她已经收拾好准备出门了,手里拿着钱包,一直等到最后的时刻,兴许是想让他吃点苦头,也许这种做法对她来说并不过分,云雨之事可以推迟。但对森图里翁来说并非如此。

"我今天总算能腾出时间了,"她说,"我已经告诉特兰西,等到十一点钟菜上齐了我就走。我们十一点半或者十一点四十分见,这样我能洗个澡。我得在那里待一整天呢。"

森图里翁后悔了,带着一丝他无法打消的轻浮。她的连衣裙很衬她,让人有把它脱下的冲动。或者还是让她穿在身上为好。她对即将发生的事一无所知。

"你告诉她原因了吗?"

"我不会跟我的雇员解释任何事。你知道的,我并不喜欢谈论自己的事。"

"可是,特兰西不是你的朋友吗?"

"看起来是,但没有能跟她说我要做什么、跟谁在一起的地步。我从来没有跟她说过任何关于你的事。她对你的了解就跟城里的其他人一样多,仅仅知道我们两个在一起而已。这件事,他们倒是能想象到。那我们十一点四十分见?"

"啊,十一点半我肯定就已经急不可耐了,但是你要我等多久,我就等多久。既耐心又焦急。"

她礼貌地笑了笑,笑得有些冷漠。

"不至于。你别那么夸张。"

现在森图里翁打开了佩雷斯·努伊克斯的包裹。他有足够的时间,但最好别即兴发挥。他惊讶地发现,除了他要求的东西之外,还有另一件东西,一共有两种药。他要的是氟硝西泮(我不确定是否这样写,后来我再也没接触过这种药，而一九九七年已经过去很久了），这种药有催眠的作用，准确地说是让人精神恍惚，它能让人完全失去意识，让时间变得模糊，让人很难或者完全无法记得药效发挥时发生的事，即便记得，也是一片混沌，没有人会相信突然闪现的回忆片段与错觉。这取决于每个人的情况，有些人脑子里会一片空白。这是八十年代末以来频繁使用的一种药物，在心怀叵意之人撩拨完或得手后，便能把粗心大意之人洗劫一空。男妓和妓女会用这种药，他们先干活儿（勾引和调制饮料），然后通知同伙，同伙会熟练而迅速地洗劫别墅或公寓。这种药几乎没有后遗症，只不过想要醒过来非常费劲，浓雾或无法穿透的云，一片空白更为常见，他们永远无法得知恍惚中发生了什么，或者仅仅能根据结果来判断。那些顽固狡猾、不愿使用蛮力又害怕法律制裁的强奸犯也会用这种药。他们让受害者入睡，也就是说把受害者排除在游戏之外，有一些受害者甚至不知道自己遭受了侵害，因此并不会报警。如果她们之后感觉到瘙痒甚至疼痛，往往会用随机而怪异的理由来解释，除非她们是处女，否则根本无法察觉到插入，如果只是手指插入的话，就更察觉不到了。如今，那些最胆小的抢劫犯，那些集体行动的强奸犯恐怕仍然使用类似的药物。在一九九七年，这种做法还没有那么普遍，甚至连罪犯都没那么野蛮。

失去知觉并不是什么怪事，也没那么难以实现。森图里翁从来没有使用过那种手段，但他曾经遇到过两个喝得酩酊大醉的女人，几天后她们真诚地向他发问，她们并不惊慌，只是好奇："嘿，那天我们有没有做爱？我感觉做了，但是我不敢确定；如果做了的话，我一点儿也不记得了。"那两回，她们不记得是有原因的，因为梦中的事并没有发生。那个问题表明，她们愿意甚至希望那件事发生。森图里翁澄清了这件事，她们安心了，也许也失望了。当然，他以后就有数了。

另一种药物是以一串字母命名的，我记不太清了，但类似于 GmbH，我并不知道这是什么意思。我觉得这种大小写字母组合看起来更像是某些德国公司的命名模式。无论那串字母是什么意思，佩雷斯·努伊克斯都在附带的简短说明中注明了剂量，并解释说这种粉末质地的物质跟氟硝西泮有类似的特性，但在市场上无法买到，而且比氟硝西泮更有效。她让我读完并记住说明里的内容后将其烧毁。她让森图里翁二选一，而森图里翁只想使用已经由全国的抢劫犯和强奸犯证实有效的那种药。就像加来剑客一样，这只会让他犹豫，自己是否真想如此谨慎地行事。（他的意图或者说他的愿望，是让伊内斯·马尔赞沉沉地入睡或者失去意识,让她无法知晓自己即将经历的事。)这么做非常不合情理,就像当年,如果用斧头行刑的话,得让安妮·博林把下巴或脸颊贴在断头台上,而那些站在她跟前的人就能在行刑时看到她高耸的臀部。为了避免这样的事发生,就得换上更高贵的武器。但在极端情况之下,在临近结局之时,总会有不合情理的事发生。

森图里翁于十一点四十分时准时出现在伊内斯家。他在窗边看见她五分钟前刚回来,她没有洗澡的时间了。即便如此他也没有等,因为太晚到不合适。他确保那会儿没人看见他,也没人留意到他在大门口。周六晚上,人们吵吵嚷嚷,嬉笑打闹,并且常常喝得烂醉如泥,根本不会注意到他。那扇旧大门从楼上为他打开。他步行上楼,并在每一层都停留了一小会儿,以免听见脚步声、电梯声或者开关门的声音,他最好别遇见任何人,有几个邻居已经认识他了。他按了门铃,立即听到不太高的细高跟鞋的声音,伊内斯就是穿着这种鞋子熟练地避开拉德曼达的餐桌,她连鞋子都没来得及脱。她朝窥视孔里看了一眼,然后给他开了门。她看起来至少没有因为匆忙或者因为那天是八月二日而烦躁不安。她带着淡淡的微笑跟他说了第一句话:

"对不起,餐厅里出了点小问题,耽误了一会儿。我都没时间洗澡换衣服了。"

森图里翁决定在那天晚上表现得殷勤甚至热情,但是又不能太夸张(否则会很突兀,他根本不是这样的人)。

"这样更好,"他回答,"我喜欢你穿的这条裙子,我喜欢你自然的气味。气味越是浓郁,越是纯净,我就越喜欢。而且已经很久没有……"

哲学家奥尔特加·加塞特将诗人的虚荣心称为"棉花般的虚荣心",这种虚荣心与自恋、高傲以及佯装的优越感不同,它总是有些可爱与天真。过去,许多女性也有这种虚荣心或者幻想,而伊内斯·马尔赞便是其中之一。她又笑了,亮出了一口类似非洲人的牙齿,她笑得愉快,笑得开怀。

"让我先喝一杯。我快渴死了。"

"我给你倒酒,你先休息一会儿。你想喝什么?"

"金酒加可口可乐和冰块。三块冰块。"

"金酒要多倒点吗?"

"别倒太少。反正我们哪儿也不去,有什么关系呢。"

那句话让森图里翁觉得很难受,她并不知道自己哪里都去不了,但他知道。他去了厨房给伊内斯倒好了酒,然后给自己倒了威士忌加可口可乐和冰块(当年这款饮品被称作"妓女特调"),免得弄混了。他把药撒进了伊内斯的酒里,用小勺子把它搅拌均匀。这种药不会留下任何痕迹,无色无味。然后他把小勺子洗净并擦干，抹去指纹后把它放回了抽屉里。"我已经迈出了第一步，也许已经迈出了前两步，"他在回客厅之前想，"那是最艰难的一步，可我还差几步，那几步对我来说更艰难。但是我们对仇恨并不熟悉，正如阿托斯对达达尼昂所说的：'一桩谋杀，仅此而已。'而我们依然很喜欢阿托斯。"他强迫自己不再思考下去。

伊内斯已经倚在了沙发上，忙碌了一天，她一定累坏了。她坐下以后，裙子适度地往上缩。她那双没穿丝袜的长腿与季节相称，腿很光滑，汗毛刮得很干净，颜色也很好看，她的大腿有巨大的斜坡。她并不懒散，但很放松，半开半闭的大腿引人遐想，但不至于让人猜测她是否穿了内衣。她没有脱鞋，她知道森图里翁喜欢她穿着鞋子，甚至喜欢她直到结束都穿着鞋子。森图里翁犹豫了，他无法停止思考：他可能会跟她做爱，可能并不会。这在一定程度上取决于药效发挥的速度，但也不一定如此，等她昏死过去，他也能跟她做爱。

"这是强奸犯才会干的卑鄙之事，"他立马对自己说，仿佛接下来发生的事不卑鄙似的，"她总是激情而贪婪，跟我在一起不算强奸。"顾虑困扰着他，它们常常是矛盾的，他考虑了一些事，却忽略了另一些事，甚至连同情心都会上下波动。"那仍然是卑鄙恶劣之事,因为她并不能享受。"

他最好别紧张,也别陷入沉思之中,伊内斯·马尔赞并不傻,而且据他所知,马格达莱娜·奥鲁埃也不傻。相反,她们俩都很聪明,而且马格达莱娜狡猾得很。马格达莱娜似乎并不在场,如果恐怖分子或合作伙伴怀疑有危险,便不会因为别人的阿谀而虚荣心泛滥。我为她惋惜,我力从不心,我为她惋惜。当然,她可能是假装的,这是她很擅长的事。她在鲁昂假装了八九年,没有引起任何怀疑,她做得无可挑剔。也许在这么长的时间里,她只跟森图里翁吐露过秘密:她失踪的女儿,如果那个故事真实的话。如果那是真的,至少那个女孩不会为她哭泣,也不会想念她,那个女孩已经习惯了她的缺席。她只倾诉过一回,只有一回。

伊内斯·马尔赞大口地喝酒,她是真的渴了,仿佛喝的是水或者单纯的可乐。她三口就把酒喝完了,中间只停顿了一小会儿,我们在她停顿的空当热吻并且毫不迟疑地把手伸进对方的衣服里——已经等了好几天、好几周了,我少年时代的年轻人便是这样形容的,有些表达方式永远不会消失。森图里翁向她提议去卧室,并问是否需要再给她拿杯酒来。

"你想喝什么？再来一杯同样的酒还是换一种？"

她喝酒对森图里翁有利。他并没有给她可卡因，这可能会让她清醒过来。她既没有问森图里翁要可卡因，也没有去取自己的可卡因，骑士团长仍然会上门看望她。也许她更喜欢神志不清，清醒并不适合她。

"对，同样的酒，拜托你了。我不知道我能不能行，现在我觉得自己快要倒下了。我跟你说过的，每到周末我只想睡觉。"

"你去卧室躺一会儿吧。我把酒给你拿过去。"

卧室在卫生间旁边，到时候他能少费点力气，时间很快就到了。

他回到厨房给她准备第二杯酒。他没有再倒更多的药，根据所有的信息，一剂便足够了。我一边给她调酒，一边像个心怀执念或迷信之人似的不断在心中念叨着："一桩人命案子，没别的。一桩人命案子，没别的。"火枪手阿托斯便是以这种沉着冷静的方式（还能是什么？还能是什么呀？），淡化了他在遥远的过去把一个女人吊在树上的事实。那也是一个女人。其实他非常年轻的妻子，她几乎还是个女孩。然而，她奇迹般地幸存了，并四处散播她内心显然已经潜藏许久的邪恶。第一次读到大仲马的这句话时，你并不会留意到它，这句话肯定不会出现在儿童故事里。森图里翁并不确定自己要杀的人是谁,这是他的诅咒,因此他也是这么想的,试图唤起期待已久的嫉妒,试图淡化他接下来的行为:"最好还是跟死人在一起……"但是他并没有觉得嫉妒。

伊内斯已经不在客厅了,她听从了他的建议躺在了床上,连被子都没有掀开,她在出门前总会把床铺好。他小心翼翼地合上了她没有合上的百叶窗,他曾经用望远镜多次从远处观察这间屋子,就像看戏似的,而任何人都可能有望远镜。伊内斯还没有完全睡着,尽管他发现她已经不情不愿地屈服于困意了。她已经侧过身子,把手臂放在了枕头下面,就像是准备睡觉的人。她仍然口渴,她坐了起来,又贪婪地喝起了酒。他借机抚摸她的大腿,解开了她连衣裙上最高的那颗纽扣,然后解开了最低的那颗、第三高的那颗、第四高和第五高的那颗、第六高的那颗,他留下了三颗没动,最好别完全敞开。那是一条海蓝色的连衣裙,从上到下都有扣子,还有一条收腰的腰带,腰带已经滑落了。也许那条裙子更像是玛利亚·比亚纳会穿的。这会儿,森图里翁看见她戴着胸罩,但是没有穿内裤。他很惊讶,她竟然以这种方式在餐馆里来回走动,度过漫长的一天。他想,嗯,那条裙子的颜色并不透光,而她的内裤通常很贴身,会勒着她,让她觉得更热。或许,她是在森图里翁按门铃之前把内裤脱掉的。没有脱鞋，内裤倒是脱了。伊内斯在床上穿着那双漂亮的高跟鞋，这无疑是为了取悦他。她的妥协令我难过，她想在那张即将变成空床或者 woeful bed 的榻上取悦我的愿望令我难过，而英语也是她的语言。

她对两只手的爱抚都有反应，左手抚摸着她的乳房，右手抚摸着她的大腿和更私密的地方，但是并不过分。熟悉的快感瞬间被唤醒了，那是生理上而非心理上的快感，身体不由自主地对刺激有反应，有时没有意志的干预，甚至与意志相悖，并且超越意志。伊内斯的身体也没有任何抵抗，森图里翁记得她从没有反抗过，甚至连迫不得已或者心灰意懒都不曾有过。恰恰相反，一旦前戏开场，她就会被某种迫切的情绪所支配。直到她睡着为止；不，直到她失去意识为止，他会像往常那样继续，他发现只要不关注那张奇特的脸，他就不会觉得吃力，而这令他难为情，摇摆不定、不合逻辑的顾虑。但是他预感到伊内斯不会有力气来表现她的急迫，展现她的渴望。她看起来疲惫不堪，或者是药物开始起作用了，药效发挥的速度似乎非常快。

"我真的觉得很累，而且出了很多汗。"她说，"我先冲个澡，看看能不能清醒一点。马上就好，你不介意等我一下吧？"

"当然不介意了。但是我看你没什么力气。在恢复体力之前，你最好别站着，可能会滑倒的。想让我给你准备洗澡水吗？这样会不会更好？"

"好主意。我也会抓紧时间的。"

我让她倚在床上，然后打开了水龙头，温水，我希望水不要太冷，也不要太热。我的意图荒谬极了，我想尽可能温柔地行动，而我要做的事一点也不温柔。

水流了一会儿，我把手伸进水里调控温度，我记住了每个触碰过的地方，随后用布擦拭，在水里不会留下指纹，在水里不会。我站在卫生间里抽烟，等着浴缸接满水，我不会听见卧室里传来的声音或呻吟，但我情愿不看。我关上水龙头，又等了一两分钟，直到把烟抽完，把烟蒂扔进马桶冲掉，看着它消失。

"还没有，还没有。"有时候，如果我们能决定的话，这个"还没有"会延续下去，但事情往往并非如此。马格达莱娜会在清晨起来时这么想，也许从十年前开始的每个清晨她一直这么想："不是昨天，不是前天，不是上个月，也不是近五年十年中的任何一天，时间在日夜变换间流逝得如此缓慢。但是谁能向我保证不是今天，不是我若无其事地走在大街上的时候，谁能保证今天他们不会在我的饭菜里下毒，谁能保证某个朋友不会来敲我的门，然后给我一枪。"不,没有人能向她保证,就是今天。

森图里翁回到卧室,伊内斯已经失去了战斗力,沉沉入睡,毫无知觉。流水声也许让她放松了下来,虽然她并不需要放松。森图里翁触碰她,挪动她,像对待可怜虫似的把她推来推去,他再次抚摸她,想看看她是否会受到惊扰,是否会醒过来。不,她一动不动,看起来已经睡着了,她很平静,呼吸规律而柔和,没有一丝意识,仿佛被麻醉了。他不能再拖了,最好尽快完成,离开那里,着手做别的事,他还有别的事要做,而她没有。这当然是不公平的。同样不公平的是,伊佩尔科尔恐袭和营房恐袭的受害者们在一九八七年没有预告也没有预感的两天之后便无事可做了。而如果让塞利娅·巴约和玛利亚·比亚纳的未来葬身于从远方来的陌生人之手,那也是不公平的,我几乎可以断定她们并不是马格达莱娜·奥鲁埃,她们一生中从未犯下任何罪行。

他试图鼓舞自己,但这个说法并不准确。他试图激起自己并不熟悉的正义感或报复心,还有对遥远的受害者以及即将被害之人的同情,这两种矛盾的情感同时出现。这种矛盾在很短的时间里对他起了作用。

脱下她的衣服已经变得非常容易了,没有人会穿着胸罩洗澡。他小心翼翼地脱下她的海蓝色连衣裙,解开扣子,然后把裙子彻底脱下。接下来的事情要更复杂一些。伊内斯身材高大,要摆弄她很难,但她并不沉。他想抱着她,如果不行的话就拽着她,反正只有几米的距离。最好先抱着她,浴缸的边缘并不高,把她从上往下放进水里会更容易。尽管在当时的情况下,那是被抛弃的死者的重量,但是森图里翁仍然试着把她抬了起来。他打算在进门时小心地让她与浴缸平行,让她的脑袋在前,双脚在后,脚下是塞子,塞子已经堵上了。他迟疑了一会儿,徒手把伊内斯的身体抬在空中,她仿佛是被抬进新家的门槛或者酒店房间的新娘。但他无法继续抬下去——疲劳常常能决定结局,于是谨慎地把她放进水里,他绝不能突然松手让她垂直掉落,绝不能让她从高处落下,这样也许会惊醒她,溅起水花。他把她的脑袋靠在浴缸边缘,那里摆着浴球、沐浴露、护发素、洗发水还有一些瓶瓶罐罐。她的黑发立即被打湿了,发尾湿透了,头顶还是干的,她的美人尖总是很显眼。他觉得它像箭头,像无声的控诉。

他移开了目光,杀手与刽子手首先得采纳的建议便是回避他们即将处决之人的眼睛,不要与她或他的眼神接触,因为这会让他们迟疑,让他们失败,他们通常不会有第二次机会。伊内斯的眼睛并不危险,它们已经惬意地彻底闭上了。但是她长着硕大五官的那张脸是危险的,她睡着时五官显得小了一些,让人觉得她孤苦无依。森图里翁又停了下来,他知道自己不该这么做,思考是另一个敌人,不该看也不该思考。但他不打算直接把她的脑袋按进水里,在把她的身体放进浴缸之后,在事情终结之前,他需要过渡的时间。他想起了珍妮特·杰弗里斯的假死事件。这回可是来真的。

"你决定让自己看起来像是个没有时代感的女人,麦蒂·奥德亚。现在你真的会永远超越时代。"他想,这样称呼她能在心理层面上敦促自己,"这是你的真实姓名,正如我的真实姓名是托马斯·内文森,而不是米盖尔·森图里翁,也不是麦克高兰、法埃、霍比格、阿韦利亚内达、罗兰、布雷达、利或者其他我已经遗忘的名字。现在我们知道彼此是谁,你从很久之前便知道了。你决定不与我对抗,也不提前保护自己,拯救自己。现在你就像是朝地面或空中射出第一枚子弹的决斗者,任由对手处置。他可能效仿你的做法,安静地回家去,也可能无情地朝你的脑门开一枪,他并不会感激你的手下留情。你已经很冒险了,现在你任由我处置,麦蒂·奥德亚。我不知道你是否知情,是否放松了警惕,还是早已预见了今天的结局,这将是个永远的谜团。"

思考不仅会让人迟疑，而且一旦开始便难以遏制，就像伊内斯·马尔赞提到的"那些人"在杀害可怜的埃尔穆阿议员之前，小分队在处死他时没有看他的眼睛，并像往常那样朝他的后脑勺开了一枪。她很了解他们："他们就像是一台机器，即便想停也停不下来。"现在他，森图里翁，就得这样。但是他停了下来，没有迅速行动，而是延迟了结局。他迟钝地检查了水温，希望水温不要太低。水已经凉了，于是他打开热水龙头调节温度。他费劲地把伊内斯的脚从水柱中挪开，以免热水烫伤她的脚，这也可能会让她苏醒过来，这是他最不希望发生的事，这种可能性会迫使他使用暴力，准确地说是更加赤裸的暴力，也许会有轻微的挣扎，他觉得自己根本无法应对。毫无知觉与有轻微的意识、竭力想要摆脱睡意、挣扎着想要醒来是完全不同的。

为什么伊内斯·马尔赞没有提前确认呢？为什么毫无怜悯之心的马格达莱娜·奥鲁埃没有这么做呢？为什么她没有通知贝尔加拉或者马拉费尔特的熟人赶紧来帮忙呢？为什么鲁伊斯·金德兰本人没有通知他们呢？除非伊内斯明令禁止金德兰那么做，或许她的级别更高，否则最后一个问题无法解释。但她为什么要那么做呢？森图里翁认为，伊内斯对他并没有很深的感情，不至于不计代价保住他的性命。但也许他想错了，人难免会错误地衡量别人对自己的感情，毕竟自己是接受感情，而非付出感情的那一方。人也会因为相同的原因误判别人对自己的看法，谁知道伊内斯是否认为他爱上了自己并对自己心悦诚服，因而变得几乎没有威胁了呢。有些人暗地里想入非非、自以为是，但从来不会表现出来。

或者是因为更单纯的原因：疲惫。没错，疲惫能决定许多态度与行为，有多少人因为疲惫而放弃了一切。也许她早就有了那种想法，就像海明威著名短篇小说里的奥利·安德烈松，还有部分改编自该小说的电影《财色惊魂》中，约翰·卡萨韦蒂斯饰演的假扮老师的驾驶员，她与这些人的想法不谋而合："他们终于找到了我。我不该抱怨了。我已经拖延了一阵。毫无用处，毫无意义，只是在宇宙中拖延了一阵。既然总会结束，那就这样吧。我不会反抗，也不会再逃跑。"想象着伊内斯顺从天意的模样，我心软了。想象着她对我的爱可能超出了合理的范畴，我又心软了。森图里翁不能纵容自己，他必须做完这件事。

他仍然没有看她的脸。"与其在毁灭后无法尽兴地生活，不如成为被毁灭的对象。"原话并非如此，但没有关系，重点在于羡慕受害者能让人鼓起勇气做对方的刽子手。他看了眼伊内斯·马尔赞的双脚，趾甲修剪得很整齐，涂着指甲油，保养得很好。他只需用双手拖拽她的脚，她就会不情愿地离开这个世界，根本无力反抗。她已经昏迷不醒，什么都不会知道。她应该没有天真到以为时间一天天过去便能持续至永恒。她并不是数百年来驾着骡车跨越莱斯梅斯河的车夫。她这辈子应该经历过不少恐惧，她在恐惧中反躬自省，未雨绸缪，她预知到了一切已经发生和即将发生的事。森图里翁有过这样的经历，他对此非常熟悉。她与曾经的他不会有太大的差别。

他拖动她的双脚和脚踝，她的头立刻沉进了水里，完全沉进了水里。他只需坚持住，坚持一小会儿，只需计算秒数：一秒、两秒、三秒、四秒、五秒、六秒、七秒、八秒、九秒、十秒。他试了一下，明知这可能是个致命的错误，但他还是停了下来，他需要确保伊内斯对刚才的溺水没有反应，没有察觉出即将发生的事，没有恢复一丝意识，这是他最担心的事，也是他不知该如何面对的事。他不知道她是否呛了水，或许呛了，但她依然昏迷不醒，她甚至没有咳嗽，没有噎气，也没有大声喘气。不过她的确还有呼吸。他给了自己和伊内斯喘息的机会，这也许很残酷，在缺乏同情心的五百年前，为了避免徒劳的拖延，老练的加来剑客被专程请来。但是这也并不残酷，只是时间问题，而时间总是文明的，因为森图里翁不会允许她跟自己说这样的话:"不,不可能发生这样的事,我怎么会看不见听不见说不出话来呢,这颗还在运作的脑袋怎么会停下来或者熄灭呢,这颗脑袋还是满满当当的,还在折磨着我。我怎么会再也无法起身甚至连手指都动不了呢,我怎么会被扔进坑里,或者像柴火燃烧时那样香气扑鼻呢,如果到那时我还是我,那么我的身体会化作烟雾。在杀死我的人看来,在那些看见我、收拾我、操纵我、搬运我的人看来,我仍然是我,他们仍然能通过我的五官认出我,仿佛我还活着,但在我看来不是,在我的意识中并不是,不过我似乎不会有意识了……之后鲁昂的钟声会为死者而鸣,但我不会听见它们响起。"

不,森图里翁不会容许她有这样的想法。因此,在短暂的停顿之后,他又拖起了伊内斯的双脚,将她没入她每天都会造访的安全的浴缸之中。这一回他没有计算时间,这与他的目的和任务背道而驰,有什么办法呢。他放弃了计算时间。伊内斯开始溺水了,他不知道过了几秒,也许是一分钟或者更久。然后发生了我为了自保、为了避免更大的灾祸而杀死一个男人时发生的事,我还记得那段人生,但已几乎无法辨认。那个男人明白自己即将死去,他毫无怨恨地看着我,眼神里有一丝责备,不是责备我,而是责备宇宙规则,它没经同意就把他带到这里,在庇护他的那段时间里裹挟他、纠缠他，而现在又连招呼都不打就突然带走他、驱逐他、抹杀他。在最后的时刻，他仿佛把剩下的最后一点力气都用上了，他拼命摆动自己的脚，在他的想象中，摆动的速度很快，仿佛他还能跑还能逃。他躺在地上，根本站不起来，他在虚空中奔跑，幻想着自己最终能在死后脱离险境，而事实上，正是那轻盈又无力的步伐带领他走向死亡。

伊内斯·马尔赞的那双大眼睛中并没有露出那种神情，即便她拼尽全力也无法睁开眼皮，但我还是感受到了。我感受到了对宇宙规则的那一丝责备，也正是宇宙规则让我们所有人想要豪赌一把却一败涂地。但我的手里的确感受到了变化，这并非我的想象，她的双脚轻微挣扎着，试图挣脱。我害怕极了，松了手，我看见它们摆动着，在她的想象中，摆动的速度很快，仿佛她还能跑还能逃。她的四周没有空气，而是水。

我已经无法继续下去了。对我而言，那双脚便是从树上飘落并偶然落在我的瞄准镜上的树叶。我瞬间失去了视线，那是最后的瞬间，我再也无法找回原来的位置了。在空中徒然晃动的那双脚是赤裸的、毫无防备的、精心保养的，是女人的脚。（我想："也许我们无法忍受的是被别人杀死，由别人来决定我们死亡的时刻与方式，于是我们就像野蛮人那样反抗,有时甚至不知道自己在做什么。")因为一片飘零的树叶足以让我们无形且模糊的时间耗尽。

我抓着她的腋窝,把她的脑袋拉出水面——她没有意识也没有力气,根本站不起来,如果昏迷不醒,那么仅有生存本能是不够的,我意识到我的行为或者疏忽会带来这样的后果:"我判了塞利娅·巴约和玛利亚·比亚纳死刑,我也没能拯救伊内斯·马尔赞。一桩人命案子,没别的。而事到如今,丧命的会有三个人,这是早晚的事。"但是我有了另一种自私的想法,准确地说是一种信念:"今天做不成了,还没成的事,可能成不了。总之,不会是我,不会是我。"

第十五章

什么都没有发生,我用不着再记住我触碰过的地方,也不必再抹去指纹了。我立刻打开了塞子,水位逐渐下降。浴缸的水放完之后,我等她的身子变得稍微干燥一些,夜晚仍然很热。我备好了最大的那条毛巾,它几乎跟床单一样大,我把它铺在了床上。现在我要把她抱起来,这比我此前从上往下把她放进浴缸里费劲得多。我把她抬了起来,把她抱到毛巾上,我觉得她变沉了。我用毛巾擦拭她,甚至还擦了她的脚,并暂时用毛巾把她裹了起来,我把她的身体倒过来,这样能让她可能吞下的液体慢慢地流出来。她平静地呼吸着,没有明显的伤痕,没有呼吸困难,也没有摇晃身体,她应该没有做梦,或者说刚才发生的事并不是梦;也许我把她浸入水中的时间比我以为的更短,也许只有三十秒,而这已无从得知。

我坐在她身边,在她的床边难过地看着她、守着她,我守着那座城,却没有耶和华困倦或警惕的目光。她身体某些部位的皮肤微微起皱,她在水里的时间没有那么长,但也许我停顿的时间比我想象的更长。她似乎既不觉得冷也不觉得热,而我却觉得很热,我的心跳比正常的时候快。我抑制了那种情绪,伸手拿了一只烟灰缸,点燃了一根香烟,深深地吸了一口,抽烟让我平静了下来。我一直盯着她,警惕着任何变化。当然这并不会发生,重要的变化并不会出现,但是我忐忑不安地开始收拾整理,给她盖好被子,把她留在那里。我不该害怕却害怕了。什么都没有发生。

几分钟后,我开始觉得无聊,不合时宜却挥之不去的想法侵袭着我。我看了眼手表,此前我把它摘了下来,我已经很久没有摘下它了。时间是一点十五分,我在她家总共待了一个半小时,我犹豫着是否再待一会儿,是否像哨兵似的留下来睡上一整夜,这也没什么奇怪的。她明天或者在往后的日子会记得什么呢?也许她什么也不会记得,也许她记得的东西比我希望的多。不会有任何痕迹,但无论如何我都会急着想见她,跟她交谈。因为我记得,我知道所有的事,我不会忘记,我怎么会忘记呢。

英国时间要晚一个小时,此时是十二点十五分,即便如此，对图普拉来说也很晚了，我想，虽然他在意这通电话，也许为了等这通电话推迟了睡觉的时间，他急于知悉，急于把结果通报给马奇姆巴雷纳。我可以不给图普拉打电话，但是得给佩雷斯·努伊克斯打电话，在马德里周六的夜晚，她应该还没睡，但她肯定不在家，她是个夜猫子，而且她不像享有特权的图普拉那样，一九九七年便有了古董手机。我不想给他们打电话。他们会觉得，我汇报的是让他们心烦的坏消息，没人喜欢这样。那天晚上我没有义务这么做，他们知道我很晚才跟伊内斯约会，他们知道可能会发生意料之外的事，而且事情需要时间。杀人也许不需要时间，但准备工作需要时间。我可以永远不打电话，没有什么能阻拦我这么做。他们肯定会起疑心，那就让他们徒然地找我吧。我可以不回答，不回答，不回答……"但是，哎，"我想，"总有一天我得回答，因为那天总会到的，即便是最遥远最不可能的一天。"

我打开了百叶窗，已经没必要把它合上了，我望向对面我的公寓。我像往常一样留了一两盏灯，这样能让人觉得那里有人。我望向那座桥，一群人正在过桥，正如夏天的每个周六。我望向河水，河水倒是很平静。从现在起，我留在鲁昂已经没有太大的意义了，但是在那几天回马德里也没有什么意义，马德里热得要命，贝尔塔和孩子们去了度假胜地圣塞瓦斯蒂安,当时正值"出行高峰",而且那时的日子还算宽裕。我会履行我的承诺,会给双胞胎上完一整月的课,顺便还能掌握情况:三个女人正处于极端危险之中。这并不意味着,我在面对突然出现并让我措手不及的一两个家伙时有选择的余地。到时候我分身乏术,但至少我能当场知道,而不是从远处了解情况。那里的任何一场死亡都会是一件大事,如果是暴力死亡的话,还会发生骚动,正如几年后偶然现身于桑坦德的可怜的马德里女子纳蒂维达德·加拉约之死。弗洛伦丁会在《万众期待报》上用大量的篇幅报道这件事,还会在当地电视台做几个小时的评论。而马德里的媒体可能只舍得用半栏的篇幅来报道这件事,如果这件事被伪装成意外事故或者心脏病发作的话,那么连半栏都不会有。

已经两点多了。伊内斯·马尔赞,即马格达莱娜·奥鲁埃仍然沉睡不醒或者神志不清,现在很可能是前者。她总是睡得很沉很久,如果我的判断没有出错的话。她还活着,她还活着。我无疑松了口气,我在内心深处甚至欣喜若狂。然而,这也让我开始觉得不安。如果图普拉跟往常一样是对的呢?如果我原谅的是贝希特斯加登的猫呢?如果我拯救的是不该救的人呢?(虽然把她比作贝希特斯加登的猫有些夸张。)如果在不久的未来,埃塔又发动了恐怖袭击,或者爱尔兰共和军在即将走向和平的阿尔斯特发动了袭击,而她参与其中呢?

我咒骂自己的命运,咒骂无穷无尽的十字路口。我肩负的责任已经发生了变化,多条性命被牵连在内,而不只是一条。我不仅得关注鲁昂发生的事,还得关注西班牙其他地区以及北爱尔兰发生的事,我每天都在担惊受怕,每天都得翻阅报纸,时而胆战心惊,时而思绪万千。我突然用怀疑和责备的眼神看了她一眼。但是我能怎么办呢?再次把浴缸接满水,把她放进去吗?现在我已经没有退路了,为时已晚。没人能保证我不会重蹈覆辙,我也不打算花一晚上的时间自我纠正,自相矛盾,做了事又反悔。如果我再次尝试的话,随时可能失控,然后呢?回头路是没有的。不,时机已经消失了,必须面对风险。

现在她已经干透了。我小心翼翼地扶起她,把那条大毛巾扯开,没有惊醒她;我在卫生间里用尽全力把毛巾拧干,把它挂回原处,它滴了一会儿水,但有什么关系呢。我回到卧室里,为伊内斯掀开被子,用被子盖住她赤裸的身体,我再次看见了她的身体,壮硕的大腿、手臂与体形,她的身体已不再收缩或变小。我把烟灰倒进了垃圾桶。我拿走了中间的酒瓶,清洗了酒杯,我洗得很干净,仿佛被弄脏的是我自己。我离得太近了,也许我真的把自己弄脏了，换作今天，人们定是这样认为的，这是个批判谴责思想、意图和欲望的年代，上世纪的人们没有那么歇斯底里，也没有那么专横跋扈。那个夜晚仍然属于二十世纪，我们越来越怀念的二十世纪。

关灯前，我走到门口，环顾了四周。一旦我离开这里，一旦我把那扇门关在身后，便无法回来。如果之后伊内斯发生了意外，她也只能自己想办法解决。总之，就像其他任何一个夜晚。我没有心情也没有勇气留下来睁着眼睛睡在她身边。我需要离开那里。

然而，我走回卧室门口，张望了一会儿，然后走了进去。意外没有发生，我掀开她的被子，以确保她的身体完好无损，并且没有任何令人担忧的迹象：这是一种迷信的做法，就像有些人在远行前，为了确保煤气已经关上，得检查五回。明天再说吧，如果她联系我的话。至于我，我还是等一段时间吧，尽管这未必可行。我回到了街边的门前，我还没有把它打开。一切秩序已经恢复，世界继续运转，仿佛那个夜晚并不存在。我指的是只有我经历过的那个夜晚。对其他人来说，那个夜晚并不存在，至少我是这样希望的。没有人搅乱宇宙，至少那个人不是我。

图普拉可能已经不耐烦了，但他忍住了，也许他怀疑我失败了，周日他没有打扰我，那天是伊丽莎白王太后的诞辰前夕，她出生于一九〇〇年，还能活好几年。我什么也没跟他说，跟帕特·佩雷斯·努伊克斯也什么都没说。也许跟我预想的不同，休息日他们还是遵守的。在一九九七年，电话响起时，人们并不知道是谁打来的，因此我只能选择接或者不接。如果听到我的几位"看守"的声音，我打算一言不发便挂掉电话，至少那天是如此，我不需要任何惊吓、斥责与争吵，我需要的是慢慢地冷静下来。伊内斯·马尔赞倒是在去拉德曼达准备午餐之前给我打了电话，我很愿意跟她通话。我仍然担心她的情况，我迫切地想要了解。

"你好，米盖尔。我抓紧问你一个问题，我没时间了。"她心平气和地说，"我想问你昨晚发生了什么。我起来的时候头昏脑涨，我很少醉成那样，我什么都不记得了。我在床上一丝不挂，所以我猜想我们按照计划行事了。但我并不确定，你能相信我脑子里一片空白吗？就像是有人用海绵块把我的脑子抹干净了。抱歉我如此直率，但如果真是那样的话，我一点儿印象都没有。到底发生了什么事？我到底怎么了？"

她似乎并没有假装，但真相永远无从得知。如果她是马格达莱娜·奥鲁埃·奥德亚——现在我放了她一条活路，更是会这么想,那么她撒谎的功力是一流的,多年来她无时无刻不在对所有人撒谎。那是她的第一层皮肤。

"是啊,小可怜,"我开始用最口语化的方式来表达我的怜悯之情,"唉,你当时筋疲力尽,就像你先前告诉我的那样。逼你跟我见面并不是个好主意。请你原谅我,是我太讨人嫌,太执着了。"

"不,我也想要的。但是发生了什么事?我很苦恼,我完全不记得昨晚的任何画面,连一分钟都不记得。我记得的最后一件事是我在等你来。我从没经历过这样的事,所有的记忆都消失了。"

"我们喝了几杯酒,缠绵了一会儿。嗯,我还解开了你的衣服。但是你出了很多汗,还沾染了食物的气味,所以想洗个澡。你在浴缸里睡着了,我想是因为疲劳和酒精的缘故。还好我在那里,不然你可能会把自己给淹死。你睡得非常沉,我得把你从水里捞起来,并在你躺倒之前把你擦干。我守了你一段时间,然后就离开了。真的很抱歉,我不该坚持的。"

我尽可能地往事实上靠,免得她察觉到卫生间里的痕迹,察觉到那块湿毛巾,免得她觉得自己呛了水,还会咳嗽,任何细节都可以用我的版本来解释。

"但是后来,我们做爱了吗?"

"不，我们并没有性交。"我完全撇开了委婉的说辞，这才是我应该做的，"你当时完全不在状态。你只想睡觉。我猜你在餐厅也喝了点葡萄酒……"

"那我大概连续睡了十个小时，或者还不止。我是什么时候睡着的，你有印象吗？今天我费了好大的力气才醒来做事，这便是睡太多的坏处：你没觉得休息充分，反而觉得很累。"

"我说不好，十二点半吧，可能更晚一点。其实你清醒的时间并不长。酒精和泡浴把你的精力耗光了。也许是十二点四十五分吧。"

"所以我不仅迟到，还神志不清。但是，好吧，知道我们没有性交，我也就安心了一点。不因为别的。只是因为，如果我完全忘记的话，实在太不应该了。改天等我没那么累的时候，我们必须试试，而且不能喝酒。你没给我一剂可卡因让我清醒过来吗？"

"不，那样做太自私了。我觉得把可卡因和酒混在一起食用并不好。"

"好吧。我得走了。我这周给你打电话，看看我们能不能再见？"

"当然了。你随时可以给我打电话。这次由你来决定，等你没那么忙的时候。我等你。真的很抱歉，我不该坚持的。"

我松了一口气。事情的发展符合我的期望。她什么也不记得，她完全不知道我险些要了她的命，这样更好。即便如此，我也不好意思再见她，更别提跟她做爱了，我是记得的，我是有印象的。还是把主动权让给他，让她给我打电话为好。我也可以让伊内斯无处可寻，或者一言不发便挂断她的电话。而且，我并不认为她的态度是真诚的。也许，那番没有流露疑心的对话只不过是一场骗局。她甚至没有问我，她怎么会有淹死的危险，要完全沉入水中可不是件容易的事。如果她跟我说话时心思单纯的话，她一定认为我在夸大其词。不然她就是不愿意深究此事，并假装对此一无所知，而下回她便会对我施以报复。我仍然心烦意乱，因为我又混淆了两种语言，"with a vengeance"在英语中并不是它字面看起来的意思，而是"额外地、极其地、有意地"的意思。马格达莱娜·奥鲁埃是极其冷血之人，不排除她会在另一个爱意缠绵的夜晚以其人之道还治其人之身。现在她才是拥有一颗待击子弹的决斗者。

等到四号，也就是周一那天，我已经没有任何喘息的机会了。我一早出门，快到中午时才从玛利亚·比亚纳家上完课回来，一到家就发现答录机上有四条留言，三条来自图普拉，一条来自佩雷斯·努伊克斯（马奇姆巴雷纳并没有屈尊联系我）。图普拉说话简短，语气强硬："我从周六起就一直在等你的消息,但你杳无音讯。听到留言后,请尽快回复。很多人在担心你。"这是第一条留言。第二条留言更加粗鲁:"我还在等,汤姆。你别让我浪费时间。"第三条留言听起来厌烦且决绝:"回电话。回电话。"佩雷斯·努伊克斯的留言更长一些:"为什么你什么也不说呢?发生了什么事?是出了问题还是你退缩了?"诸如此类。告别时,她还加了一句:"贝尔蒂在发火。你别火上浇油。这对大家都没好处。"

她说得没错。怒火冲天的图普拉是个麻烦,他会在一瞬间——只是一瞬间——丧失理智,草率地做出决定,等到他恢复理智后,他不会更正那个决定。于是我拿起电话,拨通了他的手机号码,用我能装出的最漫不经心的语气(那是伪装出来的,他注意到了)。

"怎么了,贝尔蒂?你何必如此着急,如此执着呢?我想,事情到了这个地步,你应该已经猜到了,没必要解释了。"

"你是白痴吗?你已经变成了彻头彻尾的蠢蛋,汤姆,你过去可不是这样的。"他的确怒火中烧,他责骂我用的是"moron"这个词。"如果你说了要通知我,就得通知我。我能想象得出来。但是我想听你说。是出了意外,还是你办砸了?"

我不打算编造蠢话,不打算撒谎,不打算逃避,也不打算让他给我设定新的期限或者再给我一次机会。这有什么意义呢。

"是我办砸了。我下不了手,你想怎么样,最后我还是下不了手。我就差一点,一切都很顺利。但是在最后时刻,我不想干了。我没你看得那么清楚。我能跟你说的就是这么多。"

"哟,你不想干了。"虽然他冷冰冰地重复了一遍,但那句话让他恼火,让他愤怒。

"我没有处置她以换取我们的安宁,我寻求的是个人的安宁。如果我因此而助她加入对抗我们的战争,那我会后悔的。我们拭目以待吧。"

我敢肯定,尽管他怒不可遏,但依然能听出经我改编的那句话出自《麦克白》。正如每个有修养的杀人犯那样,他能把《麦克白》倒背如流。要么他犯下的命案比我多,要么杀人并不会让他痛苦,那只不过是职业风险而已。他是跟着野蛮的克雷兄弟成长起来的,而我并不是,我是在文明而太平的钱贝里区度过的童年和少年时代。

"那不是对抗我们的战争,内文森。而是对抗所有人的战争。对抗的是在公园里带孩子的母亲,拄着拐杖过马路的老人。那是你没能制止的战争。对抗我们的战争……好吧,我们能自我防卫。他们不能,内文森,他们不能。"

我觉得很奇怪,他竟然用悲苦的情绪来煽动我。但是我很清楚他的伎俩。只不过暂时有效而已。我只重复了那句话。

"我们拭目以待吧。"

"毋庸置疑。如果我们不尽快采取应对措施,那么早晚会看到那样的局面。在一个月或者六个月内,一年或两年内。感谢你的软弱。"

他语出伤人,他有理由这么做。我不知该如何回答。

"听着,你来马德里显然是个错误。我接受你的提议也是个错误。但是先犯错的人是你。"

"没错,"他不屑地说,"这毫无疑问。你已经知道接下来会发生什么,对吧?我警告过你的。"

"我知道,我知道。但那是你的事了。与我无关。我已经结束了。"

"你当然已经结束了,汤姆。"

他挂了电话,我也挂了电话,事情到此为止。

然后,我在悲痛时刻到来之前给校长打了电话,告诉她我没法在九月份返校上课。突发了家庭变故,回马德里势在必行。"唉,你可别让我难堪啊,米盖尔。"她颇有怨言。

按照图普拉的说法,米盖尔已经让太多人难堪了,而且是让他们极其难堪。我的脑海里不合时宜地回响起了《绝望者日记》中的几句话:"但凡我能预感到这个人渣以后会扮演的角色,预感到他会让我们遭受数年的折磨,我当时肯定毫不犹豫地给他一枪。"我总会不合时宜地想起些什么,这是永远挥之不去的疑问。我已经看出了苗头,但那是受人诱导的,是不充分的。我像雷克-马雷切文那样迷信地提前安慰自己:"无论如何都是没有用的:在上帝看来,我们的苦难早已注定。"这并不是真的,但对我管用。

于是漫长的等待开始了,在我和贝尔塔的生命中,这样的等待有过无数回,我从未忘记,也从未忘记过她。不,"从未"是夸张的说法,是谎言。有时,我过分沉浸于自己虚与委蛇的职业,但是在鲁昂时并非如此。我们在马德里的最后一次见面给我留下了美好的回忆,每天我都会更频繁地想她。我并没有自我欺骗,我在她的身影、她的思想中寻求庇护,因为这是我唯一在意和珍视的东西,而在这种情况下,人们很少会区分渴望与匮乏,欲望与需求。那是我抓住的一种依靠,一条救命索。

时间也许会很长,也许没那么长,这取决于爱尔兰共和军与埃塔的行动节奏,取决于图普拉与他的使者:也许是体弱多病的布莱克斯顿,或者蠢货莫利纽克斯,或者像帕特莫尔与赫德那样的莽夫，我见过他们，也听过他们的事。帕特莫尔很听话，浑身肌肉；赫德身材羸弱，戴着一副圆眼镜，他冷若冰霜，心肠歹毒。他们俩能让任何人出局。

我在鲁昂度过了八月，上午履行与玛利亚·比亚纳和她的孩子们的约定，下午和晚上时而化身为隐士，时而堕落成浪子，我已经说过，那里的夏天充满了活力。有时，我会在傍晚时分找借口给身处圣塞瓦斯蒂安的贝尔塔打电话，我们会不痛不痒、客客气气地聊一会儿天，我预计于月底回去，对此她说："好。"

我委托骑士团长一件事：一旦有"奇怪人物"来访，便通知我。他四处奔波，频繁出入卡蒂利纳和鲁昂的各种场所。"你说的'奇怪'是什么意思，"他提了个好问题，"看起来不像游客的外国人，如果是两人一起行动的话，更得留意。他们也可能是西班牙人。你会觉得他们来这里别有目的，既不是为了参观名胜古迹，也不是为了去酒馆里喝得烂醉如泥。这很难解释。""怎么回事？有人追踪你吗？""当然不是了。但就跟追踪我似的，你说到点子上了。"

每天早晨我都在担忧中醒来。现在我倒是期待着《万众期待报》，我会在蔡尔德酒店的露台上迅速浏览其中荒谬的文字。虽然蔡尔德酒店开业于十九世纪，但经过了高品位的现代化翻修，也许是酒店原业主拜伦的某位崇拜者所为。如果玛利亚、塞利娅或者伊内斯遭遇不测,肯定会登上该报的头版。尽管如此,我仍然研读了短篇报道以期找到线索,虽然我并不知道是哪些线索,但我还是那么做了。要在鲁昂买到英国报纸是件难事,即使买到了也会有延迟。想买到爱尔兰的报纸更是不可能的事,我甚至觉得在马德里都买不到。我找来了国内所有的报纸,仔细地翻阅它们。爱尔兰共和军很平静,秘密谈判应该取得了进展,并最终于八个月后的四月十日以达成《贝尔法斯特协议》告终。新教准军事组织似乎蠢蠢欲动,但并没有从中作梗。自米盖尔·安赫尔·布兰科事件以及在自己的地盘遭人厌弃以来,埃塔一直隐迹潜踪,没有发动袭击。我相信埃塔会再次杀人,但他们并不急于一时,并不像马奇姆巴雷纳和他在国防高级情报中心或者内政部的上级——他们并不是他的上级,怎么可能是呢——所担心的那样。

我于八月二十八日回到马德里时(贝尔塔、吉列尔莫和埃莉萨已提前两天返回),鲁昂没有任何坏事发生。玛利亚、塞利娅和伊内斯仍然活着,毫发无伤。这并不是什么了不起的事,但是安然无事地结束的每一天于我而言都是一种宽慰。每个工作日我都会在玛利亚家的花园里见到她,莫贝克和穿着古怪休闲鞋的坎加斯俗夫仍然在那里出没,一切如常。我不时会在街上碰到塞利娅,并跟她聊天,在鲁昂偶遇不是什么难事。伊内斯并没有找我。我怀疑她是否回忆起了更多的细节，或是心生疑虑。有一天，我给她打了电话，告诉她：

"我留在这里的时间不多了。我家里出了点事，下学期我必须回马德里。我以为我们会很快见面，我让你自己决定，不想给你压力，我知道你很忙。现在，我想跟你告别，不过下学期我也许会抽个周末回这里。我已经习惯了这座城市的生活。还有你。"

她说的话让人安心，也很真诚，就像我杀人未遂的第二天那样。

"唉，真的太抱歉了。但是我实在没有办法，整个月我都忙得不可开交。自从我们上回见面以来，我连一晚都没休息过。我几乎是在期待九月到来，没差几天了，然后我便能过回平静的日子了。唉，真糟糕，真糟糕。你什么时候离开？"

"二十八号，如果计划照常的话。"

"这么快？你怎么不早点告诉我？"

"因为事情是刚出的。周六那天我还不知道得走呢。我还以为自己肯定会留下来。"我并不认为伊内斯跟玛利亚·比亚纳和校长有联系，她们几周前就知道了我的计划。

"我想是很严重的事吧？"

"我希望不是。但是我的父母年事已高,我得照顾他们。"所以米盖尔·森图里翁的父母仍然健在,这是我的发现,我的即兴发挥。

"真扫兴啊,米盖尔。我开玩笑的,只是我也已经习惯你了。"在我看来,这纯粹是为了回应我的客套话,但是谁知道呢。"在你离开之前,找个时间,我们得见一面。让我安排一下,找个空当,然后我给你打电话。你说是二十八号。"

一段令人安心、自然而然的对话。也许过于自然了,因为我离开前的日子已经过去,而她并没有打电话给我,甚至没有告诉我她是否能见我。我并不想坚持,因为我其实仍不愿意见她,对我来说,见不到她并且不用面对她那张差点永远变成僵硬面具的奇特脸孔让我更舒心。尽管她并不知情,但与自己试图杀死之人见面仍是一种折磨。如果能执行到最后,那就再也不会见到那个人。但是我失败了,退缩了。这还是次要的:在我的脑海中,我已经完成了那件事,正如麦克白也做成了他的事。跟麦克白一样,我也趁受害者睡着时行动,也许我的做法更糟糕,让受害者睡去的是我。"睡着的人和死了的人不过和画像一样",所以将他们抹去更容易。以前的我并不是这样的,但现在麦克白夫人会像斥责她丈夫那样斥责我:"您这样胡思乱想,是会妨害您的健康的。"胡思乱想无疑是成为局内人之后又变成局外人的后果。这也是无法忍受的。

我回到了勒班陀大街的公寓,也就是那间阁楼,那里距离帕维亚大街和我年轻时的爱人贝尔塔只有几步之遥,我对她的爱从未完全枯萎。九月一日正好是星期一,那天我如约重返英国驻马德里大使馆的岗位。身边人向来给予我无微不至的关照,我早已习惯。这是我做了几十年局内人的好处,更何况我还拥有正式的身份。

我已经交代骑士团长,一旦鲁昂发生任何变故,尤其是与那三个女人相关的变故,就立即通知我(我给了他一大笔钱,提前支付了全年报信的费用)。尽管如此,我每天早晨上班前仍然忍不住走到太阳门广场,从琳琅满目的报刊亭里购买一份《万众期待报》,如果他们有货的话,我还会购买另一份没那么重要的鲁昂报纸。英国、苏格兰和爱尔兰的报纸每天都会准时在办公室里等待着我,我会先用一个小时快速却认真地把它们读完。

埃塔很快又拾起了武器。此时距离埃尔穆阿议员被杀害还不到两个月。九月五日,他们在一名巴绍里国家警察的车底安置了炸弹,该警察被炸死。一个月后的十月十三日,两个恐怖分子射杀了一位巴斯克警察,这名警察试图阻止他们在毕尔巴鄂的古根海姆博物馆安装炸弹。在巴苏尔托医院垂死挣扎了二十六个小时后,这位巴斯克警察抢救无效死亡。两次惊吓,随之而来的是两次如释重负,因为我确实是那么想的,只不过并不像以下描述的那样恬不知耻:"如果一九八七年巴塞罗那和萨拉戈萨的恐袭留有马格达莱娜·奥鲁埃的印记,那么至少这场谋杀并没有。图普拉总是不愿意告诉我,她究竟是如何与埃塔合作的,现在我也不能再问他了。"古根海姆博物馆的装置令我惴惴不安,因为从它的威力与预计的引爆时间来看,那场袭击也许跟十年前的袭击类似。

我不能问里尔斯比,不能问他。在我们最后一次紧张且令人失望的通话后(对他来说令人失望),他便不再屈尊联系我了,连让我不安,让我羞愧,让我痛苦,往我的伤口上撒盐的兴致都没有了。而我也不敢用他不会回答的问题去纠缠他。我猜想,他现在极其蔑视我,不想知道关于我的任何事。至少,八月和九月过去了,十月也过了一半,但他的杀人计划并没有兑现:那三个女人仍然活着,仍然在鲁昂过着正常的生活。我不知道他在等待什么,因为他从不会说话不算数。无论如何我都心存感激,我怀疑他的游戏古老而微妙,但是会消磨人的意志:人因心存希望而饱受折磨。能化解此种慢性毒药的唯一解药是放弃等待并认为一切皆已终结,但我并没有这种解药。也就是说,我没能做到,每天我都害怕看到《万众期待报》的头条,害怕接到骑士团长不合时宜的电话。

十一月,帕特里夏·佩雷斯·努伊克斯离开了。虽然我们都在马德里,但几乎没有见面。她回避我,疏远我,甚至鄙视我,我突然觉得很难相信我们曾是偶尔会上床的关系。她年轻气盛,却在执行命令时绝对服从。我认为,她要么无法忍受我令人敬佩的资深前辈形象分崩离析,要么是受到图普拉的影响,鄙夷我的软弱无能。我猜想她搬去伦敦是为了跟图普拉一起做已经启动多年的项目,那个项目容纳不下像我这样的人,我去鲁昂之前便是如此。在帕特即将离开前的某一天,我在走廊上遇见了她,我坦率地问她:

"你要调到伦敦去了吗?是去那座无名建筑吗?"她明白我指的是什么。

"从几个月前开始,这些事就与你无关了,汤姆。"她的回答直截了当,她继续沿着走廊往前走,还给了我一个白眼。

我明白这是图普拉的指示,我无疑再次出局了。当然,是暂时的。

在阿尔斯特发生了小规模冲突,但是更大规模的冲突似乎已经暂停或者延迟了。而在西班牙还会持续许多年,尽管埃塔的下一次暗杀发生于两个月之后。十二月十一日,又有一名人民党议员在伊伦的一家酒吧头部中弹身亡。一九九八年一月九日,另一名同样来自人民党的议员在萨劳斯被安置在其汽车底部的炸弹炸死。在这几场袭击中也没有麦蒂·奥德亚的印记,或者说,并没有我认为的她的印记,而这仅仅是我的推断。

一月三十日极其残忍的袭击中也没有她的痕迹。他们的目标是塞维利亚市政厅的议员阿尔韦托·希门尼斯·贝塞里尔,他的名字我倒是记得。他是在晚上跟妻子阿森西翁吃完晚饭回家的路上被人从背后射杀的。更残酷、更令人难过的是,他们还杀死了他的妻子,也是从背后开的枪,夫妇俩无力阻止也无力反抗,他们当时正在步行回家的路上。正因为此事令人尤其难过,我记住了他们的姓名(我已经不止一次提及此事)。

他们没有停止,没有停止。四月十日达成的《贝尔法斯特协议》对他们没有任何影响,这份协议为阿尔斯特两大阵营暴力杀害的三千多名受害者画上了句号。实际上,他们为什么会受影响呢?好事他们才不会模仿。一九九八年五月六日,一名纳瓦拉人民联盟的议员在潘普洛纳中弹身亡,当时他在自己的车里。仅仅过了两天(似乎是为了弥补长时间的停战),一名已经退役的国名警卫队少尉在维多利亚的住所附近被击中头部。六月二十五日，伦特里亚又有人被杀害，要记住每个人与当时的情形是不可能的事，太多人了，太多了。而且，与八十年代相比，那几年被杀害的人已经算少了。我说过，有一回，十二个月里共有九十人被杀害。

我为民主制度建立、埃塔成员获赦以来的所有袭击感到遗憾与愤怒（有些袭击甚至发生在佛朗哥统治期间，他们凶狠残暴，受害者尤为无辜），同所有的西班牙人一样，我认为他们永远不会停止。但个人的意志总会介入其中，并根据情况发挥或轻或重的作用。我并不认为伊内斯·马尔赞参与了一九九七年与一九九八年我离开鲁昂后发生的恐怖袭击，我安慰自己，即便把伊内斯的脑袋按进水里两分钟、三分钟、四分钟甚至五分钟，也无法阻止那些事情发生。那些暴徒仍然会在巴绍里、毕尔巴鄂、伊伦、萨劳斯、塞维利亚、潘普洛纳、维多利亚和伦特里亚大开杀戒。无论我做什么，无论马奇姆巴雷纳做多少泯灭人性且毫无意义的事，都无法阻止血流成河。

埃塔杀死了三百四十三名平民，平民。但在死亡人数仅次于巴斯克地区的马德里，民主时期便有一百零一人被杀害。我们已经习惯于单独统计独裁时期的谋杀案。这种方式或许不合理，或许合理，我说不好。

而且，荒谬的是——从远处也能下达命令，伊内斯仍然在鲁昂的拉德曼达忙活着，这让我觉得安心。我一直安心到五月三十日，因为第二天，也就是星期天，我接到了骑士团长的电话。几小时后，我接到了更让我意外的几通电话，是图普拉、里尔斯比、邓达斯、纳特科姆、奥克斯纳姆或乌雷打来的，你永远不知道他每天早上醒来会变成谁。也许连他自己都不知道。

"唉，我知道今天是周日。"那个冒牌的西部枪手告诉我。我最后一次见他时，他仍然穿着皮衣，留着史蒂芬·史提尔斯式的卷鬈发，并且还在前臂上文了身，一个游走在法律边缘的人做这种事有些愚蠢。"但是，发生了一个重大的变动，你会想知道的。"

"出什么事了？"我问道，随即感到痛苦，我担心那三个女人中的一个或者两个已经死了。

"昨天是拉德曼达的最后一天，"他回答说，"今天它就关门了，门上贴着'店铺转让'的告示。伊内斯把餐馆转让或者出售了，她没有告诉任何人，并且一夜间消失了。昨天她没上夜班，但是午饭时间她还若无其事地上着班。明天的《万众期待报》肯定会报道这个新闻。她让所有人都大吃一惊，包括她的员工。他们回家以后，总得有人回那里贴告示吧。"

"你也很吃惊吗？她没有告诉你她的计划吗？你也没有怀疑吗？没有任何迹象吗？没有人跟你通风报信吗？你不是什么都知道吗？"

"是知道得很多，但不是什么都知道，"他纠正我，"不是的，我对此一无所知。这么多年了，这个没良心的女人连声再见都没说。她消失得无影无踪，没有人知道她的下落。所有的事她都做得密不透风。怎么说的来着，做得悄无声息。"

"知道她把餐馆卖给谁了吗？买主肯定知道吧。"

"目前还不清楚。谣言已经满天飞了，你懂的。但因为今天是周日，可靠的信息来源并不多，市政厅也不接电话。据说她是通过中介公司交易的。弗洛伦丁之后会调查出什么的，他做事仔细得很。他现在气急败坏，这个新闻令他措手不及。但目前他没有任何线索，只有谣言。据说她还把自己名下的那套公寓给卖了。"我把这个信息给忘了，这是真的，他们给我的前期情报里有提到。"如果这是真的的话，"骑士团长的语气中流露出了一丝沮丧，"那么她永远地抛弃了我们。"也许是因为失去了一名稳定而忠实的客户，也许是因为令其愤恨的情感。"好吧，既然你让我有变化就通知你……这是个重大的变化。拉德曼达已经是这里的地标了。谁知道它会变成什么呢。"

"谢谢,你做得很好。一旦有更多的消息,就马上告诉我。所以没人知道她去了哪里吗?"

鲁昂人仍以为我是森图里翁。森图里翁一点也不喜欢变动,变动让他心烦意乱,惊慌失措。我禁不住胡思乱想。也许她女儿的父亲给她打了电话,告诉她女儿奄奄一息,于是她匆匆忙忙去了女儿那里。真是胡说八道,我斥责自己。连这个孩子是否存在都不确定,而且没有人会在紧急情况下完成复杂的交易。那件事看起来不妙,周日让我烦躁。我试着读一部小说,一篇散文,但根本读不进去。我打开电视,也根本看不进去。更让我难受的是,傍晚时分电话响了(我跟骑士团长是在中午一点左右通话的),我听见了图普拉清晰可辨的声音,他从第一句话开始,就带着讽刺挖苦的语气。

"为你鼓掌,内文森,为你鼓掌。我猜你已经知道了,对吧?"

他说话的口气就跟我们前天刚聊过天似的,而我们已经十个月没说过话了。没有开场白,连一句"你好"都没有。当然了,你一般是不会跟马上就会捅你一刀的人打招呼的。

"你好,贝尔蒂,下午好。你是怎么知道的?"

"你觉得呢。乔治已经气疯了。也难怪他会这样。我们本来已经找到了麦蒂·奥德亚,现在她跑了,又下落不明了。我们花了几年时间追踪她、找到她、确定她的身份。一切都浪费了。恭喜你,汤姆。"

我没忍住反击。

"我也得恭喜你和乔治呀。你的斩草除根计划怎么样了?我八个月前就离开鲁昂了,据我所知,那三个女人都还活着,你早就判了她们三人死刑。你们是害怕了还是怎么回事?"

"喂,我可不会把生命浪费在那个偏僻的地方,我在这里有更重要的事要做。而且我们知道另外两个女人没有危险,处决她们没有任何意义。我们不是屠夫。我们不是黑手党,也不是恐怖分子,对他们来说杀一个人跟杀一百个人没有区别。你我都清楚这一点。"

我的反击刺痛了他,让他进入了守势。我趁机火上浇油。那通时隔已久的电话让我烦透了。

"那伊内斯呢?如果你之前那么肯定的话……如果她是麦蒂·奥德亚的话,当然这还有待考证,那么把事情办砸的人可有好几个。"

他不喜欢被列入失败者的行列。

"别人让我帮忙,我已经帮了。我派了你去,但你办砸了。然后我就不管了，让乔治全权处理。一切都需要时间，而你可悲地浪费了我们争取来的时间。现在得从头开始了。难道你还以为她不知道你差点把她溺死的事？她肯定变得前所未有地警觉。我觉得乔治是在等她行动。"

"显然她已经行动了。他等太久了，不是吗？"要让图普拉无话可说并不是件容易的事，但他沉默了几秒。我改变了语气，对他说："不能仅仅因为她卖掉餐馆而下定论，据我所知，这并不违法。人们会因为上千种原因而秘密行动。我也说不好，我承认这事不妙，但乔治警觉得很，况且也没必要这么着急吧。追踪不到她去了哪里吗？有查乘客记录吗？"

他也改变了语气，突然配合了起来。

"他们在查，但是没用的。她肯定已经改了名字，谁知道她的新名字是什么。"

"我没在她的公寓里找到护照。"

"她是不会把护照放在家里的。它们应该被存放在了银行保险柜里，只有她有钥匙，明天就会调查此事。我说不好，如果她一早持美国护照从马德里出发，现在可能已经抵达波士顿、费城、纽约，或者在前往旧金山的路上了。在美国，欧洲恐怖分子会受到优待，那里的人暗地里仇视以你我为首的欧洲人。美国人无法原谅我们，因为他们的一切，不论好坏,都被归结于我们。那里的人理解他们,支持他们,为他们开脱,如果是爱尔兰人的话,待遇就更好了。你有注意到吗?《纽约时报》《华盛顿邮报》及其他知名媒体几乎从来不把埃塔成员称为'恐怖分子',反而称他们是'分裂分子''巴斯克民族主义者',诸如此类。他们对爱尔兰共和军更是同情。麦蒂·奥德亚在美国会有很多有钱的朋友。当然了,穷困潦倒的朋友也会有很多。"

"你不认为她会去阿尔斯特吗?"

"听着,官方还没有完成最后的统计,但有百分之七十一的北爱尔兰人刚刚在公投中投票支持《贝尔法斯特协议》。新教徒和天主教徒,三十年后,人们再也无法忍受更多的人死去。而且下个月有几场选举。我认为,她去那里暂时没有太多的事可做。但话说回来,她的确可能会去那里。多亏了你,现在一切皆有可能。"

我们正常地聊了一会儿(我们已经很多年没有这样一起分析,共同合作了),但他突然又变得咄咄逼人。这回我当他在开玩笑,并没有反击。

"如果她在清醒或半清醒的状态下任由自己溺亡在浴缸里的话,那她可真是冷静得惊人,对吧?简直就像超自然的吸血鬼那样。"

图普拉又变回了尖酸刻薄的模样,他休战的时间通常很短，即便是在他开怀大笑的时候。

"或者她只是比你自己更了解你而已。有些女人具备这种能力。她们马上能知道男人会做什么，不会做什么。我指的是肉体上的。尤其是如果她们跟那个男人上过床的话。帕特就有这种能力，她警告过我。她说，一旦出现极端情况，你就会畏首畏尾，就会退缩。"

我宁愿无视这段评论。帕特口无遮拦，但她不是重要的角色。

"我从来不觉得伊内斯·马尔赞对我的性格感兴趣。"

"这样的人最敏感，托马斯·内文森。她们假装心不在焉，假装什么也不在意。但是她们会在敏锐而病态的大脑中记录细节与征兆。"

"还有一件事，贝尔蒂，是你今天欠我的。麦蒂·奥德亚在伊佩尔科尔和营房爆炸案中发挥了什么作用？我从来都不知道，你也从来没告诉过我。"

"到了这个节骨眼上，你知道了也没用。告诉你也无妨，她负责后勤和组织工作，尤其是筹款和融资。筹款能力是一张王牌，恐怖分子总得有生活来源吧，总得有钱购买武器和装备吧。抢劫、勒索和绑架并不能带来太多的效益。他们的日子就像普通人一样漫长。"

我就是这样度过一九九八年五月三十一日（周日）的。

那天是五旬节,我一直把它当做属于自己的节日,因为语言天赋限制了我的生活,它日复一日地指引我,直至今日。

现在我只能期待,像往常那样期待。期待着世界上——我的世界上——不会有带着马格达莱娜·奥鲁埃的印记的事情发生。没错,因心存希望而饱受折磨。谁又能放弃期待呢。

第十六章

因此我别无选择,只能像诗人所描述的那样(我不确定是不是布莱克),"不抱希望地等待"。希望已经没有了。无论一九九七年八月二日那天的疑虑是多么让我魂飞魄荡,无论我多么不愿意相信伊内斯·马尔赞便是我四处所见的邪恶,现在我几乎能肯定图普拉从一开始就猜中了,或者正如他说的那样,是我猜中的,只是我没有意识到。我不再担心鲁昂了,那里不会发生任何事。图普拉承认了,他并不打算牺牲那两位无辜者。我得出了这样的结论:他之所以威胁我,起初是为了给我施压,后来是为了惩罚和折磨我,让我提心吊胆,无法安定。这是他的性格使然,尤其是如果他的计划落空了,或者有人违反他的命令。他知道老特工们多年来惶惶不安,担心津贴停发,担心被指控违反了《官方保密法案》。我们都会违反它，只要我们还活着，总会跟人说点什么，或是在某个自以为是、酩酊大醉、惆怅苦闷或良心不安的夜晚，说漏了嘴。

现在我担心的是整个西班牙，还有法国南部地区以及整个北爱尔兰。没有发生大屠杀的每一天对我来说都是一次微小的胜利。糟糕的是，一天过后又是新的一天，又得从头计算。我记录了埃塔从我离开鲁昂到六月二十五日之间犯下的谋杀案，所有受害者都是一个个体。在阿尔斯特的莫伊拉、波塔当、比利克、纽敦哈密尔顿、纽里、利斯本和班布里奇发生了小规模袭击或未遂的袭击。发生于八月一日的班布里奇袭击是由一个名为真爱尔兰共和军的新组织发动的，该组织试图取代爱尔兰共和军，他们认为爱尔兰共和军在签署完《贝尔法斯特协议》后变得背信弃义、胆小懦弱。总有人反对一切（兴风作浪的多勒丝·普赖斯公开反对，还声称爱尔兰共和军曾经因此威胁她），总有人渴望继续杀人。幸运的是，我记得在那几场袭击中没有人死亡，但有人受伤，班布里奇的伤者达到三十五人。那似乎是未获救赎之人的垂死挣扎，我相信公投与时间最终会让他们解散。然而，一九九八年八月十五日发生了北爱尔兰问题持续的三十年里最残忍的暴行，人们竟然用"北爱尔兰问题"这种委婉的说法来指代在那段漫长岁月中被暴力杀害的三千条生命,真是讽刺。

袭击发生于拥有四万五千人口的蒂龙郡奥马市。那是一个车水马龙的周六,今天出了阿尔斯特,很少有人记得那件事,尽管当时此事轰动国际。但少有人传授历史,历史要么被人利用,要么被人歪曲,而最近的历史往往被简单地隐藏起来,免得波及在其中担当主角的生者。因此,遗忘历史非常容易,对历史一无所知更容易。我是记得的,因为我每天坚持浏览英国和爱尔兰的报纸,因此我记住了莫伊拉、比利克、纽里等地名,而不仅仅是奥马,不仅仅是奥马。

一辆几天前被盗于爱尔兰的红色沃克斯豪尔骑士里装着炸弹,那是两百三十公斤以化肥为底料的炸药。几名西班牙游客在它旁边拍照,当时它只不过是一辆停在市场街的亮眼汽车。照片中的男人和他肩膀上的女孩存活了下来,但拍照的人并没有。

此类袭击事件都会有故意混淆视听的预告与事后的互相指责,这次也不例外。继两周前爱尔兰共和军为班布里奇袭击设置了密码后("玛莎教皇"),他们向阿尔斯特电视台发出了第一条预告:"有炸弹,法院,奥马,主街,两百公斤,三十分钟后爆炸。"仅仅过了一分钟,该电视台又收到了第二条预告:"炸弹,奥马市,十五分钟。"接着是第三条预告,接收方是科尔雷恩撒马利亚会的下属机构:"炸弹，主街，离法院一百八十米。"皇家阿尔斯特警察局收到了消息。在预告发出半个多小时后，炸弹被引爆，当时警方正在疏散法院附近区域的市民，爆炸时间大约是下午三点十分。

奥马并没有名为"主街"的街道，市场街是当地主要的购物街。我也说不准，疏散行动是从最靠近预告目标的建筑和区域开始的，但那辆红色沃克斯豪尔骑士停在四百米开外的地方。爆炸波及了许多人，后来公布的照片与一九八七年巴塞罗那和萨拉戈萨恐袭、一九九一年比克恐袭以及各种断壁残垣、遍地横尸的惨景类似。那里拥挤不堪。二十九人像牲口那样死去，并非所有人都是当场死亡，还有大约两百二十人受伤，有些人失去了四肢。曾经有一段时间，我记住了那二十九位受害者的名字，现在我只记得年纪最小的受害者的名字：八岁的奥兰·多尔蒂，十二岁的詹姆斯·巴克，十二岁的肖恩·麦克劳克林，十二岁的西班牙男孩费尔南多·布拉斯科，二十三岁的西班牙女孩罗西奥·阿瓦德，十八岁的加雷斯·康韦，二十一岁的艾丹·加拉格尔，二十一岁的朱莉娅·休斯，二十岁的德博拉-安·卡特赖特，十七岁的布伦达·洛格，十七岁的乔琳·马洛，十七岁的萨曼莎·麦克法兰，十六岁的艾伦·拉德福德，十五岁的洛兰·威尔逊，一岁的布雷达·迪瓦恩，一岁的毛拉·莫纳汉，三十岁的埃夫丽尔·莫纳汉。埃夫丽尔·莫纳汉当时怀着一对双胞胎，他们被大海的喉咙或时间暗面的居民吞噬，那里也许是人口最密集的地区，存在过与没存在过的事物在那里共存。死去的有新教徒、天主教徒甚至还有一名摩门教徒，死者并无宗教之分。

警方指责爱尔兰共和军故意将人们引至炸弹附近；爱尔兰共和军指责英国和爱尔兰的情报部门提前掌握了袭击的相关信息，但并没有通报给当地警察局。他们声称自己的目标并不是平民，并表达了歉意。这种互相推诿持续了数年，最终每一方都委婉地表示自己有责任，并为自己疏忽大意、行动迟缓、协调不当而道歉，其中包括皇家阿尔斯特警察局局长和军情五处的几名双重间谍，那几名间谍似乎并没有把关键信息传达给应该传达的人。无论是当时还是市场街死难者纪念碑最终揭幕的二〇〇八年，我对这些事都不感兴趣。

我知道，如果那个短命的异见组织没有在车上装炸药，那么这一切都不会发生。我之所以说它短命，是因为整个爱尔兰（无论南北）都因为那场屠杀而群情激愤，于是没过多久，那个组织便解散了。对于奥马那二十九位死者和数百位被烧伤、截肢的伤者来说，为时已晚。此事引起了巨大反响，该行动试图破坏四月十日艰难收获、不堪一击的和平，受到了伊丽莎白二世、首相布莱尔、若望保禄二世、克林顿总统的谴责，甚至受到了过去从未发声的新芬党要人麦吉尼斯和亚当斯的谴责。威尔士亲王还赴该市查访。最终，《贝尔法斯特协议》得到了巩固。

一九九八年并不遥远，然而世界上很少有人知道那件事。毕竟那件事发生于北爱尔兰一座鲜为人知的中型城市，甚至在西班牙知道此事的人也很少，尽管我们国家的一个年轻女孩和一个小男孩在袭击中丧生。遗忘的速度随着时间的推移而不断加快，两年前发生的事和前天发生的事如史前时代般久远。

我之所以记得如此清晰，是因为我一听到消息（那个夏天贝尔塔和我在坎塔布里亚，孩子们已经自立门户了），我一听说……啊，是的，我在那里看见了可能是马格达莱娜·奥鲁埃·奥德亚留下的印记，或者说是我归咎于她的印记。十二个月前，灼人的太阳当空，她曾经任由我处置。十二个月零几天前，她无助地沉在水中，带着她那张酣睡女巨人的稚嫩面孔，带着我的露水情人伊内斯·马尔赞的面孔，在鲁昂那座城市。

我忍过了周六和周日，但到了八月十七日周一那天，我还是没忍住，这次轮到我给图普拉打电话了，我希望他的私人号码没有变，还在使用。自打五月底，拉德曼达意外出售或转让时他给我打的那通无礼的电话以来，时间并没有过去太久。

"图普拉，我是内文森。"我使用了姓氏，这样听起来更专业。我又会被他讽刺挖苦一番，但是我愿意接受他的嘲讽，这是我应得的。

"啊，汤姆，有什么能为你效劳的吗？我以为你再也不想跟我扯上关系了。当然了，这话你以前也跟我说过，然后又不是那么一回事。"

他知道我为什么给他打电话，但是他打算强迫我说出来。我并不介意一并偿还。

"请你告诉我，麦蒂·奥德亚跟前天奥马的屠杀无关。我知道她并没有去那里，把车开到那儿并停错地方的是几个男人。当年她也没去巴塞罗那和萨拉戈萨，对吧？但你们一直认为她有责任。"

我听见图普拉叹了口气。

"她没去，她大概是位端庄的淑女，血会吓到她。我是说，近距离的话，会吓到她。远距离的话，她看不见也闻不着，没有烧焦的人肉，什么都没有。一切只是信息而已。"

他不会立马回答我，肯定会让我等。当然了，前提是他愿意，他有可能拒绝回答。

"到底跟她有没有关系？"我催促他，尽管我知道这样做是个错误，会适得其反。

"你为何这样认为？奥马离鲁昂和巴斯克地区非常远。你为什么认为我会知道答案？追踪那个女人的事与我无关。曾经与我有关，但自从你让她逃跑以后，就与我无关了。所以，我退出了，我手下特工的失误影响到了我。还好那一切都是临时的。"

我并不在乎他的挖苦。他有权力这么做，有权力变本加厉地挖苦我。

"你曾经预言，如果麦蒂·奥德亚停止休眠并苏醒过来，那么她更有可能在阿尔斯特行动，而不是在西班牙。这是你说的，你记得吗？而据我所知，任何事情只要还没解决，就跟你有关，即便错不在你。追踪她是别人的事，但我可以肯定，在她被消灭之前，你都会一直关注这件事。正因为如此，你知道答案。周六那天，你肯定警铃大作，就像我一样。"

图普拉干笑了一声，也许有些恼怒。他还没打算放过我。

"听着，汤姆，就算我知道些什么，我也无权告诉你。我没有参与奥马事件的调查工作，而你没有参与任何调查。你已经出局了，彻底出局了，这是你自己的决定。你跟会问我这事的邮差或面包师傅没区别。现在,你只不过是个好打听的人而已。"

"但是她从来没有落在邮差和面包师傅手里,贝尔蒂。请你把你知道的事告诉我吧。这是你欠我的。"

现在他的笑声中满是讽刺,还透露出了愤怒。

"我欠你?是你欠我吧。"

"我们的故事既不是从鲁昂也不是从马德里开始的。珍妮特·杰弗里斯的事上你欠了我,贝尔蒂,而且这笔账你永远也还不清。"

他沉默了几秒钟。他擅长择机回避问题。他再次说话时,语气仿佛回到了谈话最初。他还善于一笔抹去令他丢盔弃甲或令他不悦之事的痕迹。

"一切还没有定论,汤姆。现在还为时过早,爱尔兰共和军的背后可能有许多人,这里有,爱尔兰有,美国也有。我只能告诉你,这事看起来有麦蒂·奥德亚的参与。你从来不肯相信我,但她是个彻头彻尾的狂热分子,她不会容许卑鄙的政客与卑鄙的忏悔者之间达成的协议将三十年的斗争毁于一旦。如果你问的是我的意见,那你就当作此事已有定论吧。她参与其中了。"

"她是怎么参与的?你知道她的下落吗?"

"呵,她可能在任何地方,"他说,我发现他的语气中有一丝失望,"怎么参与的?跟以往一样:筹款、融资、远程传教。今天,这一切可以在天涯海角完成。"

尽管我觉得很难受,但我尊重了图普拉的意见,他总是能猜对。他洞察秋毫,这不知是幸事还是不幸。他那句"那你就当作此事已有定论吧"对我来说已经足够了。我借着谈话突然变得顺畅,大着胆子继续问他。我不会有更多的机会了,短期内不会有了。

"有没有调查出她把餐馆卖给谁了?据我所知,鲁昂人仍然毫无线索。据说,店铺还继续关着。"

"没有。她办得很巧妙。那家中介公司不能透露买家的姓名。她甚至可能卖给了自己。那种不透明的公司,你知道的,那种公司受到国际法的保护。"他突然停了下来,似乎是被上级叫住了。"我不想再跟你浪费时间了,汤姆。"

然后他挂了电话。

是的,他的那句话足以让我加入那个阵营,与在贝希特斯加登无忧无虑的艾伦·桑代克和在慕尼黑巴伐利亚餐厅忧心忡忡的雷克-马雷切文并肩,与那些怠惰之人和郁郁寡欢之人并肩,与所有天真地以为来日方长之人并肩。桑代克迟迟没有意识到眼前的人是谁,雷克-马雷切文则没有意识到惨绝人寰的事情即将发生。伊内斯·马尔赞并不是"元首",没有人能成为"元首",也许有人可以,现在我觉得自己就能看见有人正在成长为"元首"。但这并未缓解我的不安。"不安"是一个非常软弱、非常宽容的词,我清楚这一点,但它也确实基本涵盖了一切。

挂断电话后,我想,如果我当时继续拖着那个女人赤裸无助、精心保养的双脚,奥马的那二十多位死者就不会丧生了。要是我们知道要杀的人是谁,她犯了或即将犯什么罪,要是我们知道杀死她能让人类免遭多少灾祸,要是我们知道只要开一枪、捅上三刀或者把她淹死就能拯救无数条无辜的生命,那么杀人也就变得没那么极端、没那么困难也没那么不合情理了,而且只要几秒钟的工夫就结束了,人们就能继续生活,生活几乎总能继续,生命有时很长,没有什么会彻底停止。这是大仲马说的话,或者是他让笔下的英雄从容说出的话。当然了,那是十七世纪的情形,当时杀人没有那么严重,或者至少是比较常见的。

即便如此,即便如此我仍然扪心自问,让她的脑袋在水里多沉几分钟有那么难吗。第一步,也就是真正艰难的那一步已经迈出了。我的问题不是迟疑,也不完全是无知,尽管发生的一切都是无法预料的。图普拉已经确信了,我在心底也已经确信了。但人心是深不可测的,我并不确定自己要杀的人是谁,我不想亲自动手。我觉得那样做是极端的、困难的、不合情理的,也许是因为我接受的教育吧,我下不了手。

那天剩下的时间里我心情沉郁，当晚我失眠了。在我们回马德里之前，留在坎塔布里亚的那一周里，我心情沉郁。我想尽可能掩饰这种情绪，但我并没有做到。和每天早晨一样，我去了海滩，对身旁游泳的人评头论足，我们在美味的餐厅里吃了午饭，贝尔塔睡了个午觉，我没有睡，但我假装睡了。我们在傍晚时分散步，听见了修道院晚祷的钟声，我们还在酒店吃了晚饭，我让人把食物送到房间来，塞拉诺火腿、一盘奶酪、烟熏三文鱼，我只吃得下清淡或者看似清淡的食物。

但是贝尔塔敏锐极了，她观察了我一辈子，尽管她的观察时断时续，并且有几段漫长的空白。她立刻注意到我备受煎熬，而且她有充分的理由，因为我正想着与莎士比亚笔下的人物在噩梦中听到的类似的话："明天我要重压在你的心头，我要变成你胸中的铅块，终结你在血腥战场上的日子。"[①]那二十多位死难者每天都会跟我说这句话，包括那两个一岁的小女孩，尽管她们在短暂的生命中没有学会说话，更没有学会说那句话。

[①] 出自莎士比亚戏剧《理查三世》第五幕第三场，此处译文参考朱生豪译本。——编者注

在我从被我称为鲁昂的那座西北城市回来的那十二个月里,我和贝尔塔变得更亲密了。我不太清楚她的理由,我只明白自己的理由。她做了什么,跟谁交往,见过谁,跟谁上过床(如果她跟别人上过床的话,答案估计是肯定的),从很久以前开始,这些事就与我无关了,我也从不敢问她。她从更早以前就明白,我无法跟她讲述我在远离她的地方所度过的她并不知晓的人生,即便我想说也不能说。那段人生我过了多久,还是不要计算为好。我想,无论她在私人感情方面做过什么,结果要么中规中矩,要么不尽如人意。也许她只有过短暂的感情,并不持久。

我回来时,我们俩都是四十六岁。从坎塔布里亚回来以后,我们俩四十七岁了,我是八月生的,她是九月生的。年轻时,她纯粹而执着地爱着我,是那种无数年轻人追求的爱恋,她爱得热烈而坚决,并且得到了回应。她在幼稚的年龄,幼稚地决定与我共度人生,而年轻时经过深思熟虑并怀抱希望做出的决定是很难颠覆的,因为我们每个人身上都有幼稚的一面,它会伴随我们到老,当然,有些人很幼稚,有些人没那么幼稚。我甚至在图普拉身上看到了稚气,这是很难摆脱的,正如轻信于人的毛病之于玛利亚·比亚纳那样难以摆脱。

也许贝尔塔发现,剩下的只有我。我草率地认为这就是原因所在，因为她还能开启新的人生，在二十世纪末，她还年轻，我觉得她仍然富有魅力，其他人也会这样认为，而我是一个非常普通的男人。她接近我并不意味着她要开启新的人生，我并没有自欺欺人：我自认为只是过客。

至于我……一九九四年回来以后，便长时间处于蛰伏之中，沉湎于痛苦的回忆，觉得自己被冷落、被判出局，我怀念服役的日子，并因为别人认定我是朽株枯木而满怀恨意。尽管我心存疑虑，但是三王节那天的访客使我精神振奋，于是在对方恳求之后接受了任务。我彻底失败了，但失败并没有让我失去那种冲动，也没有把那种冲动变为顺从。

自从一九九七年九月我正式入职大使馆以来，我忙于我的任务，毫不费力地与我从前蔑视的人做了朋友，毕竟交友是我的人生主题：与最不可能成为朋友的对手交朋友，与我即将摧毁的敌人交朋友。而我发现，贝尔塔·伊思拉并没有彻底离开，她是我三十年前的高中同学，也是我人生最大的一场热病。她还在那里，在曾经属于我们俩的公寓里，离我家只有几步之遥。她很聪明，惹人喜爱，有幽默感，更重要的是，她还保留着快乐的痕迹，而这是我所缺乏的。如果她的阳台为我虚掩，我亦别无所求。

在坎塔布里亚的最后一周，她并没有向我提问，虽然我脑袋上方的大片乌云就像漫画或动画片里那样显眼。但我回到马德里以后依然心情沉郁,有一天晚上她留在勒班陀大街过夜(她不允许我在帕维亚大街过夜),看见某种东西好似我胸中的铅块重压在我的梦中。那是肖恩·麦克劳克林、奥兰·多尔蒂和詹姆斯·巴克的声音,是费尔南多·布拉斯科和洛兰·威尔逊的声音,是毛拉·莫纳汉、布雷达·迪瓦恩和其他小女孩的声音。我每天都试图安慰自己:图普拉那句被我当作结论的"那你就当作此事已有定论吧"也许是为了教训我,为了让我难受而信口胡说的;也许马格达莱娜·奥鲁埃,也就是伊内斯·马尔赞并没有参与奥马的袭击;也许即便我坚定意志或下定决心,也无法阻止那件事发生。但这种安慰并没有起作用。我常常想起她,伊内斯·马尔赞。如果贡萨洛·德拉·里卡已经告诉她我是谁,她为什么还会继续见我?为什么还会跟我上床?为什么会任由自己被送上刑场,任由别人宰割?没有人会如此冷酷,也没有人会如此了解自己短暂的爱人。也许她会吧,也许吧。

在亲眼看见那夜阴云密布的次日,贝尔塔邀请我去帕维亚大街吃晚餐,她在吃晚餐时问我:

"我想我还是不能问你?例如,去年的那几个月里你做了什么,去了哪里。图普拉来了马德里,然后你就离开了,在近九个月的时间里你只出现过一回,是一回吧?尽管你说过不会离开太久,也不会离马德里太远,要回来并不是件难事。"

是的,我们最终都会说出不该说的事,很可能只对一个人说,很可能只说一次。我不知道那一次为什么会回答她。

"我的确没有走远,我本来可以经常回来的。但事情总会变得扑朔迷离,其他的一切几乎都不存在了,抑或是变成了追忆,变成了想象。我不喜欢这样,一直都不喜欢,但这样的事总是发生。这是一种与回忆水火不容的任务,它会驱逐回忆。只要任务没有完成,就没有未来,或者你就不会思考未来。"

"那次任务还顺利吗?我估计不是很顺利吧。我从来不知道你是否擅长做这种事。我一直认为你很出色,因为你常常离开。如果做得不好的话,他们也不会那么频繁地找你办事。"

仅仅是因为我回答了她的问题,现在便轮到我虚掩心门了。贝尔塔会谨慎地试图利用那道门缝。

我把餐具搁在还没吃完的饭菜上,点燃了一支烟,然后回答她:

"不顺利。过去我很出色,但现在不出色了。"

"不顺利到做噩梦的程度吗？都过去一整年了。昨晚你看起来就像快死了一样。"

"是的。我还有好多噩梦要做。"我原本可以点到为止。但我继续说了下去。我觉得贝尔塔离我很近，我觉得她就像是我的同伴。不是学校里的同伴，而是未来的同伴。我怕自己会后悔，但还是告诉她："我得找到一个人，确认她的身份，将她绳之以法。但我失败了。图普拉用我提供给他的信息替我确认了那个人的身份。于是他决定杀死她，并由我来执行。这是为了避免发生新的罪行，可怕的罪行。就像那个人给吉列尔莫点火那样可怕，那个金德兰。"

贝尔塔没想到我会如此坦白。她感到茫然与惊恐。

"由你执行？然后呢？你把那个人杀死了吗？"

"不，我没能把她杀死。那是个女人。"

我发现她松了一口气，如释重负地松了一口气。她本性善良。但她很谨慎，只说了一句：

"那还好。"

"不，贝尔塔，那样不好。如果我成功的话，许多死难者现在也许还活着。尽管他们是在遥远的地方死去，但事情的严重性并不会因此而减弱。"

"是奥马的死难者吗？"她自然能猜到。从袭击事件发生的那天起，我就变得更加阴郁了。

"没错,是奥马的死难者。"

她很体贴,没有继续向我提问。她竟然忍住没有问我过去是否杀过人,真是体贴入微。如果他们现在让我杀人,我可能会顺从。也许不是因为体贴,而是因为她尊重别人的难言之隐,她情愿我不要坦白过多,情愿不冒这个风险。一旦开始,便不知该如何结束。一旦了解了一些事,信心便会被摧毁,所有的希望便会被粉碎。而她在那个时候需要那两样东西。我也一样,虽然我的信心与希望已经耗尽。因此,她比我更需要它们。

是的,无论你做了什么,无论在我们没有干预时发生了什么,生活也几乎总会继续。如果生命很长,一切都不会彻底停止,我们度过的每一天都会因惯性而延长,直至看似成了永恒。我们常常会有说这句话的念头:"费尽了一切,结果还是一无所得。在开始浪费之前,就该知道的。"不是的,没有什么会被彻底耗尽。

我努力绝不再让贝尔塔的床变成遗憾痛苦的床,尽管我并不会上她的床,而她偶尔会上我的床。我的床已经无药可救了,它注定会成为悔恨交加的空床,这是马格达莱娜·奥瑞的过错。图普拉把她的父姓念成了奥瑞,这恰到好处地让她拥有了爱尔兰人的形象。要做成这事并不容易,但我努力了。贝尔塔的床多年来都是焦虑或悲伤的床,我会尽量让往后的岁月不变成那样。事实上,在经历了一天的劳累、失望、难过与惊慌之后,想要安稳入睡并不是过分的要求。然而,有不少男男女女战战兢兢地揭开床单,仿佛担心在睡梦中被人伤害。不。对于那些生活在无尽的哀悼之中,生活在无尽的悔恨之中,或者生活在绝望之中的人们来说,这根本不是过分的要求。

一九九八年的除夕夜,我的床因为她从未失去的欢愉而得到了抚慰,她在床上问我:

"你还会离开吗?"

"我不会像之前那样离开,我觉得不会。有时我得出趟远门,但不会消失。也不会让你连我是死是活都不知道。"

她带着一丝疑虑看着我,她的回答也透露出了担忧。她穿着一件藏蓝色丝绸睡衣。

"四年前你也是这么跟我说的,或者说你是这么让我以为的。"

西班牙人很会说也很会写漂亮话。这些话几乎都是假的,都不是发自内心的,只是为了炫耀卖弄,为了讨好别人。我个性中英国人的那一面不允许我这么做,或是我的性格使然。但我得说上一回漂亮话,我的情感以及时机都要求我那么做。用另一种语言说出那种话会更容易一些,说话的仿佛是另一个自己。或者是像青少年那样引用别人的话。问题在于英语和西班牙语都是我的母语。这一回，我给她背诵了一八九三年的著名诗句，我背诵的是我最喜欢的段落。而且是用她的语言背诵的，因为那是我们两人之间使用的语言。

"我知道我在你的生活中并没有扮演了不起的角色，我的生活在别处流逝。但现在我可以告诉你：'当你老了，头发花白，睡意沉沉，倦坐在炉边，取下这本书来，慢慢读着，追梦当年的眼神；你那柔美的神采与深幽的晕影。'"

她还有时间打断我，讽刺我：

"嗯，我们俩得有那一天才行。"

虽然她肯定知道那首诗，也许还熟记于心，但她似乎很高兴听我给她背诵那首诗，因为她在讽刺我的时候，露出了愉悦而亲切的微笑。于是我鼓起勇气，继续背诵下一节：

"'多少人爱过你青春的片影，爱过你的美貌，以虚伪或是真情，唯独一人爱你那朝圣者的心，爱你哀戚的脸上岁月的留痕。'"是的，我把那句诗念给她听，尽管给她带去最多痛苦的人是我，尽管加深她的晕影、在她欢愉的容颜上留痕最深的人是我。

她沉默了几秒，然后问我：

"你只能跟我说这些话？"

我不知道自己有没有脸红，我永远也不会知道。

"是的，没错。除非离开的人是你。"

她抚摸着我的脸颊，那里有过一道伤疤，我曾经为那道伤疤对她撒过谎。她又笑着回答我：

"这有可能啊。有可能。"

二〇二〇年十月

说明与致谢

世界上充斥着挑三拣四却胸无点墨的侦探，毕竟有了因特网，无须读书便能查出引文或"挪用"，因此我还是注明本书中的引文为好。

书中明确标注出一些句子引自威廉·莎士比亚、弗里德里希·雷克-马雷切文、T. S. 艾略特、约翰·弥尔顿、费尔南·佩雷斯·德古斯曼、夏尔·波德莱尔、威廉·巴特勒·叶芝、亚历山大·仲马、《诗篇》、丽贝卡·韦斯特和约翰·多恩，但我有意对一些引文做了改动或释义。

有些引文带引号，但是没有提及作者（我不想让叙述者过分卖弄学识）。这些引文的作者是威尔弗雷德·欧文、费里德里希·荷尔德林、古斯塔夫·福楼拜、但丁·阿利吉耶里、迈克尔·鲍威尔、海因里希·海涅和威廉·布莱克。

其中的一些引文也有改动。

有些引文没带引号,包括罗素·刘易斯、约瑟夫·韦斯伯格和路易丝·德·维尔莫林几句简洁明了的话,虽然路易丝·德·维尔莫林的那几句话可能是马克斯·奥菲尔斯的杰作,我不太清楚。我还有个小点子得归功于约翰·勒卡雷。最后,有一大段文字出现了好几回,那是我对朱塞佩·托马西·迪·兰佩杜萨一段更出色的文字的改编或改写。此外,本书还多次提及我上一部小说《贝尔塔·伊思拉的黄金时代》中的内容,也许还引用了书中的话。《完好如初的名字》并不是《贝尔塔·伊思拉的黄金时代》的续集,但是两本书"成双作对",我们暂且这么形容吧。我记得是这样的,但并没有核实。

最后,我想感谢梅塞德斯·洛佩斯-巴列斯特罗斯和卡梅·洛佩斯·梅尔卡德,她们帮助我做调查,帮助我搜集资料,还给我提供了许多无形的帮助。但愿我已尽数提及。但倘若我遗漏了什么,又能如何呢。

哈维尔·马里亚斯

图书在版编目（CIP）数据

完好如初的名字 /（西）哈维尔·马里亚斯著；林叶青译. -- 海口：南海出版公司，2025.7. -- ISBN 978-7-5735-1128-7

Ⅰ．I551.45

中国国家版本馆CIP数据核字第202568PQ90号

完好如初的名字

〔西班牙〕哈维尔·马里亚斯 著
林叶青 译

出　　版	南海出版公司　（0898）66568511
	海口市海秀中路51号星华大厦五楼　邮编570206
发　　行	新经典发行有限公司
	电话（010）68423599　邮箱 editor@readinglife.com
经　　销	新华书店
责任编辑	侯明明
特邀编辑	张梦君　张　典　刘丛琪　朱文曦
营销编辑	李琼琼　罗淋丹
装帧设计	之淇＋山川＠山川制本 workshop
内文制作	张　典
印　　刷	山东京沪印刷科技有限公司
开　　本	850毫米×1168毫米　1/32
印　　张	22
字　　数	370千
版　　次	2025年7月第1版
印　　次	2025年7月第1次印刷
书　　号	ISBN 978-7-5735-1128-7
定　　价	79.00元（全二册）

版权所有，侵权必究
如有印装质量问题，请发邮件至 zhiliang@readinglife.com

著作权合同登记号　图字：30—2025—018

Tomás Nevinson
Copyright © The Estate of Javier Marías, 2021
Image in page 93 Copyright © Pere Tordera/ Ediciones El País, S.L. 1991
Simplified Chinese Translation Copyright © 2025 by Thinkingdom Media Group Ltd..
Published by agreement with Casanovas & Lynch Agency S. L. through The Grayhawk Agency Ltd..
All rights reserved.